A Study of

British
Women
Writers

in 20th Century

20世纪
英国女作家
研究

任一鸣 著

上海交通大学出版社
SHANGHAI JIAO TONG UNIVERSITY PRESS

内容提要

英国女作家的小说创作是世界文学史上辉煌的一页,本书聚焦20世纪英国有影响的女作家及其作品,既包括弗吉尼亚·伍尔夫、艾丽斯·默多克等著名女作家,也包括20世纪中叶以来移民至英国的女作家和部分前英属殖民地国家女作家的创作实践,探讨她们对小说新形式的实验,对传统与创新关系的艺术处理,对小说内涵在哲理思考、身份政治和性别政治方面的深度挖掘和拓展。她们的作品不仅注重女性自我意识的表现,其触角还伸向了更广阔的社会、历史、哲理、宗教等主题。本书内容分为五章。第一章,形式实验先锋:探索边界的无边界性;第二章,理念的感性表达:小说作为思想的艺术载体;第三章,女性主义探戈:在摇摆进退中书写;第四章,英伦式悬疑:智性优雅的传统与革新;第五章,文化内外:家园想象与身份建构。本书主要适合从事英国文学、女性主义文学和后殖民文学等研究工作的高校师生和研究人员阅读使用。

图书在版编目(CIP)数据

20世纪英国女作家研究/任一鸣著. —上海:上海交通大学出版社,2022.9
ISBN 978-7-313-27480-9

Ⅰ.①2… Ⅱ.①任… Ⅲ.①女作家—小说研究—英国—20世纪 Ⅳ.①I561.074

中国版本图书馆 CIP 数据核字(2022)第 176066 号

20世纪英国女作家研究
20 SHIJI YINGGUO NÜZUOJIA YANJIU

著　者:	任一鸣			
出版发行:	上海交通大学出版社	地　址:	上海市番禺路 951 号	
邮政编码:	200030	电　话:	021-64071208	
印　制:	上海景条印刷有限公司	经　销:	全国新华书店	
开　本:	710mm×1000mm　1/16	印　张:	10.75	
字　数:	175 千字			
版　次:	2022 年 9 月第 1 版	印　次:	2022 年 9 月第 1 次印刷	
书　号:	ISBN 978-7-313-27480-9			
定　价:	69.00 元			

前　言

　　英国女作家群的崛起始于 18 世纪,小说是她们的首选文类。18 世纪末至 19 世纪,她们在现实主义小说、浪漫小说和哥特小说的创作方面大放异彩,涌现了简·奥斯丁、艾米丽·勃朗特、夏洛蒂·勃朗特、乔治·艾略特、弗吉尼亚·伍尔夫等杰出女作家,"简·奥斯丁用喜剧手法创作道德寓意的小说,勃朗特姐妹在哥特小说中融入梦幻浪漫色彩,乔治·艾略特在现实主义小说中融入那个时代的知性色彩,弗吉尼亚·伍尔夫的小说结构借鉴了印象主义和实验主义手法"。① 英国女作家群的崛起彻底改变了伊丽莎白时代英国文坛上男性唯我独尊的局面,令一度略显停滞沉闷的英国文学界再度呈现繁荣景象。

　　英国女作家群之所以能够崛起,除了有阅读能力、有闲暇的英国女性数量在 18—19 世纪逐渐增多,她们渴望通过小说代言她们的心声,表现她们独特的生活感受,施展她们富有个性的艺术才华之外,还有一个关键因素,就是 19 世纪末 20 世纪初英国女性对文学批评的觉醒。

　　长期以来,文学史的书写和文学作品的价值评判都由男性强势把控,女性创作的作品如果得不到男权文学评判标准的认可,就很难被接纳进文学殿堂,更遑论被列为文学经典了。弗吉尼亚·伍尔夫曾经说过,男性批评家们虽然声称绝对信奉艺术与艺术家个人无关的原则,但比起"长相难看"的乔治·艾略特,他们更喜欢简·奥斯丁为他们斟茶,"他们喜欢她一边从无比贞洁的茶壶里把茶倒进

---

① Olga Kenyon, *Women Novelists Today*, Hassocks: The Harvester Press Ltd., 1988, p. 1.

无比精美的杯子里,一边对他们莞尔一笑,既温文尔雅,又妩媚迷人——这种男性感觉,即便在最严肃的英国文学批评中也在所难免"。① 显而易见,19 世纪的英国女作家已隐约窥见了文学作品迈向经典之路上权力政治的身影,其中伍尔夫对于女性文学批评较早有觉醒意识,她指出:"在生活和艺术之中,女性的价值观念不同于男性的价值观念,当一位妇女着手写一部小说之时,她就会发现,她始终希望去改变那已经确立的价值观念——赋予对男人说来似乎不屑一顾的事物以严肃性,把他所认为重要的东西看得微不足道。"②伍尔夫清醒地认识到,男性在生活中建立了一套价值观念,在文学上也是男性价值观占优势。而事实上每一部小说的价值,都应取决于作家凭借自己艺术想象力对素材的艺术处理方式,女性在文学价值观方面应该有自己的声音。19 世纪末 20 世纪初女性文学批评的觉醒,不仅表现在敏锐地发现男权文学标准并不全然适用于评判女性文学创作,还表现在女性对文学批评的直接参与。作为女性文学批评的先锋,伍尔夫在她的文论中就对男性文学大师如丹尼尔·笛福、托马斯·哈代、E. M. 福斯特、阿诺德·贝内特和约翰·高尔斯华绥等人的文学作品进行了不留情面的批评。伍尔夫等女性文学评论家的文学批评开辟了一种有别于男权文学批评传统的独特方式,以感性化、印象式的方法去感知和领悟文学作品之精妙。为了强调她与男权文学批评体系化、理性化和权威化的对立和差别,伍尔夫谦称自己的文学评论是出自"普通读者"。③ 尽管伍尔夫的文学评论有时被认为是主观的、非理性的和缺乏理论体系的散文式"鉴赏",但毕竟这种具有鲜明特色的文学评论撼动了长久以来占据霸权地位的男性文学批评传统,打破了文学价值标准的单一性别视角,为女作家开拓了更为自由随性的创作空间,她们从此不必再拘泥于男权创立的文学模式和设定的文学标准。

英国女性文学批评的觉醒推动了女性文学家成为 20 世纪英国文学批评和声中不可或缺的重要声部。20 世纪下半叶以来,小说家玛格丽特·德拉布尔、A. S. 拜厄特、费·韦尔登、安吉拉·卡特等都发表过大量文学评论,她们有的还担任重要文学奖项的评委。女性艺术视角和审美标准深度介入文学批评,拓宽并更新了传统文学评论价值体系,使女作家得以在更广阔的领域更自由地创新

---

① 弗吉尼亚·伍尔夫著,刘文荣译,《伍尔夫读书随笔》,上海:文汇出版社,2014 年,第 85 - 86 页。
② 弗吉尼亚·伍尔夫著,瞿世镜译,《论小说与小说家》,上海:上海译文出版社,2000 年,第 55 页。
③ 弗吉尼亚·伍尔夫将自己的文学评论集命名为《普通读者》。

艺术手法,由此带来了 20 世纪英国女作家小说创作的繁荣。弗吉尼亚·伍尔夫曾说:"小说过去是,现在仍然是妇女最容易写作的东西。"①20 世纪英国(英语)女作家的小说创作在世界文坛大放异彩,纳丁·戈迪默和多丽丝·莱辛问鼎诺贝尔文学奖,更标志着女性小说家已正式步入世界文学经典的圣殿。

　　20 世纪英国女作家的小说创作是对 18—19 世纪开创的英国女性小说传统的继承和拓展。早期英国女作家偏爱的生活自传形式的现实主义小说风格依旧为 20 世纪英国女作家们所青睐,此外,在道德寓言小说、浪漫哥特小说、知性理念小说等方面,早期女作家开创的传统也得到继承和发展,对实验性小说技巧的探索更呈现出前所未有的勇气和活力。

　　热衷于小说形式技巧的大胆创新实验是 20 世纪英国女性小说家的显著特点之一,其开端始于 19 世纪末 20 世纪初英国文坛对传统小说形式的普遍疑虑和革新躁动。现代社会的发展带来了社会结构的震荡和价值观的变化,许多世代相传的理念和习俗都经受着现代价值体系的重新评判且面临崩溃,小说作为对现实生活的反映,其传统艺术形式能否胜任现代社会的复杂状况也同样面临拷问。小说家们敏锐地意识到小说形式的创新在所难免,且势不可挡,"我们希望从中(现代文学)看到当代生活究竟发生了怎样的变化,环境的变化、思想的变化以及各种互相矛盾却又能共存的新事物"。② 于是英语文坛涌现了 B. S. 约翰逊、劳伦斯·德雷尔、詹姆斯·乔伊斯、弗吉尼亚·伍尔夫等小说形式技巧实验的先锋作家,他们将哲学、语言学、心理学乃至自然科学的理论发现融入小说叙事技巧,创新出荒诞派、意识流等新颖小说形式。对于女作家而言,她们要突破的不仅是文学意义上的小说传统,还有性别政治意义上由男性创立的小说形式权威,伍尔夫在《论现代小说》一文中说:"他们(指 H. G. 威尔斯、阿诺德·贝内特、约翰·高尔斯华绥等代表的男性小说传统)之所以令我们失望,因为他们关心的是躯体,而不是心灵,并且给我们留下了这样的感觉,英国小说最好还是尽可能有礼地背离他们大步走开,即使走到沙漠里去也不妨,而且离开的越快就越有利于拯救英国小说的灵魂。"③伍尔夫意识流小说所取得的卓越成就及其在新传记理论建构和实践上的成功探索,为 20 世纪中叶以来英国女作家在小说形式

---

① 弗吉尼亚·伍尔夫著,瞿世镜译,《论小说与小说家》,上海:上海译文出版社,2000 年,第 52 页。
② 弗吉尼亚·伍尔夫著,刘文荣译,《伍尔夫读书随笔》,上海:文汇出版社,2014 年,第 188 页。
③ 弗吉尼亚·伍尔夫著,瞿世镜译,《论小说与小说家》,上海:上海译文出版社,2000 年,第 4 页。

技巧上的大胆创新实验开了先河,涌现了阿莉·史密斯、克里斯廷·布鲁克-罗斯、詹尼特·温特森等小说实验先锋,她们挑战传统却不割裂传统,坚守英国小说的现实主义底色,将伍尔夫等前辈女作家的意识流小说技巧在超意识和无意识层面进一步拓展,在简·奥斯丁开创的喜剧讽喻小说基础上结合民间传奇和哲学思想,创作出内涵更为丰富的寓言讽喻小说。她们在小说创作中表现出来的离经叛道的创新勇气绝不逊色于同时代男作家,她们自信而娴熟地在小说叙事中融入叠加并置、超意识流、幽灵叙事、蒙太奇式的碎片拼贴、不可靠叙事者、文字游戏以及互文戏仿、文类杂糅等手法,探索突破艺术与生活的边界、虚构与真实的边界、科学与人文的边界、有序与无序的边界,以及种族、阶级、性别的边界等等,为英国小说从传统叙事手法中突围开创了无限可能。

曾被男权社会的习俗或制度拘囿于家庭中的英国女作家,她们从生活的第一手经验中难以获得有关政治、商业、航海乃至战争等经历,因此早期英国女作家的小说大多呈自传式,聚焦表现女性家庭生活的沉重负担、复杂处境以及微妙的情感世界。19 世纪末 20 世纪初,随着女性自我意识的不断觉醒,以及通过阅读和教育而不断丰富的思想文化和科学认知,女作家小说主题和题材上的局限逐渐被打破,乔治·艾略特、简·奥斯丁、弗吉尼亚·伍尔夫等女作家决意突破禁区,将本属于男性特权的对政治、经济和社会的批评权抓在手中,并开始涉猎小说以外的文类,比如人物传记、文学评论等,将笔端探入更广阔的现实世界和更深刻的思想世界,毫无惧色地展示女作家的知性和思想光芒。乔治·艾略特在某种程度上可谓英国女性观念小说的先锋,她汲取各种新知识、新思想,把费尔巴哈、斯宾诺莎等人的哲学思想融入小说主题,以哲学意蕴来构筑她的小说世界。乔治·艾略特通过在小说中表现人与人之间的爱与和睦关系来揭示人类的向善本性,探索和解、宽恕的道德原则。这种理念小说(观念小说)的书写探索在20 世纪中叶以来的英国女作家笔下持续往纵深处发展,正如 A. S. 拜厄特所说:"我意识到我正循着乔治·艾略特的脚步,觉得应该把知识融进小说中。"[1]艾丽斯·默多克富有哲学意蕴的道德讽喻小说,A. S. 拜厄特小说对文字魅力、文学规律和历史观的探索,阿莉·史密斯紧扣时代风云的政治小说,等等,都表明英国女作家已从关注自我走向了关注世界,即便在悬疑小说的创作中,也渗透女作

---

[1] Olga Kenyon, *Women Novelists Today*, Hassocks: The Harvester Press Ltd., 1988, p. 81.

家们深刻的宗教和伦理思考。她们探索把形象思维和理性思维杂糅在一起,把萨特、柏拉图、尼采、康德、维特根斯坦、弗洛伊德等哲学家的理念以艺术形式呈现出来。她们在小说创作中自信地对世界进行评判,尽情释放女性的思想光芒。

20 世纪中叶以来,英语文学由白人作家一统天下的局面被打破,移民作家和来自英联邦国家或前英国殖民地、自治领的作家频频问鼎包括诺贝尔文学奖在内的各类文学奖项,女性族裔小说家也在英语文坛上大放异彩,如扎迪·史密斯、莫妮卡·阿里和基兰·德赛等。她们虽然血缘上是非西方的,但与西方社会文化有着密切关系,有的长期居住在欧美,有的混杂着欧美血缘,有的在西方接受教育后又回到母国,这些在异质文化交汇的杂糅空间进行小说创作的女作家,往往把跨文化写作看作是消除文化隔离的寂寞感、确立和建构新文化身份的途径。跨文化身份和生活经历使得这些女作家得以从文化内外的双重角度来审视不同的文化,她们的作品聚焦跨文化生态环境中的跨文化人,用细腻的笔触展示她/他们的身份焦虑,以及生存在异质文化间质空间中无所归依的流放感。这些作品不仅通过塑造一群游移在不同民族文化边界的跨界人物而丰富了传统英语文学的人物形象,而且以富有英联邦国家民族特色的语言和艺术风格为英国(英语)文学传统输入了新鲜血液。

20 世纪英国女作家的小说创作,一方面在男性文学家占据强势霸权地位的传统领域取得了平分秋色的瞩目成就,比如现实主义小说、实验小说、理念小说等领域,即便在幽默小说创作上,女作家们也打破了一直以来认为女性缺乏幽默感的成见,艾丽斯·默多克、费·韦尔登、缪丽尔·斯帕克、贝里尔·班布里奇等人继承了简·奥斯丁小说的机智和艾薇·康普顿·伯内特小说的黑色幽默,她们的作品把调侃讽刺的辛辣推向极致。另一方面,女作家们在一些传统小说形式比如哥特小说的创作上则呈现出明显的优势,她们凭借对语言文字的精湛把控和对人物细微心理的敏锐感觉,把惊悚哥特小说写得如同浪漫舞曲那般优雅。此外,最重要的是,她们执着于在小说中探索社会性别问题,从最初的关注女性,到以女性视角观察世界,将社会性别问题与种族、阶级、政治和历史关联看待。女性题材的书写过去是、现在依然是英国女性文学最美丽的风景线。

本书聚焦 20 世纪英国女作家小说的创作特色,关注她们对英国文学传统的承续和创新,择取一些在 20 世纪英国小说界具有一定影响的女作家,通过对她们代表性作品的分析研究,无意展示 20 世纪英国女作家小说创作的全貌,但求呈现她们小说艺术的亮点。这些亮点也许并不具有作家社会性别身份的专属性,但至少可以表明英国女作家在小说艺术探索的更多维度上具有不可估量的潜能和前景。

Contents

目　录

第一章

形式实验先锋：探索边界的无边界性

　　20世纪中叶前后，越来越多的英国小说家尝试在小说形式技巧上突破现实主义小说传统，以更为丰富多样的形式技巧来表现纷繁的社会现状，揭示复杂的人物内心，探索虚构与真实的边界，正如B. S. 约翰逊（B. S. Johnson）所言："生活混乱不堪，流动不已，瞬息万变，留下无数未经整理凌乱无序的线索，小说家没有理由也难以成功地运用已经用尽用绝的形式来表现当今的现实。"[①]这一时期对小说形式技巧进行大胆实验的较有影响的英国小说家有B. S. 约翰逊、劳伦斯·德雷尔（Lawrence Durrell）等，英国女作家弗吉尼亚·伍尔夫（Virginia Woolf）、阿莉·史密斯（Ali Smith）、克里斯廷·布鲁克-罗斯（Christine Brook-Rose）和安·奎恩（Ann Quin）等也被认为是英国小说形式实验的先锋。

　　这些小说家在小说创作的形式和技巧创新中，将自然科学领域和语言学领域的新发现与新观念融入小说创作的技巧实验中，如爱因斯坦的相对论、弗洛伊德的心理分析、柏格森的生命力学说和直觉主义、皮尔斯的现代符号学等，形成了独特的时空观和新颖的语言表达样式，弥补了现实主义小说手法在探索人物复杂心理和深层意识方面的不足，也揭示了所谓真实和真理的相对性或不确定性。比如劳伦斯·德雷尔的《亚历山大四部曲》就分别以不同人物为各章的叙事中心，强调人物对时间的主观心理感受，形成了有别于现实世界的独特时间结

[①] B. S. Johnson, *Are You Rather Young to be Writing Your Memories*. London：Hutchinson, 1973, p. 11.

构。弗吉尼亚·伍尔夫小说结构中对心理时间的实验性探索与德雷尔相仿,但伍尔夫表现的是属于意识流小说中的心理时间,并没有突出空间与时间的关系,而德雷尔强调的则是爱因斯坦的相对论。克里斯廷·布鲁克-罗斯的小说形式技巧实验更接近于法国新小说派。与德雷尔借鉴爱因斯坦的相对论的观点一样,新小说派也吸收了其他学科诸如心理学和生物科学的新成果。英国小说家在各自不同方向进行的小说形式技巧方面的大胆实验,虽然使有些作品未免显得晦涩艰深,一定程度上影响了可读性,但也确实为英国小说界从传统叙事手法中突围打开了广阔的视野,为文坛注入一股新鲜空气,为当代英国小说形式技巧的纷繁多姿开了先河,做出了有价值的探索。

一、对英国传记传统的革新

作为意识流小说家,一般认为弗吉尼亚·伍尔夫在文学创作方面的成就主要体现在她的几部意识流小说上,但伍尔夫在传记新形式的探索方面更为惊世骇俗。伍尔夫的父亲莱斯利·斯蒂芬(Leslie Stephen)是英国 19 世纪著名传记作家,伍尔夫在父亲的熏陶下,自幼阅读了大量传记作品,在熟谙传统传记形式和笔法的基础上,形成了她自己独特的新传记观。① 伍尔夫一生中有不少关于传记批评、理论与实践的成果,她对新传记形式的探索,在一定程度上受到 19 世纪浪漫主义作家传记观的影响。当时英国文坛曾经围绕詹姆斯·鲍斯威尔(James Boswell)的《约翰生传》(*Life of Johnson*,1791)展开过一场关于传记文学理论的讨论。以约翰·G. 卢卡特(John G. Lockhart)和塞缪尔·T. 柯勒律治(Samuel T. Coleridge)为代表的浪漫派作家对鲍斯威尔式的注重事实依据的传记提出了批评,认为传记作家不是历史学家,传记作为一种文学艺术,不应只关注传主的外在行为和客观事实,更应该表现人物的内心情感世界。伍尔夫曾在《传记的艺术》一文中说,应该让传记家在事实的基础上,"像写小说那样去写"。她认为新传记不应再被传主的所谓事实所累,而应大胆融入虚构的成分,甚至融入传记作者的想象和情感,这样才能更有效地表现出传主的个性,这样的

---

① 新传记是 20 世纪初流行于英国的实验性传记,其现代派的传记理念和写作手法,对传统传记观提出了质疑。弗吉尼亚·伍尔夫在 1927 年发表的《某些人》一文中,首次使用了"新传记"一词。

传记才更真实。《奥兰多：一部传记》正是伍尔夫基于自己的新传记观而进行的写作实验。

《奥兰多：一部传记》（以下简称《奥兰多》）是弗吉尼亚·伍尔夫的第一部冠以"传记"的作品，创作于 1928 年。在这部传记中，传主奥兰多是英国一位年轻贵族，其生命的前三十年为男性，三十岁以后变为女性。他/她跨越近四个世纪，且双性同体，长生不老，一生经历从伊丽莎白一世女王直至维多利亚女王时期近四百年的历程。少年时在伊丽莎白一世女王身边承欢蒙宠，后来作为外交官远赴土耳其。性别转变以后，又嫁为人妻，生儿育女。他/她崇尚大自然，酷爱诗歌，耗尽一生心血写成了诗作《大橡树》，成为维多利亚女王时代著名的女诗人。《奥兰多》出版后，六个月内销量即达八千册，是《到灯塔去》同期销量的两倍多，成为伍尔夫最为畅销的一部作品。虽然《奥兰多》是一部冠以"传记"的作品，但同时也是一部标新立异的"反传记"实验之作。她在给好友的信中曾谈到欲以一种"革命"的方法来写《奥兰多》，她写道："我突然想到一种方法，可以在一夜之间使传记写作发生革命。"①那么，这种"方法"是什么呢？对《奥兰多》进行剖析，可以发现伍尔夫采取的"革命"性的反传记书写策略是，外在形式上认同传统传记，却对支撑传统传记的核心要素进行巧妙地偷梁换柱，正如她在《奥兰多》中所写：有一个旅人，在自己的箱子角落里藏着一大捆违禁品，被粗心大意的海关官员草草放行了。

> 假如时代精神仔细检查她头脑里的思想，或许会发现其中隐藏着严重违禁的东西，并因此对她实施重罚。她无非是靠一些小伎俩……以此表现出对时代精神的顺应，才得以侥幸逃脱检查。②

这就是作家与时代精神之间奥妙无穷的交易。伍尔夫与英国传记传统之间的颠覆性交易，正是通过这种貌似妥协实则抗争的策略完成的。

1. 传主身份的逆转

在英国传记传统中，传主的身份往往兼具两种要素：一是具有高尚品质的

---

① 张京媛主编，《当代女性主义文学批评》，北京：北京大学出版社，1992 年，第 40 页。
② V. Woolf, *Orlando*, New York: Harcourt Inc., 2006, p.196.

人,早期圣徒传中的圣徒,以及后来罗马天主教中那些堪称道德楷模的主教、修道士和神学家等,比如公元 591 年格雷戈里的《教父列传》、1006 年阿尔弗里德的《圣徒列传》等。二是具有显赫社会地位的人,君王、大臣、显贵,或骑士、英雄。"17 世纪以前……能够有幸为传所记者,不外乎宗教人物与帝王将相两类,因而当时的英国传记主要沿袭宗教人物传记和政治人物传记两条主线发展。"①因此,18 世纪以前英国传统的传主大多为男性的圣徒、主教、君王、大臣、英雄或显贵,而女性大多难以获得树碑立传的资格。②

伍尔夫笔下的"奥兰多"得以作为传主入传,在某种程度上是符合英国传统传记对传主的资格要求的。伍尔夫在《奥兰多》开篇时,就首先明确了他作为传主在性别身份上的正统性:"他——毫无疑问是男性"。③ 且他出身贵族,家世显赫,与英国王室有血缘关系——奥兰多是伊丽莎白女王的表侄;他本人在女王身边侍奉多年,深得圣宠,政治生涯一帆风顺,曾作为英国驻土耳其大使,屡建功业。但这位传主在获得了传主的资格以后,其身份却悄然发生了变化。

首先,发生变化的是性别。性别的变化是传主身份转换的关键,因为后续发生的一切变化都与其性别身份的变化有关。在《奥兰多》的第三章,就在他被加封公爵冠冕、政治生涯达到顶峰的时候,摇身一变,成了一位女性,"他全身赤裸,笔直地站在我们面前,当号角不断吹响'真相! 真相! 真相!',我们别无选择,唯有承认:他是个女人"。④ 其次,发生变化的是他的社会地位。当"他"变成了"她",就不可能再作为英国驻土耳其的大使了,不可能再"与贵族们坐在一起,头戴冠冕,或行走在贵族队列中,或行使生杀大权,再不能率领军队,骑着战马昂首阔步地走过白厅,胸前佩戴着七十二枚各式勋章"。⑤ 她的身份只是庄园的女主人、骑士谢莫尔丁的夫人,充其量再加上女诗人。最后,发生变化的是经济状况。在法院审理她究竟是男是女的旷世官司中,她耗尽了家产,家道中落,"虽然她重又尊贵无比,但也不过是位没落贵族"。⑥ 至此,传主的身份已被完全逆转。

---

① 唐岫敏等著,《英国传记发展史》,上海:上海外语教育出版社,2012 年,第 11 页。
② 安妮·范肖的《安妮·范肖夫人回忆录》(1676)是当时罕见的以女性名字命名的传记体著作。但书中大量笔墨记录了其丈夫理查德·范肖的一生,以及他的生活经历、政治生涯、人品、性格等,因此,严格来说,范肖夫人未必是传主。
③ V. Woolf, *Orlando*, New York: Harcourt Inc. , 2006, p. 11.
④ Ibid. , p. 102.
⑤ Ibid. , p. 116.
⑥ Ibid. , p. 187.

　　奥兰多作为有易装癖、时男时女、男女同体的双性人，作为社会正统所不容的另类，竟然成为一部传记的传主，这彻底颠覆了英国传统传记在传主身份取向上的陈规旧俗，一反以伟岸高大的男性英雄为当然传主的维多利亚式传主形象。此外，奥兰多作为传主，对于英国传统传记的颠覆意义，还在于他/她所承载的道德意义。

　　在英国古典传记传统中，传主承担着道德伦理教化的功能，传主必须是占据道德高地的集众多美德于一身的道德楷模。这种传统在维多利亚时代演变为英雄传记的样式，"英雄崇拜也就成为 19 世纪传记作家的普遍特征了"。① 但到了20 世纪初，伍尔夫等新传记倡导者却对此提出了质疑和挑战，认为那种把主人公的缺点压缩到最低限度而抬高人物的传记，不管作者的写作技巧多么高明，总是使人怀疑其真实性。于是，为了增强传记的真实性和人物的个性，新传记作品往往更注重传主形象的立体感和鲜活性，并不避讳传主性格和道德上的瑕疵，"手淫、补牙、体臭、月经、淋病、不良嗜好、性取向等都能成为传记的话题"。② 以奥兰多为例，笨手笨脚，腼腆害羞，少年时混迹于酒吧下等人中或吉普赛部落中，在藏宝船里的偷情，有易装癖，等等。而他/她一生最大的瑕疵恐怕就是双性的问题，当年判定奥兰多为女性的旷世判决在伦敦引起了轩然大波，"人们把马套上四轮马车，把空空的马车赶到大街上，满街都是大大小小、川流不息的马车，不为别的，只为了表达不平静的心情。有人在公牛酒吧演讲，有人在牡鹿酒吧辩论。全城上下灯火通明"。③ 这场旷世判决，与其说是对奥兰多性别的判决，不如说是对传统性别观念和道德观念的判决，也是对传统传记观中传主资格的判决。

　　可见，伍尔夫颠覆传主身份的策略在于虚化边界。她挑战传统，但却不割裂传统，刻意模糊或虚化新传记与传统传记之间的边界。就传主的性别身份而言，《奥兰多》并非以一位女性传主来与男性传主的传统抗衡，而是呈现给读者一位先男后女、时男时女、亦男亦女的性别身份不清晰的人物；就传主的经济和社会

---

① A. O. J. Cockshut, *Truth to Life: The Art of Biography in the 19th Century*, New York: Harcourt Brace Jovanovich, 1974, p. 42.

② Hermione Lee, *V. Woolf's Nose: Essays on Biography*, Princeton: Princeton University Press, 2007, p. 3.

③ V. Woolf, *Orlando*, New York: Harcourt Inc., 2006, p. 187.

地位而言,虽然家道中落但仍是贵族,虽然仕途中断但却成为文学界冉冉升起的一颗新星。正是在虚化边界的过程中,《奥兰多》实现了传主身份从传统传记到新传记的跨越。

2. 虚构 vs 事实

英国传记传统一般着重于记录某个人的真实事件,以貌似客观公正的叙述方法将所谓的客观现实呈现给读者,如上所述,有很长一段时期英国传统传记与历史的界限十分模糊。17 世纪英国著名文学家约翰·德莱顿明确将传记视为历史的一个分支,"历史学主要分为三种类型:记事或编年史,可严格称谓的历史,传记或特定人物的生平"。[1] 在传统传记观看来,是否详尽客观地记录了传主一生的"事实",往往是衡量一部传记是否成功的标准。因此,伍尔夫也处处着意宣称《奥兰多》作为传记所具有的严肃的"史学"意义。首先,为了避免在文类上的混淆,她在作品的标题上赫然用了"传记"一词;其次,在《奥兰多》的序言中她又强调,这部传记的完成得到了朋友、学者、历史学家和批评家的帮助,其中有笛福、艾米丽·勃朗特、罗杰·弗莱、里顿·斯特拉齐、E. M. 福斯特,还有深谙俄罗斯文化和中国文化的学者,[2]洋洋洒洒列举了近两页的名单,似乎是以此佐证这部传记的严肃性和历史重构性;[3]最后,在叙述的过程中,伍尔夫又以带有自嘲的口吻声明《奥兰多》所依据的材料,"无论是私人文件还是历史记载,都能满足传记作者的基本需求,使传记作者可以循着事实不可磨灭的足迹,心无旁骛地缓步前行"。[4] 但是,《奥兰多》终究是一部令人迷惑的作品,无论是传主本人的生平故事,还是作品的文类归属,对于批评家和普通读者来说,都像一个谜。当年批评家康拉德·艾肯就曾断言,读者阅读《奥兰多》时将会感到茫然,"不能确定这本书是传记,还是对传记的讽刺,是历史,还是对历史的讽刺,是小说,还是寓言"。[5] 而另一位批评家里昂·埃德尔则指出,"《奥兰多》实际既不是文学游

① 唐岫敏等著,《英国传记发展史》,上海:上海外语教育出版社,2012 年,第 210 页。
② V. Woolf, *Orlando*, New York: Harcourt Inc., 2006, pp. 5 - 6.
③ David Daiches, *Virginia Woolf*, Norfolk, Conn.: New Directions, 1942, pp. 98 - 99.
④ V. Woolf, *Orlando*, New York: Harcourt Inc., 2006, p. 49.
⑤ Conrad Aiken, Review of Orlando, Dial, Feb. 1929, In Robin Majumdar and Allen McLaurin, eds., *V. Woolf: The Critical Heritage*. Boston: Routledge, 1975, pp. 234 - 236.

戏,也不完全是小说:它属于另一种文类。它是一部寓言——传记家的寓言"。① 因为《奥兰多》中有太多的梦幻、想象和虚构无处不在地与所谓事实交织在一起:"《奥兰多》把幻想和史实、可能性与不可能性结合在一起,以梦幻世界的景象来反映历史和行为方式"。②

作为传记,《奥兰多》为不得不借用虚构和想象找到了无可推诿的托辞。托辞之一是:某些情节缺乏文字记载的历史材料,而另一些有据可查的历史文献,又被大火无情地烧毁了——"彻底损毁了那些有据可查的文件,以致我们能提供给读者的材料少得可怜。被大火烧得焦黄的地方,往往恰恰是最重要一句话的当中。就在我们以为就要解开一个困扰历史学家一百多年的秘密的时候,手稿上就突然出现了一个比手指还大的窟窿。我们竭尽所能从那些尚存的烧焦了的碎片中拼凑出一份可怜的梗概,却仍不时需要借助猜想、推测,甚至幻想"。③ 托辞之二是:传主是一位女性,而"当我们叙述一个女人的生活,人们普遍认为,我们可以略去她的行动,只谈爱情。有位诗人曾经说过,爱情是女人的全部生存方式"。④ 而爱情属于情感的范畴,因此,传记记录的事实中,应该包括情感,即事实不应该仅仅指一个人外在的言行、经历的往事,还应该包括一个人的情感、想象等心理活动。因此,那些为传统传记所不能容忍的要素:虚构、想象、心理描写、情感抒发等,都在这两个振振有词的借口下理直气壮地在传记的圣殿中登堂入室了。

在作品中,奥兰多人生的几个重要场合,伍尔夫都用"幻想"或"幻觉"来填补"事实"应在的位置。比如关于奥兰多的变性:

> 叙述到这里,又陷入了事实模糊不清的境地。我们心里几乎想大声呼喊,干脆再模糊些吧,模糊到我们完全无法辨明真相! ……可就在此刻,唉,有三位神祇守护在传记作者的墨水瓶旁,他们是严厉的真相之神、坦率之神和诚实之神,他们大声喊道:"万万不可!"他们将银号举到唇边,吹响了他们

---

① Leon Edle, *Literary Biography*, Bloomington: Indiana University Press, 1973, p. 139.
② Desmond MacCarthy, Review of Orlando, *Sunday Times*, Oct. 14, 1928, In Robin Majumdar and Allen McLaurin, eds., *V. Woolf: The Critical Heritage*, Boston: Routledge, 1975, p. 225.
③ V. Woolf, *Orlando*, New York: Harcourt Inc., 2006, p. 88.
④ Ibid., p. 198.

的请求:真相! 接着又吹:真相! 这嘹亮的号声三次齐鸣,真相,只要真相! ……当号角不断吹响"真相! 真相! 真相!",我们别无选择,唯有承认:他是个女人。[①]

在这段文字里,"真相""坦率"和"诚实"都处在神的位置,象征着传统传记观中"事实"的神圣不可侵犯的至高地位,但传记作者却坦言,"陷入了事实模糊不清的境地",于是,不得不安排三位"非现实存在的"或幻想中的仙女出场,通过仙女们的载歌载舞填补了从"事实模糊不清"到"真相"之间的空白地带。也就是说,唯有借助幻想的手段,才最后企及"真相"。由此,伍尔夫揭示了"真相"的本质,即传统传记观所信奉和追求的所谓"真相"是不可及的,在追寻真实之可能与企及真实之不可能之间的差距,只能用虚构和幻想来填补。

关于奥兰多人生的另一个重要场合——结婚,伍尔夫是这样描述婚礼的:

伴随着怦怦的关门声和听起来像是敲铜锅的声音,风琴奏响了,琴声时而低沉,时而高昂。杜普尔先生如今已老态龙钟,他提高嗓门,想压过众人的嘈杂声,但没人听得见他在说什么。接着,出现了片刻安静。一个词清晰地回荡着——肯定是"至死不渝"那个词。……一声惊雷响起,谁也没听见'我愿意'这个词,谁也没看见新郎新娘交换戒指,只看见一道金光闪过。一切都游移不定,混沌不清。[②]

根据这段文字,奥兰多结婚这个"事实"并没有确凿的证据,因为"谁也没听见'我愿意'这个词,谁也没看见新郎新娘交换戒指,只看见一道金光闪过。一切都游移不定,混沌不清"。伍尔夫用另一种"诚实"——不知道真相是什么,或真相是不可知的——来对抗传统传记所谓的忠于事实的"诚实"观,也就是说,如果传记家真的足够诚实的话,那么就应该坦言,所谓事实真相其实是不可知、不可及的。

但也有些场合,伍尔夫是用"事实"来填补了"虚构"应在的位置。比如,在写到奥兰多生孩子的场面时,伍尔夫这样写道:

---

① V. Woolf, *Orlando*, New York: Harcourt Inc., 2006, pp. 99 – 102.
② Ibid., pp. 191 – 193.

　　让我们想一想，作为传记作者，该如何巧妙地掩饰这一段不得不写的史实……那么，在这个灰蒙蒙的三月早晨，就不会发生什么事，去缓和、掩盖、隐藏、遮蔽那件不可否认的事吗？

　　……

　　琴声轻轻的，风笛般悠扬，长笛般清亮，时断时续。……让我们就用这琴声来填满这一页，直到那不可否认的时刻到来……手风琴声戛然而止。"是个漂亮的男孩，夫人"，助产婆班廷太太说着，把奥兰多的头生子送到了她的怀抱里。换一种说法，在三月二十日，星期四的凌晨三点钟，奥兰多平安产下一子。①

伍尔夫在这里击中了传统传记观的另一个致命弱点——掩饰真相。正如上文提及，在英国古典传记传统中，传主承担着道德伦理教化的功能，因此必须是占据道德高地的集众多美德于一身的道德楷模，凡是被社会所不容的道德瑕疵，即便是"真相"，也应在传记中被回避、被掩饰。这种传统在维多利亚时代演变为英雄传记的样式，英雄崇拜蔚然成风。而奥兰多作为传主，不仅自己性别模糊，且嫁给了一位同样性别模糊的谢莫尔丁，甚至还生养了孩子。这类本应在传记中含糊其辞、遮遮掩掩的"事实"，被伍尔夫言之凿凿地呈现在读者的面前："在三月二十日，星期四的凌晨三点钟，奥兰多平安产下一子"，时间精确，文字简练，意思明白无误。伍尔夫就是用这种反其道而行之的策略，轻松而不着痕迹地调侃了一下传统传记的诚实观。

　　因此，《奥兰多》作为新传记的实验，其所追寻的与其说是事实，不如说是追寻事实的本质。② 伍尔夫认为新传记应该不再被传主的所谓事实所累，而应该大胆融入虚构的成分，甚至融入传记作者的想象和情感，这样才能更有效地表现出传主的个性，这样的传记才更真实，因为"越来越真实的生活就是虚构的生活"。③ 伍尔夫特别赞赏阿诺德·尼科尔森的传记作品，因为其中渗入许多虚构故事的手法以及作者的想象和立场观点，伍尔夫觉得这样反而更趋于真实。换

---

① V. Woolf, *Orlando*, New York：Harcourt Inc.，2006, pp. 216－217.
② Anne Olivier Bell ed.，*The Diary of V. Woolf*, New York：Harcourt, 5 vols. 1977—1984, vol. 3, p. 113.
③ 张京媛主编，《当代女性主义文学批评》，北京：北京大学出版社，1992 年，第 40 页。

言之，诉诸于文字的"事实"，无论是小说还是传记或历史，都是虚构的"事实"，或含有虚构成分的建构性的事实。伍尔夫针对传记家锡德尼·李关于传记是"忠实传达人物个性"的说法，指出这种对传记的要求是分裂的，因为"一面是事实，另一面是人物个性，如果我们把事实看作花岗岩般坚硬，把人物个性看作彩虹般变化莫测，而传记的目的则是将两者进行无缝对接"。① 这几乎是难以完成的使命，正如伍尔夫在日记中谈到她对《奥兰多》的设想时说，这部书"必须是真实的，但同时也是幻想的"。② 《奥兰多》就是"传记家用一种标新立异的方法来解决彩虹与花岗岩、人物个性与事实真相的紧密结合问题"。③ 这种标新立异的方法就是，在传记的书写中冲破"事实"的藩篱，使想象获得最大限度的释放。书写和想象的自由，正是伍尔夫在写作《奥兰多》时所追求的。

无羁的想象和自由的书写，可以说是伍尔夫的终极追求。她反对任何范式的束缚，当她的意识流小说创作获得巨大成功、被纳入批评家的视野认真研读并被范式化以后，她就产生了压抑和逃遁的欲望，当《到灯塔去》取得巨大成功之后，她在日记中写道："我觉得茫然，抑郁，负担很重，不知道接下去该写什么——真的想要自杀了，这种严肃的实验性写作总是引起密切关注，而事实上我想逃离这种写作""我越来越肯定我不会再写小说了。"④《奥兰多》就是她的一次大逃亡：从小说逃到传记——从传记的传统形式逃到一种不受任何文类规范束缚的自由形式。当然，正如奥兰多无论怎样特立独行也不得不"买一只丑陋不堪的指环，躲在窗帘阴影处，羞愧难当地偷偷把它套在手指上"，不得不"顺应时代潮流，拖曳起沉重的裙撑"，伍尔夫也只能借助一些巧妙的手段和策略，才能在传统的束缚下，悄然释放内心对无羁想象和自由书写的追求。

用调侃传统传记规范的诙谐笔法来完成颠覆传统传记的严肃使命，《奥兰多》并不是伍尔夫笔下的第一部。她 1907 年创作的《友谊长廊》也许可以视为她对新传记叙事模式的最早尝试。《奥兰多》诙谐调侃的文风，以及现实与想象、事实与虚构交融的笔法，在《友谊长廊》中已初见端倪，而在《奥兰多》中则表现得更

---

① V. Woolf, "The New Biography", In *Collected Essays of V. Woolf*, New York：Harcourt 1967, vol. 4, p. 229.

② Anne Olivier Bell ed. , *The Diary of V. Woolf*, vol. 3, pp. 156 - 157.

③ Maria Dibattista, "Introduction", In V. Woolf, *Orlando*, New York：Harcourt, 2006, p. xlvi.

④ Anne Olivier Bell ed. , *The Diary of V. Woolf*, vol. 3, p. 177.

为娴熟和自信。《奥兰多》因其对传统传记模式的颠覆和戏拟，所以也被称为"仿传"，但"仿传"或"戏拟传记"的说法，其实恰恰是站在传统传记陈规旧俗的立场上，贬低或抹杀了伍尔夫尝试新传记的开创性意义。在《奥兰多》荒诞幽默、轻松诙谐的叙事表象下，是伍尔夫对现实与想象、真实与虚构、小说与传记的形式和本质的严肃思考，亦谐亦庄，正是伍尔夫颠覆英国传记传统的策略精髓。

二、小说中的语言学图谱

小说是语言文字的艺术。随着西方现代语言学研究从索绪尔到皮尔斯的不断探索，符号（文字符号）越来越被看成是意义的载体，且符号的意义是可认识、可解释的。语言学、符号学的新发展、新理念推动了建构主义理论的建树，为致力于小说形式技巧创新的小说家们提供了实验灵感和理论依据。于是，20世纪上半叶，英国和法国一些女作家们纷纷在此领域进行大胆尝试，她们致力于研究语言符号系统，开发其意义表达潜能，把小说创作视为绘制语言符号意义图谱的实验田。

法国当代著名新小说派作家及理论家、俄罗斯血统的娜塔丽·萨洛特（Nathalie Sarraute，1900—1999）被视为这一类小说实验的开拓先锋，她1939年发表的小说《向性》（*Tropismes*）就展现了与传统小说手法迥别的样式，她借用生物学词汇"向性"来命名小说，试图借用小说语言勾画出人与人相互关系和微妙心理的现象图。之后出版的《一个陌生人的画像》（*Portrait d'un Inconnu*，1949）既无传统小说所具有的完整结构，也无富有真实感的情节，萨洛特在该小说的序言中称之为"反小说"。"反小说"言简意赅地概括了法国新小说派的创作理念和技巧特色，那就是对传统小说形式技巧的逆反。萨洛特的新小说创作实验代表作还有《马尔特洛》（*Martereau*，1953）、《天象仪》（*Le Planetarium*，1959）、《金果》（*Les Fruits d'or*，1963）、《生死之间》（*Entre la vie et la mort*，1968）等，这些小说显示出她对语言的把握和运用已到了出神入化的境界，作品中每个词都耐人寻味，拥有自己独特的生命力和表现力。萨洛特的新小说理论可从《怀疑的时代》（*L'Ère du soupçon*，1956）等理论著作中一窥端倪，萨洛特新小说观的形成受到詹姆斯·乔伊斯和弗吉尼亚·伍尔夫等在小说中进行心理意识深层分析的影响，而她的革命性的小说语言实验又反过来影响和鼓励了更多像克里斯廷·布鲁克-罗斯这样的英国女作家在小说语言形式上的进一步探索。

1. 文字雕塑

文字雕塑在实验小说中的运用是基于对话语建构性的认知。在建构主义看来,所谓文学反映的客观世界实则是人们借助各种语言符号形式建构而成的。文字作为小说叙事的载体,其建构的不仅仅是虚构世界,而是话语构成的"真实"世界。小说家不断在小说的语言能指上开拓,就能反映出更为纷繁多元的"真实"世界。于是,英国实验小说家纷纷将叙事焦点从客观现实转向了建构现实的话语。比如著名女作家多丽丝·莱辛的《金色笔记》,主人公安娜的形象塑造更多地通过其"黑""红""黄""蓝"四种颜色的笔记本来分别呈现各个语域的话语,如社会性别话语、政治话语、种族话语、心理学话语等。这些话语彼此关联又相互矛盾,构成了安娜复杂的自我和碎片化的存在。

英国女作家克里斯廷·布鲁克-罗斯的小说也是追求文字技巧上的大胆创新的典范之一,她的小说一反传统的现实主义叙事手法和正常时序结构,淡化人物和情节,采用一些非规范化的语言来表现某种现象,常常不分句子和段落,也没有标点,有时把词汇搭成一座塔的形状,有时又拼成一座桥。布鲁克-罗斯凭藉自己出色的语言功底,把语言学、符号学等方面的知识在小说创作中运用得淋漓尽致,她的小说因此被称为实验主义小说。小说结构和语言过于奇特,往往使读者感到晦涩难懂,创作手法和风格与英国小说传统大相径庭,因此英国评论界对她的小说褒贬不一。她在语言文字创新方面的过度刻意追求,使其小说难免被习惯于阅读传统小说的人们视为文字游戏,但她的小说毕竟在实验小说领域取得了相当突出的成就,具备了小说语言形式探索先锋的价值。

布鲁克-罗斯生于瑞士日内瓦,幼年生活在比利时布鲁塞尔,其父亲是英国人,母亲兼有美国人和瑞士人血统。她于 1949 年获牛津大学萨默维尔学院英国哲学学士学位,1953 年获该学院硕士学位,1954 年又获伦敦大学学院博士学位。1955 年出版第一部诗集《金子》(*Gold*),1957 年出版第一部小说《爱的语言》(*The Language of Love*)。1956 年至 1968 年间,布鲁克-罗斯一边为伦敦的报刊撰写评论文章,一边在巴黎大学讲授英国文学和文学理论,同时还出版了一系列小说,如《梧桐树》(*The Sycamore Tree*,1958)、《可爱的欺骗》(*The Dear Deceit*,1960)、《外面》(*Out*,1964)、《如此》(*Such*,1966)和《之间》(*Between*,

1968)等。其中《外面》荣获 1965 年作家旅行协会奖，《如此》荣获 1967 年詹姆斯·泰特·布莱克纪念奖。布鲁克-罗斯 20 世纪 70 年代的重要作品主要有《当你看见绿人散步时就走》(*Go When You See the Green Man Walking*，1970)和《穿越》(*Thru*，1975)。

布鲁克-罗斯的小说语言实验一定程度上得益于她本人的多元语言文化背景，她被称为"欧洲文化人"，这不仅因为她在血统上的混杂，在语言上她的母语是法语，而且在文化传统上，她继承的是英、法、比利时、瑞士等多种语言文化的混合体，这导致她作品语言风格的"无国界性"。除了她的第一部作品《爱的语言》因为在语言风格和作品内容上都与艾丽斯·默多克的作品极为相像，而被英国评论界作为英国式小说接受以外，她的其他作品在创作手法和语言风格上都更接近法国新小说派。

新小说派又被称为"反传统小说派"。为了使小说的形式审美和语言表达方式更能适应时代的审美需求，新小说派主张革新传统小说的内容和形式，宣称与现实主义文学传统决裂，认为现实主义文学传统揭示的是生活表面的真实，因此有必要探索新的艺术手法，来揭示人们内心和意识深处更为深层的真实。布鲁克-罗斯被认为是法国新小说派创始人阿兰·罗伯-格里耶(Alain Robbe-Grillet，1922—2008)的追随者。罗伯-格里耶较有代表性的小说有《橡皮》(*Les Gommes*，1953)、《窥视者》(*Le Voyeur*，1955)、《嫉妒》(*La Jalousie*，1957)、《迷宫》(*Dans le Labyrinthe*，1959)等，他的新小说理论体现在他的论文集《为了一种新小说》(*Pour un Nouveau Roman*，1963)里。罗伯-格里耶认为，传统小说中赋予事物以"我"的眼光和感受，是人类用语言对物实施的专制，他称之为"语言的暴政"，他主张小说应该注重表现"物"本身，追求绝对的真实。布鲁克-罗斯 1969 年翻译了罗伯-格里耶的小说《迷宫》，她的精彩译本荣获英国艺术委员会翻译奖。布鲁克-罗斯的小说《外面》也被认为是模仿了罗伯-格里耶的小说《嫉妒》。《外面》写的是发生在未来某个时代的事。小说开始时，一场骇人的核战争刚刚结束，整个世界满目疮痍，一片狼藉。核辐射使原本五彩缤纷的世界变成一片灰白，于是，色彩成了人们鉴别健康的标志，也成了决定一个人社会地位的标志。主人公是这场灾难的目击者也是受害者，作品通过他的所见所闻，向人们展示面对这种灭顶之灾时，人性意味着什么。尽管小说的某些场景与罗伯-格里耶《嫉妒》中的一些场景颇为相似，如种植园中的暖房、房子外面整整齐齐排列着的香蕉树等,但《外面》与《嫉妒》的最大区别在于,罗伯-格里耶笔下的主人公是纯粹冷漠、客观的,是超越人性的,场景也毫无历史感,完全超越了现实,而布鲁克-罗斯笔下的主人公则不乏人类的情感与特征,在看待外在世界所发生的一切时并非无动于衷,而是掺入他的思想和内心感受。由于布鲁克-罗斯和罗伯-格里耶都喜欢把科学术语和科技成果的内容呈现在自己的小说中,这使他们的作品外观上看起来极为相似,但某种程度上,两者的内容与主题可谓恰恰相反。罗伯-格里耶试图表明人性的泯灭,与人类想象力相关的隐喻在文学中已失去价值,而布鲁克-罗斯则尝试用非形象思维的形式来塑造具有思想情感的人物,并证明冷冰冰的科学语言形式也可以包藏丰富的情感内蕴。

从小说《外面》开始,布鲁克-罗斯形成了自己独特的创作风格,而在小说《如此》中,她不仅保持了这种创作风格,并开始进一步尝试如何把奇特的非小说形式与现实生活内容完美地结合在一起。《如此》的主人公是一位天文学家,他眼中的现实生活就如同他从望远镜中看到的天文现象一样,冰冷无情,遥不可及。他在一次从望远镜中观测天体现象时死去了,然而又通过他内心的通道回到了现实中。他冷静地回顾了他作为科学家的一生,并没有对自己的一生做出评判,但读者完全可以做出自己的评判,这正是布鲁克-罗斯隐喻手法的微妙之处,留待读者去完成一个完整的意象和概念。在小说中,作者运用科学家的语汇和视角,叙述的也是科学研究的论题。然而在这些科学语言表象的背后,作品的终极关怀显然是人类生动的现实,它探讨的社会问题和道德问题都是当时英国社会的焦点问题,如道德的沦丧、人与人之间的隔阂和冷漠、人们为找不到自身的社会价值而苦恼等等。《如此》尽管在语言形式上晦涩离奇,但由于在内容上紧扣现实问题,使小说仍具有一定的可读性。在这一点上,布鲁克-罗斯的小说形式实验应该说取得了一定的成功。

《穿越》可谓布鲁克-罗斯小说技巧的集大成者,她把前几部小说中运用过的各种尝试都集中在这部小说里,使之成为她最有影响的代表作之一。在这部小说中,主人公既是故事叙述者,也是故事目击者,忽而像个会变戏法的魔术师,忽而又变成语言大师,随意操纵语言,并随意安排小说的叙事形式。小说在变幻着的各种现象中蕴含巨大的文化内涵,指出了人们与文化之间的差距,并力图构建出跨越这一差距的桥梁。作品通过主人公,一位艺术家,表明了文化是一个不断发展变化的可变体,人们要了解它,必须从它的原始根部一直追溯它的发展历程。从这点可以看出作者对于文化传统的重视。作品留下了丰富的意象和隐喻，有待读者去完成小说"未言"的另一半。

布鲁克-罗斯在 20 世纪 80 年代以后又发表了一系列小说，较有影响的是《混合》(*Amalgamemnon*，1984)、《终结文本》(*Textermination*，1992)、《下一个》(*Next*，1998)和《字幕》(*Subscript*，1999)等。布鲁克-罗斯还出版了两部自传，一部题为《重塑》(*Remake*，1996)，另一部题为《生命，终结》(*Life，End of*，2006)。

布鲁克-罗斯小说最显著的特点在于她语言运用方面的探索和创新，这与她本人深厚的语言功底分不开。她不仅熟谙英、法等语种的结构、语意和语法，而且对语言丰富意象的研究也颇有造诣。她写过两本有关美国意象派诗人 E. 庞德的研究专著，还著有《意象的语法》(*A Grammar of Metaphor*，1965)一书，该书对英国 15 位著名诗人诗作中具有丰富意象的语言文字进行了深入的分析和研究。布鲁克-罗斯把她在语言学方面的研究成果充分融入其小说创作，她在多年的创作和写作中，一以贯之地坚持自己独特的小说形式风格，并决意在标新立异的小说语言实验之路上勇敢前行。

通过创新语言文字进行小说形式实验的英国女作家还有詹尼特·温特森(Jeanette Winterson，1959—)和布里吉德·布罗菲(Brigid Brophy 1929—1995)等。詹尼特·温特森的小说有"文字雕塑"之称，她很注重语言的雕琢和创造性发挥，在作品中常常穿插一些散文诗般的片段。温特森对爱的书写是狂热和浪漫的，读着那些充满激情的片段，就像读一首首抒情诗一样。此外，温特森常常在句法和语法上尝试富有新意的改动和调整，并有很多创造性的文字实验。传统的叙述技巧被削弱了，取而代之的是适应新主题的新叙事手段。布里吉德·布罗菲也主张在小说语言艺术上进行大胆实验和创新，她 1969 年出版的小说《转变》(*In Transit：An Heroicycle Novel*)玩转文字游戏，与布鲁克-罗斯的小说实验颇为相似。

2. 拼贴迷宫

英国女作家对于小说形式技巧的实验动机，是基于她们对虚构和真实边界的更高层次的认知。游走于谎言的世界，就如同步入迷宫一般，真相的彼岸变得遥不可及，因此，小说家们试图用时空交错跳跃、拼贴碎片、镜头取景、色彩声音等障眼手法把读者领入真假莫辨的迷宫,以此来展示游走于虚构与真实边界的小说世界。苏格兰作家阿莉·史密斯(Ali Smith, 1962—　)就是这样一位小说形式实验的先锋,被誉为最具天赋的弗吉尼亚·伍尔夫继承者之一。她的小说特点为非线性的、不连贯的、模糊的碎片式叙事,叙事人称和视角不断转换,意识流、非常规文字修辞和开放式叙事结构等使她的小说既像一幅幅不完整的拼贴画,又像永远也走不出去的迷宫。

阿莉·史密斯是一位创作风格严谨但又在小说写作技巧上勇于实验的女作家。她 1962 年生于苏格兰一个工人家庭,曾经在剑桥大学研修过博士课程。1995 年以短篇小说集《自由的爱》(Free Love and Other Stories)在当代英国文坛崭露头角。收入这部集子中的短篇小说充分展示了史密斯在小说结构和情节设计上的精心雕琢,表现出她在小说形式和谋篇布局上精益求精的追求。史密斯凭借《自由的爱》一举夺得圣安德鲁十字会处女作奖和苏格兰艺术委员会奖。

史密斯在小说创作样式上对传统小说的文类进行了大胆实验,在她的第一部短篇小说集《自由的爱》首战告捷后,她进而开始尝试用短篇小说的写法来进行长篇小说创作。她的两部长篇小说《如同》(Like,1997)和《饭店世界》(Hotel World,2001)的体例都有点近似短篇小说集。《如同》由两个独立的部分组成,而《饭店世界》则由六个独立的部分组成,这些独立的部分各自有不同主人公,讲述不同的故事,似乎是一篇篇独立的短篇小说,但史密斯巧妙地在这些独立的部分之间建立起某种关联,使它们彼此呼应连结,拼贴成一部多维立体的长篇小说。

史密斯的第一部长篇小说《如同》1997 年问世。小说展示了一位 80 岁老人的心灵世界。她生活在对往事的记忆中,这些记忆构成了她五光十色的、万花筒般的生活内容。形形色色人物的姓名、梦魇以及被精心收藏着的有奇特意义的小玩意儿,甚至烟花爆竹的气味,构成了她的全部世界。她的世界远离现实世界,是由她的幻象和记忆构成的具有象征性的世界。在她眼里,文字符号就如同人一样富有形体和生命。小说中多处运用意识流手法,一些生活的细节和事件都通过女主人公的回忆,在意识世界中展开,那些生活中司空见惯的事和场景在老人的意识中以一种奇特次序和规则展现出来。《如同》作为阿莉·史密斯的第一部长篇小说,在小说的谋篇布局上因循了她短篇小说创作中的那种刻意和精心,比较注重结构的完整和严谨。而史密斯的第二部长篇小说《饭店世界》则表明她在长篇小说的叙事结构和技巧创新上更趋成熟。

《饭店世界》2001年出版，在英国文学评论界获得广泛好评，荣获2001年安柯尔奖、苏格兰艺术委员会图书奖，并成为当年布克奖六部提名小说中的一部。《饭店世界》分为六个部分，由"过去""过去的历史""未来条件式""完成时""过去中的未来"和"现在"六部分组成，每部分有一个叙述者，分别写了五位不同的女主人公在环球酒店的不同遭遇。她们中一位是在酒店门外乞讨的无家可归的女人，一位是酒店前台接待小姐，一位是酒店评论家，一位是酒店客房服务员的幽灵及幽灵的妹妹。小说的六个部分看起来是各自独立的完整故事，但每个部分之间又有着潜在的内部关联，似乎"我"在不为人察觉间附魂到了另一个人身上，而且相同的人物出现在不同的部分，或者一位人物的命运影响到另一位人物。萨拉是《饭店世界》的主人公之一，她在小说中主要以幽灵的形式出现。她原是环球酒店的女服务员，一次因打赌爬入送菜升降机，升降机的钢索断了，她不慎从四层楼摔下，死了。从此，萨拉就以幽灵的形式不断回访她原先生活的那个世界——她的灵魂要寻回她丢失的身体，寻回现实世界的真实感。原先那真实的一切，现在都变成了虚幻，她只能想象自己有一双脚，脚下是一条小路。她想象着她身体的每一个部位，想象呼吸，想象气味，甚至想象皮肤上瘙痒的感觉。史密斯把萨拉的灵魂与肉体的对话写得十分精彩，语调飘逸轻缓，似梦似真。现实生活中的一切，酒店里的旅客，都通过萨拉不死的灵魂——超意识反映出来，苍白、飘忽，他们也像萨拉的幽灵一样，感受到时间的飞逝和失语的痛苦。或许可以说，史密斯把酒店看成是世界的缩影——在那儿，死人的幽灵关注着活人的命运。如果说小说开始时读者看到的是死去了的萨拉的幽灵如何袭扰着活人世界，那么到小说结尾时，读者感受到的却是这个活人世界如何打扰着亡灵。《饭店世界》在很多场合运用意识流手法，萨拉的幽灵作为一种意识的存在始终徘徊在小说的始末，它对现实世界和现实世界中各种人物的回访使得一切现实的东西被放置到一个幽灵的眼中，并通过这个幽灵的视角折射出来。而这个幽灵作为一种意识的流动，比现实中活人的意识具有更广袤而无限的空间，它不仅不受时空制约，甚至不受生死制约。《饭店世界》的主题是沉重的，但史密斯却试图用叙述语言的平缓轻松和幽默感来化解这份沉重，把悲哀和希冀完美地结合在一起，使读者感觉到作者乐观的态度。小说运用的实验技巧除了穿越时空和跨越生死的意识和超意识流之外，史密斯还尝试将数字比如时间、电话号码、房间号等巧妙地运用为小说叙事中具有特殊含义的语言载体。

用"迷宫"来形容史密斯小说中弥漫着的那种神秘感是十分贴切的。以《饭店世界》为例，史密斯的小说对神秘感的营造不仅通过那些在故事中四处徜徉的幽灵和梦魇，还通过悬念设置，且是无解的悬念，那是史密斯留给读者去阐释和创造的空间，这也正是她小说开放性的体现。《饭店世界》中萨拉的死因，乍看是一个事故，但通篇读完，读者却会产生另一种疑虑：或许有别的原因抑或自杀，究竟什么才是真正的死因？恐怕永远是个谜。小说《如同》中艾米与凯特之间的"母女情"也是个谜，凯特既然不是艾米的亲生女儿，艾米为什么会对凯特倾注全部的母爱？这些悬念的设置不仅充分调动起读者的想象力，且给每一个故事都提供了一个更广阔的语境，使读者感觉到故事只是这个巨大而又繁复世界中的冰山一角。"在碎片化的《饭店世界》里，读者需要拾起这些碎片，以一种新的眼光去审视现实的本真"。① 史密斯通过时空错置和并置，以及叙事的不完整性和不确定性等手段把悬念呈现出来，使读者感觉步入迷宫，但这也许正是史密斯所刻意表现的所谓真实世界，因为真实世界本来就是这样——由一连串奇特的巧合和无解的悬念构成的迷宫。

受新小说理论的影响，史密斯的小说常用人物的失语状态来表现小说语言在反映真实世界时的局限，以"缺失"或"空白"来凸显真实世界支离破碎的碎片化无序状态。法国新小说理论家罗伯-格里耶在他的《重现的镜子》中指出，人类生存的世界是由莫名其妙的内核、黑洞等不完整的事物构成的，一切现实的东西都是破碎的，不存在什么明确的意义和完整的结构，现实充满了不确定因素和空缺性。② 史密斯笔下的人物常有语言表达障碍，比如《饭店世界》中的很多人物都感觉到不同程度的失语危机，她们常常找不到适当的语言来表达。《饭店世界》里的五位女主人公都处在不同的语境中，有的处于历史，有的处于未来，有的是完美的化身。她们都有语言表达的困惑——她们都感觉到没有足够的词语来进行表达。萨拉坠楼身亡后，她不安的灵魂连续徘徊了几个月，试图寻回她与真实世界的联系，去拜访她的朋友和同事，但却不断地受到阴阳相隔的困扰，以及她自己失语的困扰——她死后不久就忘记了很多人间使用的词汇，因此很难再

---

① 刘晓晖，曲义，"空缺的世界——走进阿莉·史密斯的《饭店世界》"，《天津师范大学学报》，第 21 卷第 4 期（2014 年 7 月）。
② 罗伯-格里耶，《重现的镜子》，长沙：湖南美术出版社，1998 年，第 78 页。

与人间沟通。萨拉的妹妹克莱尔说起话来语无伦次，常常欲辩忘言。酒店前台接待小姐丽斯在忍气吞声承受了各种没完没了的压力之后，说起话来也结结巴巴，词不达意。酒店的客人佩妮小姐说话时使用的是一种夸张的、不合常理的表达方式。爱尔诗，徘徊在酒店大门外的无家可归者，有着丰富的思想和情感，但她的思维世界和情感世界所用的语言是诗化的，那是一种在世俗生活语境中使用起来极不恰当的语言。因此，当她与人说话时，她会一时语塞，不得不使用简略语说话。在小说《如同》中，主人公艾米在得到了她"女儿"凯特之后，也突然在公众场合丧失了语言能力，只有当她在家里或与女儿一同度假时才能暂时恢复这种能力。为了表现这些"有语言障碍"的人物各自不同的背景和生活经历，史密斯在写作时非常注重突出他们所用语言的不同语调、语气和风格。同时，在这些有语言表达障碍的人物身上也表现出一个共同的倾向，即逃避现实，逃避给她们造成心理压力甚至带来灾难的现实。忘却现实中的语言，使她们与现实的联系出现了断裂，从而在她们与现实之间形成了某种隔离带，使她们远离那令人不愉快的、难以用言语表述的现实世界。正如新小说理论家罗伯-格里耶所指出的，语言再丰富、再明确，也无法穷尽真实世界的破碎性。

　　史密斯 2003 年推出了她的又一部短篇小说集《完整故事》（*The Whole Stories*），她的第三部长篇小说《迷》（*Accidental*，又译《查无此女》或《偶然》）也在 2004 年问世。《迷》是一部反映当代英国社会和家庭生活的小说，故事也许并无太多新意，但史密斯却将读者的注意力从故事本身移开，转移到人物心理的变化过程上，并在多处运用意识流小说的写法。在这部作品中，史密斯通过描述貌似平常的生活琐事，隐藏了其对社会道德、种族等问题的深刻质疑和剖析。《迷》糅合了意识流、访谈对答、数学公式、十四行诗等手法，是文学叙事与非文学手法的大胆拼接。《迷》的叙事声音来自一个孩子，史马特家里最小的女儿，12 岁的爱思翠。爱思翠拿着一台摄像机，喜欢东拍西拍，以她那双幼稚的眼睛观察并向读者展示成人的世界。爱思翠的母亲夏娃在写第二次世界大战（以下简称"二战"）时期的人物传记，她丈夫、爱思翠的继父迈克尔是大学文学教授，整日拈花惹草。爱思翠的哥哥麦格纳思虽有一副数学头脑，却是学校里惹是生非的捣蛋生。有一天，一位陌生女人出现在这个家里，迈克尔以为她是来采访夏娃的，而夏娃认为她是迈克尔的学生兼情人。这女人在史马特家里的出场改变了这个家庭中的每一个成员，故事就在这种不确定的氛围中展开，而爱思翠的非成人拍摄视角更增强了这种真假难辨的谜一般的感觉。按照传统的小说叙事惯例,史马特家的女主人夏娃应该是最合适、最有权威的叙述者,因为她本身就是一位作家,有着敏锐的观察力和出色的表现力。但史密斯却启用孩子的叙事角度,用"不可靠叙事者"的视角进行成人世界的叙事,这不仅是对权威叙事传统的挑战,而且对于小说家来说也是一种大胆的尝试。以孩子为叙事者的手法往往只有在作者对叙事能力有充分把握的情况下才被运用,因为这样的叙事角度较难操作,稍不留神就会出现两种失误:一是作者把成人的观念和思想强加给孩子,从而使孩子的叙事口吻过于成人化,二是为了使叙事者的陈述符合其年龄而使整篇小说丧失深度,显得幼稚简单。史密斯在《迷》中成功地使用这一叙事角度,充分展示了她在叙事技巧方面的成熟和精湛。《迷》的小说语言幽默轻快,虚构与非虚构行文叙事的拼接自如洒脱,《迷》荣获惠特布雷德奖、橙奖以及布克奖提名。

史密斯 2011 年出版的小说《纵横交错的世界》(*There But For The*,又译《若不是》)将她极具特色的小说技巧实验,包括意识流手法的运用和叙事视角的不断转换叠加、蒙太奇式的碎片拼贴、不可靠叙事者、文字游戏以及文类的混杂使用等,推向了更为娴熟和自信的境界。小说延续了《饭店世界》的结构手法,将四段看似彼此独立但却偶有交错的人生揉捏成一个精巧的长篇小说结构,各个篇章既彼此呼应又各自表达。小说人物原本在大千世界里互不相干,却因为很偶然的因素,比如一张便条、一首歌谣,而彼此相互关联。与史密斯的其他作品一样,《纵横交错的世界》也是一部结构开放的小说,它就像一块拼了一半的拼图,读者可以接着拼下去,但完整的画面也许永远也拼不出来,终究是一幅幅展示"缺失之美"的未完成拼图。《纵横交错的世界》用语义含混或彼此冲突的词汇,在真实与虚构、缺失与在场、碎片与整体之间寻求平衡。通过主人公麦尔斯的行为艺术、不同时空的不同声音、交错的时间线、模糊的记忆、不连贯的语言表达和令人费解的标点符号,以及来去无踪的内心独白,史密斯编织了纵横交错的语言迷宫,表达了对历史和真实的怀疑,引领读者探讨什么是"不真实的真实"或"真实的不真实性"。结论就是:历史是具有虚构性的,而真实(真相)是不可获得的。《纵横交错的世界》被《卫报》评为 2011 年度最佳小说。

2014 年,史密斯凭借小说《两面人生》(*How to be the Both*)再次入围布克奖提名,同时斩获了百利女性小说奖、福里奥文学奖、金匠奖以及科斯塔文学奖。《两面人生》是现时的一位小说虚构人物对一位文艺复兴时期的真实艺术家弗兰西斯科·德尔·科萨(Francesco del Cossa)的生活想象。《两面人生》的叙事手法被称为双体叙事，或对拼贴的再拼贴、对想象的再想象，即用两种不同的叙事声音和叙事次序来讲述同一个故事，两种叙事既像互相独立的两部小说，又像彼此呼应、叠加、逆反的两个章节，在小说形式上完全颠覆了传统的叙事手法。

史密斯2017年的小说《秋》(Autumn，"四季协奏曲"的第一部)又一次入围布克奖提名，并登上当年《纽约时报》"十大畅销书"的榜首，还在《卫报》于2019年评选出的"21世纪百佳图书"榜单中位列第八名。《秋》与《两面人生》一样，也是一个令人费解的谜。《秋》是一部由记忆、梦幻和现实构成的交响曲。男主人公丹尼尔是一位歌词作者，在现时的场景中，他是一位已经101岁的年迈老人，躺在医院里，处于深度昏迷状态。女主人公伊丽莎白在现时场景中是32岁，常去医院探访陪伴丹尼尔。伊丽莎白幼年时就与比自己年长近70岁的丹尼尔结成了忘年交。丹尼尔对艺术、历史的认知理念深深地影响了伊丽莎白，以至于她后来选择艺术史作为自己的专业。她的毕业论文选择了20世纪60年代的流行艺术画家波琳·博蒂(Pauline Boty，1938—1966)为研究对象。《秋》采用了时空不断交替转换的叙事手法，既有写实(现时)的片段，如伊丽莎白办理护照的经历和去医院看望丹尼尔的场景等，也有超现实的情境，如昏迷中丹尼尔的幻觉和幽灵叙事等。

《秋》结构的别致精妙之处，在于它是由两位不在场但却曾经在真实世界存在过的女主人公波琳·博蒂、克丽丝汀·基勒(Chiristine Keeler)，与两位在场然而却是小说虚构人物的伊丽莎白和丹尼尔，共同跨越时空、跨越生死地编织、拼贴而成的。这种由在场/虚构与不在场/真实所编织的叙事手法，史密斯在《两面人生》中已经尝试过，在《秋》里则运用得更为炉火纯青。博蒂是一位拼贴画艺术家，被誉为英国流行艺术的奠基人。博蒂1938年生于伦敦，曾就读于史莱德美术学院，是她的导师引导她进入了拼贴艺术的殿堂，此外她还研修了平板印刷术和彩色玻璃品设计艺术，多元的艺术技巧背景使博蒂的创作，尤其是拼贴画，颇具离经叛道的探索实验性。1961年，博蒂举办了一次画展，展出了20幅拼贴画，包括画作"这是一只鸟，抑或一架飞机？""玫瑰是玫瑰是玫瑰"等大胆创新且耐人寻味的画作。除了绘画技巧方面的创新实验，博蒂的画作在内容上也具有一定的先锋性，作为女性流行艺术家，她的早期作品多从女性的角度来赞美女性对性爱的渴望，画面常常带有感性和情色的元素，洋溢着陶醉于女性自我张扬的自信和追求自由奔放的性爱生活的热情。博蒂还是一位多才多艺的女艺术家，唱歌、跳舞、演戏、写诗、写评论，样样在行，常亮相于伦敦的一些戏剧演出和舞蹈表演舞台。在小说《秋》中，博蒂这位只活了28岁、才华横溢的拼贴画艺术家以及她的一幅拼贴作品中的人物克丽丝汀·基勒的传奇人生，都被作者史密斯和她笔下的两位虚构人物伊丽莎白和丹尼尔想象再想象、拼贴再拼贴。

博蒂拼贴画的女主人公克丽丝汀·基勒是20世纪60年代一件震惊全英的性丑闻的女主角。基勒1942年出生在密得塞斯郡的一个贫困家庭，天生丽质的她在15岁时凭借自己的漂亮脸蛋和曼妙身材成为一名模特，后来又成为权贵俱乐部的舞娘，从此开启了她以"性"为手段结交达官贵人、挺进伦敦上流社会的征程。她在政商精英汇聚而成的社交圈游刃有余、炙手可热，直至被卷进了著名的"1963丑闻"。① 这是一个充满刺激性情节的故事，有美女，有皮肉交易，有政治权力斗争，有间谍，有自杀，有悬念……因而也成为历史上被反复重写的文本，基勒也成为一位在艺术世界被反复拼贴的传奇人物。首先，她本人通过著书从不同角度讲述了那段历史——基勒出版的自述有《丑闻!》(*Scandal*!，1989)、《裸体间谍》(*The Naked Spy*，1992)、《最终真相:我的故事》(*The Truth at Last*:*My Story*，2001)、《秘密与谎言》(*Secrets and Lies*，2012)等。其次，媒体与艺术家从各自兴趣点出发"取景"了这段往事的不同碎片，1989年电影《丑闻》问世，1994年英国吉他乐队以"基勒"为名创作了一首新歌，2013年舞台音乐剧《史蒂芬·沃德》问世。② 随着所谓"事实"的不断被披露，世人迷失在纷纷飘落的"事实"碎片中，感觉真相反而渐行渐远了。比如，2013年英国国家肖像馆展示出的一幅素描肖像画，正面是基勒，背面是一位身份未知的女性肖像，基勒曾在1975年解释说:不知道背面那个女孩是谁——她只是我们在一个车站捎上的。③ 由于这幅画的作者是史蒂芬·沃德，④且这名女子被认为是当年丑闻事件

---

① 由于基勒同时结交了英国陆军大臣约翰·普罗富莫和当时苏联驻英使馆的海军武官耶夫格尼·伊万诺夫(这个人后来被证实是苏联间谍)，因此被认为涉嫌间谍罪。此案不仅导致普罗富莫辞职，甚至影响到时任首相麦克米伦也不得不下台。

② 史蒂芬·沃德是英国一位骨科医生，克丽丝丁·基勒的许多上层朋友都是经他牵线搭桥的，"1963丑闻"中的陆军大臣普罗富莫就是沃德介绍给基勒的，沃德本人因此也卷入这起"性丑闻"被告上法庭，未等宣判就服毒自尽了。2001年基勒出版的自传《最终真相:我的故事》中说史蒂芬·沃德可能经营着一个间谍网。

③ "嫩模设局钓大臣，50年前搅乱英国"，《环球时报》，2013年5月18日。

④ 沃德还是一位颇有造诣的艺术家，为英国王室和很多名流画过肖像。

男女主角首次会面的见证者,因此,这名女子"谜"一样的身份颇令人好奇,至今仍是悬念。还有,沃德的真实身份究竟是什么? 骨科医生? 拉皮条的? 艺术家? 是自杀还是被杀? 2001 年基勒出版的自传《最终真相:我的故事》中说沃德可能经营着一个间谍网,有关沃德的"真相"可能永远都不可及了。1963 年,丹麦一家电影公司为了拍摄影片《基勒绯闻》,曾为基勒拍过一张"裸照"用于广告宣传。照片上,她全身赤裸骑在椅子上,基勒自称拍摄时自己并没有全裸,但由于椅背将她身体的一部分遮住了,是否全裸的说法只能莫衷一是了。在史密斯的小说《秋》中,基勒"谜"一般的人生被小说虚构人物伊丽莎白和丹尼尔再度拼贴着。

互文手段既是当代英国女作家对文学经典表达致敬的方式,也是实现小说叙事拼贴效果、突出话语构建性的有效手段。比如詹尼特·温特森的小说《甜橙并非唯一的水果》(*Oranges Are Not the Only Fruit*, 1985),由于小说主要写的是女主人公在福音派基督教徒的环境中成长和生活的经历,并围绕着对宗教的质疑,因此小说在结构安排上模仿了《圣经》的体例,小说第一章的标题为"创世记",第二章为"出埃及记",以此类推,每一章皆在标题和内容上与《圣经》互文暗喻。甜橙在小说中是一个与《圣经》中的"苹果"具有意义相关性的互文意象,它在女主人公的梦中是两性相爱的象征,就像亚当、夏娃偷吃苹果后的两性意识觉醒。甜橙出现在小说的各个章节,把整部作品串联在一起。甜橙并非唯一的水果,暗喻性别观的多元化,即应突破两性的局限,用更宽容的眼光来看待性别边界的无边界性。温特森在她的另两部小说《性感樱桃》(*Sexing the Cherry*, 1989)和《激情》(*The Passion*, 1987)里也穿插运用了大量神话,实现了互文叙事的拼贴效果。

史密斯也非常擅长借助文本的互文性在小说叙事中拼贴叠加其他文本的声音。比如参与到《秋》的叙事框架中的互文文本是阿道司·伦纳德·赫胥黎(Aldous Leonard Huxley,1894—1963)的《美丽新世界》(*Brave New World*,1931),而与《美丽新世界》具有互文关系的则是莎士比亚的作品,《美丽新世界》的书名来自莎士比亚《暴风雨》第五幕第一场米兰达的台词。在《美丽新世界》中,莎士比亚的《罗密欧与朱丽叶》《哈姆雷特》《麦克白》《李尔王》中的词句被反复引用。《秋》采用较为隐秘的互文手法,其直接关联文本是《美丽新世界》——伊丽莎白到医院探望弥留中的丹尼尔时,常在床边为昏迷中的他朗读赫胥黎的《美丽新世界》,但通过《美丽新世界》与莎士比亚作品的互文,史密斯又将《秋》的互文文本间接关联到了莎士比亚作品,令《美丽新世界》中的场景与《秋》的现时场景构成互文性的对话和拼接,将读者引入了被瘟疫、战争、饥荒、衰老困扰的"美丽新世界"和被"文明新世界"抛弃、被野蛮人视若珍宝的莎士比亚文学世界,去思考文明如何在"美丽新世界"中分崩离析。史密斯"四季协奏曲"中的第二部《冬》(Winter)被认为是莎士比亚晚期剧目《辛白林》(Cymbeline)的现代版,是关于一个社会混乱、谎言漫天的王国的故事,人们生活在同一个世界却彼此隔绝,他们共同的世界也因此变得支离破碎。小说人物卢克斯到英国来的原因是她阅读了这个地方的某位作家(莎士比亚)写的《辛白林》,在她看来,这位作家可以把疯狂和苦涩的混乱变成优雅的东西,最终所有的不幸都得到了补偿,一切都恢复了平衡,那么这位作家所在的地方就是她应该造访的地方。在《冬》里,史密斯还让读者隐约窥见了伍尔夫《奥兰多》的身影,比如女主人公索菲亚的身后出现了一位年轻的贵族正在击打一个古老的摩尔人骷髅——这是《奥兰多》篇首的一幕场景;女主人公面临生化泄露、生态破坏的残酷现实时,只要背倚大橡树,就能获得心灵的平静——大橡树是《奥兰多》中出现的一个重要意象,同样也是主人公奥兰多平复心情、寻求自我的依托。《冬》让《奥兰多》的一些场景和意象重又放射出了新的光芒。2019 年出版的"四季协奏曲"第三部《春》(Spring)的互文文本则是莎士比亚的《泰尔亲王佩力克尔斯》(Pericles Prince of Tyre)。史密斯的小说叙事不仅与其他作家的文本进行互文拼接,她自己的文本也被巧妙地关联呼应。比如《冬》看起来似乎并不是《秋》的续集,在小说情节上没有连贯性,人物也各不相同。但两部作品却通过字符和意象展开了关联和对话。首先,两部作品的开篇都充满奇幻色彩,在《秋》里,年逾百岁的丹尼尔濒临死亡时梦见自己重新焕发青春,灵魂和身体被裹在树叶编织成的外壳里,在《冬》里,上了年纪的索菲亚与一个没有身体的脑袋为伴,这颗脑袋一会儿是个孩子,一会儿是个老人,一会儿又成了一个流着鼻涕的绿人(暗喻植物),这颗脑袋在她的视野里神出鬼没,既象征死亡,也象征生命。丹尼尔和索菲亚都对艺术有着执着热爱和独到理解,丹尼尔收藏波琳·博蒂的画作,而索菲亚则喜爱芭芭拉·赫普沃斯(Barbara Hepworth, 1903—1975)的抽象派雕塑作品,那些拼贴艺术画作和光洁的石块青铜,都以各自的艺术语言诉说着永恒。

拼贴迷宫式的小说叙事形式颇受一些英国女作家的青睐,伊娃·菲吉斯(Eva Figes, 1932—　)也是一位在小说叙事中尝试拼贴画手法的女作家。这种小说形式的创新实验在菲吉斯早期的作品中尤为突出。她的叙述语言常常突破常规叙述次序，把毫不连贯的情节片断无规则地拼凑在一起，让读者去感觉其内在意义上的相关性。较有代表性的作品是《冬季之旅》（*Winter Journey*，1967），这篇小说正是由于采取了这种跳跃流动的方式，从而使作品在直观上显得极为晦涩。《冬季之旅》表现了一个濒临死亡的老人在生命线上挣扎时的痛苦经历和心态。这部作品被授予当年《卫报》小说奖，是菲吉斯写得较成功的一部作品。菲吉斯生于德国柏林一个犹太人家庭，17 岁时迁往英国。战争使菲吉斯深知犹太人在社会上的困难处境，她和她的家庭每天生活在战战兢兢的恐慌之中。移居英国后，犹太人的自我意识也使菲吉斯一家很难适应英国的社会环境和种族歧视。这些感受在她日后的自传体小说《小伊登》（*Little Eden*，1978）中有所表现。她选择用英语作为创作语言，是因为她觉得英语比她的母语更富有创造性和表现力。她的主要作品还有《平分点》（*Equinox*，1966）、《家长态度》（*Patriarchal Attitudes*，1970）、《B》（*B*，1972）、《日子》（*Days*，1974）、《苏醒》（*Waking*，1981）、《鬼》（*Ghosts*，1988）、《结》（*The Knot*，1997）、《知识之树》（*The Tree of Knowledge*，1998）和《奈利的版本》（*Nelly's Version*，2002）。菲吉斯是一位在小说形式上勇于创新的作家，她并不满足于传统的叙述手法，而是追求小说形式给予感官的新刺激，在时间的魔幻变形、幽灵叙事等手法上都进行了大胆尝试，她在叙述手法上的探索不断引起越来越多读者的关注。

三、变形扭曲的魔幻时间

关于时间究竟是什么，自古以来困扰着哲学家、文学家和科学家。早在古罗马时期，奥古斯丁就得出了时间即印象、时间不可度量的答案。"事物经过时，在你里面留下印象，事物过去而印象留着，我是度量现在的印象而不是度量促起印象而已经过去的实质；我度量时间的时候，是在度量印象。为此，或印象即是时间，或我所度量的并非时间。"[1]德国作家托马斯·曼（Thomas Mann，1875—1955）在小说《魔山》（*The Magic Mountain*，1924）中也写道："时间是什么？是一个谜——看不见摸不着，却又威力无比，是现象世界存在的一个条件，是一种

---

① 奥古斯丁著，周士良译，《忏悔录》，北京：商务印书馆，1997 年，第 255 页。

运动,一种与物体的空间存在和运动紧紧结合在一起的运动。……是永恒的和无穷的——在永恒中可能有先后吗?在无穷中可能有并存吗?"①托马斯·曼继而指出,时间虽然是叙事的媒介,但也可以成为叙事的主题。20 世纪以来,呈现变形扭曲的魔幻时间,在小说叙事中将时间既作为载体也作为主题的技巧实验,为一些勇于小说形式实验的女作家所乐此不疲。

阿莉·史密斯在"四季协奏曲"中探索了时间是什么,以及我们如何体验时间。作为"四季协奏曲"的第一部,史密斯的《秋》也许受到了 T. S. 艾略特《四季》的启发,在艾略特的《四季》中,自然界拥有一种象征性的权力,而时间是一种可以变形伸缩的存在。《秋》的开篇就打破了现时时间体系,深度昏迷、处于弥留之际的丹尼尔以"超意识"两次看向自己的身体,一次是老年的身体,一次变成了年轻态的身体,他觉得自己是因为死亡才回到了年轻时。"丹尼尔从死望向生,再由生回望死",②时间在"超意识"的主观体验中恣意穿梭跳跃,无所谓时序时长,也无所谓生死。为了形成对照,小说的叙事又闪回到了以时长时序、季节轮换为计时刻度的现时时间:"星期三,仲夏刚过"。接着,小说以伊丽莎白在邮局的两次取号等待时间来描写她主观上对时间的不同体验。一次她觉得在书店里翻阅书籍才过了一会儿,回到邮局时自己的号码已过了,需重新取号。另一次排在她前面的只有寥寥数人,但她却觉得等了好久。从整部小说的时间体系来看,更可以看出史密斯在呈现主客观时间魔幻变形上的刻意追求。《秋》第一部分出现的季节是不知某年的仲夏,接着跳至 2015 年 9 月末,再跳至 1993 年 4 月、1995 年 10 月,然后写道,一分钟前是 6 月,现在是 9 月。③ 小说第二部分从不知某年的仲夏,跳至 1998 年 3 月,又跳至不知何年的冬末,再跳至某年某个季节某周的一天,也许是 1949 年,或 1950 年,1951 年,然后写道,10 月是一眨眼的工夫。④ 小说第三部分开篇的时间是含糊不清的"现在离真正的秋天不远了",⑤然后是1996 年 4 月,跳至 2004 年春,再跳至 1963 年秋。小说结尾,依然是含糊不清的"又到 11 月了"。⑥ 在史密斯的《冬》中,意识中的时间也在叙事中恣意跳跃,超

① 托马斯·曼著,钱鸿嘉译,《魔山》,上海:上海译文出版社,2019 年,第 445 页。
② Ali Smith, *Autumn*, Penguin Books, 2017, p. 13.
③ Ibid., p. 85.
④ Ibid., p. 177.
⑤ Ibid., p. 195.
⑥ Ibid., p. 259.

越了时空和生死。在女主人公索菲亚的意识中,往事的瞬间不断造访现时,仿佛它们(逝去的时间)也是现时的访客,既给主人感到带来震惊,也使过去之我造访现时就像回家一样。索菲亚在午夜 12 点前后时间交替的瞬间,在沉睡与清醒之间游走徘徊之时,遇见了过往时空中的自己。在实验小说家笔下,人类生活一方面依从一种以时钟、日历为标准的计时系统,另一方面又对时间有着各不相同的主观体验,这种存在于人类"意识"或"潜意识""超意识"中的主观时间,被法国哲学家亨利·柏格森(Henri Bergson,1859—1941)称为"时间绵延"。在柏格森看来,时间分为科学的时间和生命的时间,科学的时间是以时钟和日历度量的,而生命的时间则存活于精神世界中且绵延流动,不可度量。柏格森关于"时间绵延"的思想主要体现在他的《绵延与同时性》(*Durée et Simultanéité*,1922)一书中,他的思想对小说家的叙事形式技巧实验,如意识流、幽灵叙事、时间的魔幻变形等都产生了极大影响。

在英国现当代女作家中,比阿莉·史密斯更早在时间魔幻变形方面进行实验创新并取得了出色成就的女作家是弗吉尼亚·伍尔夫。伍尔夫在她的新传记实验小说《奥兰多》中,将绵延流动的心理时间浓妆重彩地推到了叙事主题的位置。英国古典传记受圣徒传的影响极为深刻,因此其叙事传统沿袭的是线性叙事模式。"在圣徒传文本中,传者所遵循的组织叙事的规范通常是按照时间的线性顺序安排叙事。"[1]线性叙事是按照现实中的钟表时间的年代顺序进行叙事,这种叙事模式在很长的历史时期内被看作是历史真实性的体现,这也正是传统传记的史学意义所在。伍尔夫的新传记实验挑战传统,但却不割裂传统。因此,表面看来,《奥兰多》在叙事形式上似乎严格遵循了传统传记所谓的线性叙述模式,在谋篇布局和章节排序上,《奥兰多》从传主的少年时代开始,循着传主的成长和变化过程,按照年代顺序叙述传主的一生。这就是现实中所谓的钟表和日历时间。所不同的是,《奥兰多》作为新传记的实践,在行文中又出现了一种新的时间概念,即心灵时间。关于"心灵时间",伍尔夫在《奥兰多》中有两段详细的描述和解释。在第二章中,伍尔夫写道:

　　不幸的是,时光虽然能使动植物的生长和衰亡准确得不可思议,但对人

---

① 唐岫敏等著,《英国传记发展史》,上海:上海外语教育出版社,2012 年,第 5 页。

类心灵的影响就不那么简单了。而且,人类的心灵对时光的影响也同样奇妙。一小时的时间,一旦以人的心灵来衡量,就可能被拉长至时钟长度的五十倍或一百倍。在另一种情况下,人的心灵又可能把一小时精确地表达为一秒钟。人们极少察觉钟表时间与心灵时间之间的差异,这种差异值得探究。①

接着,伍尔夫以奥兰多为例来解释两种时间的差别,她写道:"当他(奥兰多)发号施令处理自己庄园的事情时,不过是一眨眼的功夫,当他独自一人在山丘上的橡树下时,每一秒便如同一滴膨胀起来的小水珠,充盈着仿佛永远都不会滴落下来。"当他思考何为爱情、何为友谊、何为真理时,"逝去的岁月似乎就变得漫长而纷繁,充斥进盈盈欲滴的每一秒水珠,使这一滴小水珠膨胀得超过正常时间的数倍,五彩斑斓,宇宙间的千头万绪尽在其中"。② 在《奥兰多》第六章中,伍尔夫又写道,有些人的心灵时间和现实中的钟表时间是一致的,"对于那些熟谙生活技巧、通常又是默默无闻的人来说,不可否认的是,他们能设法把自己人生的六十或七十年时间调整得同每个正常人的时间节奏一致","他们既不会在现时中轰然崩溃,也不会完全迷失在追忆往昔时光中。这些人的寿命,我们只能按照墓碑上所说的精确数字,活了六十八年,或七十二年"。③ 但对于另一些人来说,"虽然已经活了几百年,却自称只有三十六岁(比如奥兰多)。无论《英国名人传记辞典》上的人物生卒年份如何显示,一个人寿命的真正长短,永远都存在争议。因为计时是一件颇为困难的事,再娴熟的计时手法,也会被迅速扰乱"。④

　　心理(心灵)时间观与传统意义上的现实时间观有着本质区别。从伍尔夫在《奥兰多》中对心灵时间和钟表时间的阐释来看,两种时间观之间至少有以下明显的差异:首先,度量时间长短的标准不同。一小时的钟表时间,可以被心灵时间拉长至时钟长度的五十倍或一百倍,亦可以把一小时缩短为一秒钟;其次,心灵时间的先后顺序可以完全不遵从钟表时间的先后顺序,过去、现在和未来之间可以随意穿梭、相互渗透。逝去的时光可以在心灵时间中重现并膨胀得超过正

---

① V. Woolf, *Orlando*, New York: Harcourt Inc., 2006, p. 72.
② Ibid., p. 72.
③ Ibid., p. 223.
④ Ibid., p. 224.

常时间的数十倍。因此，心灵时间的建构是对钟表时间所建立的现实秩序的解构，也是对依赖钟表时间现实秩序的线性叙事模式的颠覆。

既然奥兰多属于那种钟表时间会被心灵时间迅速扰乱的人，那么，将心灵时间介入到《奥兰多》的叙事模式中，就使得遵循钟表时间和年代顺序的叙事显得毫无意义了，因为心灵时间"是一条无底的无岸的河流，它不借可以标出的力量而流向一个不能确定的方向"。[①] 伍尔夫通过"心灵时间"与钟表时间的不同，将传主奥兰多的一生延续至将近四百年，从16世纪一直活到20世纪，而依然保持36岁的风华正茂，这完全有悖于现实生活中人类生理时间的真实状况。在《奥兰多》的第六章中，伍尔夫通过奥兰多的意识流动和现实场景的交织，使心灵时间和钟表时间发生了激烈交锋。奥兰多一会儿站在窗前，离开一会儿又站在窗前，如此反复几次，王朝就从维多利亚时代过渡到了爱德华时代，而她的心理时间、她的意识流动却在18、19和20世纪之间往返穿梭。

　　　　就在她想的时候，仿佛自己在一条漫长的隧道里穿行了几百年……直至耳边传来一声可怕的爆炸声。奥兰多吃惊地跳了起来，好像她的头挨了重重的一击。她被重重地击打了十次。事实上，此时已经是一九二八年，十月十一日，上午十点钟。已经到了现时。[②]

时钟敲打出来的时间秩序与奥兰多心灵时间的混乱颠倒、杂乱无序形成了鲜明的反差。伍尔夫为读者打开了另一种新的时间维度，在此时间维度中，生命因为更为鲜活流动而显得更为真实，固有的刻板有序的时间维度在新的时间维度面前变得苍白而缺乏活力。又如，奥兰多在20世纪的某一天，在大街上遇到了三百年前的老相识格林，在百货公司遇到了三百年前的旧情人萨莎，读者此刻与其相信老格林、萨莎穿越时空，不如认为是奥兰多的心灵时间从20世纪穿越到了三百年前。

伍尔夫将传统传记仅仅记录传主钟表时间概念的一生，拓展为心灵时间概念的一生，以这种方式颠覆了传统传记中钟表时间所支撑的线性叙事模式。通

---

① 杨河，《时间概念史研究》，北京：北京大学出版社，1998年，第263页。
② V. Woolf, *Orlando*, New York: Harcourt Inc., 2006, pp. 218-219.

过传主的意识流动,现时与既往之间的先后颠倒、彼此错位和相互渗透,《奥兰多》在线性叙事的有序框架中,隐藏了一种无序叙事模式。因此,构建心灵时间去抗衡钟表时间,是《奥兰多》挑战传统传记线性叙事模式的巧妙策略。它的效果,是将一种无序的以心理体验为依托的叙事模式融入了传记的书写中,使古典传记的史学身份淡化了,而传记的文学性或虚构性被强化了。

伍尔夫的"心灵时间"观显然受到了法国哲学家柏格森心理时间观的影响。柏格森认为生命是一种"绵延"的流动,是一种心理体验。换言之,时间的流逝也只是一种心理体验。这种心理时间观在 20 世纪上半叶对意识流小说产生了巨大的影响。作为意识流小说家,"心灵时间"也是伍尔夫意识流小说的重要时间维度,但在传记体中使用"心灵时间",《奥兰多》具有开创性意义。"在《达洛卫夫人》中,人生重要的五十年光阴被浓缩进了 24 小时,《奥兰多》不过是再往前迈了一步,把一个人四十年的经历延展至三百多年。"①但值得注意的是,心理时间观对传记叙事模式的影响与对小说的影响有着本质的不同,从《达洛卫夫人》到《奥兰多》,伍尔夫迈出的这一步对于传记来说是颠覆性的。因为小说作为一种以虚构为本质的文类,引入意识的流动、情感的绵延以扰乱传统的线性叙事,并不会影响其虚构的本质。而传记则不同,在 15 世纪以前的英国,"传记尚未成为独立的学科,人们普遍将其视为历史学科的分支"。② 线性叙事模式是维护传记史学意义的重要形式,因此,对线性叙事模式的颠覆,是将传记从古典传记的史学身份剥离开来,而着意渲染其文学虚构性。

"时间"在很多英国女作家的笔下绵延流淌、变幻无穷,创新出层出不穷的叙事技巧和小说结构。伊娃·菲吉斯的小说《苏醒》也是一篇以时间为载体来创新小说结构形式的奇特小说,它记述了女主人公在七个不同时间里七次不同的苏醒过程,以敏感的笔触追随着主人公意识和感觉的流动。这篇小说不仅以其新颖独特的叙事手法引起了评论界的关注,也以其细腻的女性心理刻画吸引了众多读者。詹尼特·温特森的小说《性感樱桃》和《激情》也都是对创新时间叙事手段的实验,属于富有超时空魔力的历史题材小说。对于温特森来说,历史只是一个用文字堆砌起来的世界,一个不同于现实的、仅仅依赖于文字而存在的世界。

---

① Winifred Holtby, *V. Woolf: A Critical Memoir*. Chicago: Academy Press, 1978, p. 162.
② 唐岫敏等著,《英国传记发展史》,上海:上海外语教育出版社,2012 年,第 23 页。

在这样的世界里,她可以自由穿梭而不受时空的任何限制。显然,文本世界不受时空限制的历史和现实为英国女作家的小说形式实验提供了更广阔的探索空间。

四、游走于边缘的越界书写

边界的无边界性,是一些英国女作家在小说创作中通过形式实验而执着探索的。

以布里吉德·布罗菲为例,她的小说创作大胆突破各种边界,性别的边界、动物和人类的边界、文类的边界等等。比如小说《转变》(*In Transit*,1969)的故事叙述者的性别就难以确定,有时是男性,有时又是女性。《海根费勒的猿》(*Hackenfeller's Ape*,1953)是一篇把动物和人进行平行比较考察的小说,想象丰富,兼具现实主义小说、科幻小说和寓言诗的风格特质,1954 年荣获切尔特纳姆文学节处女作奖。《雪球》(*The Snow Ball*,1964)则是一部具有明显自然主义倾向的黑色幽默小说。尽管作品的场景是狂欢舞会和床第之间引人发笑的对话,但表现的却是男女之情最终走向冰冷坟墓的悲哀结局。《雪球》出版的当年即被搬上 BBC 电视屏幕。布罗菲的其他小说如《上帝寻找黑姑娘历险记》(*The Adventure of God in His Search for the Black Girl*,1973)、《猫头鹰:超级野兽》(*Pussy Owl*:*Superbeast*,1976)和《没有椅子的宫殿》(*Palace Without Chairs*,1978)都极富有寓言诗和散文诗的形式风格。布罗菲是爱尔兰裔英国小说家,1929 年生于利物浦,她出版的第一部作品是短篇小说集《王妃》(*The Crown Princess and Other Stories*,1953),第一部长篇小说是《海根费勒的猿》,问世后获得广泛赞誉。此后,她又陆续出版了长篇小说《雨国之王》(*The King of A Rainy Country*,1956)、《肉》(*Flesh*,1962)、《最后的笔触》(*The Finishing Touch*,1963)等。布罗菲的小说类似于寓言诗,以故事性强、情节离奇为特点,读来仿佛民间传说一般。有些作品的句式又像是散文诗,比如《没有椅子的宫殿》。布罗菲在思想上持进化论观点,她将弗洛伊德"利比多"(性本能)和萧伯纳活力论的某些观点融入小说中,比如《雨国之王》和《肉》都是探讨性心理的代表作,认为性本能提供生存的活力和能量,而理智则引导人类进化,这使她的小说某种程度上又像是观念小说。

　　英国当代女作家詹尼特·温特森认为,现代派和后现代主义已经改变了文学写作的面孔,当代作家已无法再按照 19 世纪的传统来写作。致敬传统作家的方式,不是模仿他们,而是创作手法的创新实验,那些所谓的文学传统曾经也是创作实验。温特森的小说创作正是怀着对文学传统的无比崇尚而对小说形式和小说技巧进行的大胆实验。

　　温特森是 20 世纪 80 年代在英国文坛崭露头角的女作家,曾被选为英国最佳青年作家,作品获 E. M. 福斯特奖和国际实验小说奖。她 1959 年生于曼彻斯特,自幼就对语言有着极大的兴趣和热情,当父母建议她在神学方面发展时,她却选择了一所女子文法学校,继而又进入了牛津大学圣凯瑟琳学院英语文学系。在牛津大学读书期间,她完成了她的第一部长篇小说《甜橙并非唯一的水果》。这部小说虽然总体上以线性叙事为主,但也穿插了一些梦境和幻觉。小说女主人公同温特森一样,也生长在英国北部一个笃信基督教的工人家庭中,她自幼被父母设定的发展目标就是传播福音。当她到了恋爱年龄,却爱上了另一个女孩。为了爱,她 16 岁时离开教会并离家出走。作者本人因为相似的理由离家出走时也正是 16 岁,为此,《甜橙并非唯一的水果》往往被认为是一部带有自传色彩的小说。然而温特森却认为,虽然小说素材很多来源于她自己的亲身经历,但这并不一定构成自传,因为个人的亲身经历是大多数作家在创作时获得素材的来源。素材本身并不重要,关键在于作者如何来表述这些素材。她声称在《甜橙并非唯一的水果》中使用第一人称并不意味着那个叙述者是她本人,她采用第一人称的目的是为了在叙述时更为直接而自由,因为第一人称的叙述角度往往受到的限制最小。在她看来,从来就没有什么自传,只有艺术和谎言。

　　继《甜橙并非唯一的水果》之后,温特森新作频频问世,创作技巧也不断创新。1985 年她推出第二部长篇小说《划船新手》(Boating for Beginners),这是一部形式新颖的插图小说。之后的两年中,她每年推出一部新作,1986 年出版《适应未来》(Fit for the Future),1987 年《激情》问世。温特森较有影响的作品还有《身体上的书写》(Written on the Body,1992)、《艺术与谎言》(Art and Lies,1994)、《内在对称》(Gut Symmetries,1997)、《力作》(The Powerbook,2000)以及短篇小说集《世界与其他地方》(The World and Other Places,1998)等。穿越和突破边界是温特森在她的几乎每部作品中都努力尝试的,正如她自己所说,《性感樱桃》试图穿越时间隧道,而《激情》则试图突破世俗对于性爱的界定。

在小说形式技巧的实验方面，温特森早期的叙事手法无疑受到安吉拉·卡特的影响，尤其是她那种寓言神话式的叙述方式。但随着温特森在小说形式"越界"实验方面的不断探索，她的写作技巧也日臻成熟，叙事和结构手法也更趋多样化，她甚至尝试把《圣经》和爱的主题放到自然科学的语境中叙述，比如小说《内在对称》和《力作》。《内在对称》是温特森首次尝试将爱情故事放到自然科学的语境中叙述，将爱情、宗教与探索宇宙和人类的奥秘结合起来。主人公艾丽斯是英国物理学家，她在去纽约讲学的途中邂逅了著名的量子物理学家乔万尼，两人坠入爱河。不久，艾丽斯又与乔万尼的妻子斯黛拉相爱，建立了情人关系。艾丽斯自幼受到《圣经》教义的熏陶，这使她对自己与斯黛拉之间的恋情感到恐慌和自责，小说细致地刻画了艾丽斯内心中爱情与宗教的强烈冲突。以量子物理学理论作为小说叙事载体来讲述故事，是温特森在叙述语言上的大胆尝试，也是她在爱情与宗教主题上不懈探索的必然结果——因为爱情和宗教语言已经不足以描述甚至揭示它们本身的内质，温特森不得不跨越到另一个崭新的语境里。《力作》是温特森继《内在对称》之后又一部在现代科技语境中展开叙事的小说。《内在对称》用的是量子物理的语言，而《力作》使用的则是计算机语言。《力作》的叙事者艾力克斯是一位网络作家，小说中的读者可以任意在网上订阅故事，并提供故事的素材以及提出他们对故事的要求，但小说作为艺术创作，它被创造出来后的形态无论是作家还是读者都无法预料，就像真实的生活本身一样，有时甚至与读者或作者所期望的大相径庭。小说游移于可能的真实与创造的真实之间，事实与虚构的交叉层叠之间，就像两股来自不同方向的水流交汇在一起，一边是艾力克斯自己的生活经历，另一边是小说中被创造的世界。作者在小说中还巧妙地穿插了很多民间传说和宗教故事。电脑是作者的叙事策略，它可以使叙事者招之即来，挥之即去，而因特网则是叙事者隐身的盾牌，尤其是帮助他回避简单的性别确认。的确，艺术和因特网都是逃避现实的处所，它们都是虚拟世界，只有在那里，两性的区别才显得不再重要，爱才可以挣脱世俗的性别偏见而获得自由。在《力作》中，温特森基本上保持了她一贯的创作风格，淡化甚至消除时间和空间的限制，自由地穿梭于过去、现在和未来之间，并且在叙述中大量引用人们所熟悉的神话传说和宗教故事并加以改写，用以讲述她自己的当代故事。她的前两部作品《艺术与谎言》和《内在对称》篇幅较长、情节复杂，而《力作》却相对显得单薄骨感,叙事语言具有科学报告或计算机语言那样简洁明了的风格,一反她以往作品的那种线索多维、枝蔓纷呈的写法,并且很少使用原先作品中那种抒情散文般的句式。科学语言或计算机语言在小说叙事中的运用,无疑是对新的小说叙事语言的探索,也是磨灭文学语言和科学语言边界的大胆尝试。对于温特森这样不断探索、勇于创新的作家来说,任何有边界的小说形式标签都难以穷尽她的创新实验,她的作品形式是多维的并且不断变化的。

阿莉·史密斯在小说《两面人生》中穿越了几个世纪来揭示边界所具有的模糊暧昧性,在小说《秋》中又进一步探讨了边界的无边界性,比如年龄对爱情的限制——伊丽莎白八岁时就爱上了八旬老人丹尼尔;动物与植物的分界——达尼尔昏迷时幻想自己穿上了用树叶编织的衣服,变成了一棵树;生与死的边界——丹尼尔昏迷时游走于生与死的边缘;艺术与现实的边界——由小说虚构人物来对历史上的真实人物进行拼贴叙事;谎言与真相——伊丽莎白在拼贴波琳·博蒂和克丽丝汀·基勒的人生时,追问所谓真相的虚构性;历史与现时的边界——小说《秋》可以看成是对一段历史的现代拷问。历史一遍遍重演着,无论是丹尼尔的过去还是伊丽莎白的未来都何其相似。小说中频繁出现的古董市场,也可以看成是一个过去与现时的交汇空间。历史在古董市场的旧物里,在一代代人的记忆、绘画、新闻报道和著述中被不断拼贴,不断重写,没有边界,没有止境。《秋》是史密斯"四季协奏曲"的第一部,四季的寓意,即指一种周而复始的循环,自然界的循环和历史的循环。

幽灵叙事也是史密斯"时空越界"的小说形式实验中运用得较为娴熟出色的叙事技巧之一。由于幽灵不受时空限制,还可以不按照世俗的逻辑和秩序任意拼贴碎片化的叙事元素,所以幽灵是她在小说创作中打破传统观念中虚与实、生与死、过去与现在的边界的重要载体。史密斯早期小说《饭店世界》中的女主人公萨拉就是一位幽灵。在她后来创作的小说中,这种幽灵叙事的手法被不断加以运用,比如《两面人生》中的弗兰西斯科、《秋》里处于跨越生死边界弥留状态的丹尼尔、《冬》里那个没有身体的脑袋等,他们的超意识流动更为恣意狂放,有这些幽灵的声音加入叙事,整部小说的叙事不确定性增强了,迷宫变得更加神秘。幽灵叙事是意识流手法向超意识超自然领域的拓展,也被视为一种"超意识流"手法,这种手法的运用不仅为小说叙事增添了一种超自然维度,而且有利于将虚实生死等边界变得无边界化,引导读者在更深层次上认识所谓的真实究竟是什么。

　　阿莉·史密斯是一位在小说写作技巧上勇于实验的作家，她的作品常被拿来与福克纳、乔伊斯和伍尔夫的作品相比较，她创造性地吸取了这些作家的一些创作手法，并糅合进后现代创作手法，小说情节的进展常常是迂回的，并不按照时间的顺序向前推进，场景转换也是跳跃式的，人物和场景都有从后景往前景推进的动态过程。尤其是她对意识流手法的运用，使传统的意识流突破了生与死的界限，以亡灵的意识活动将人物的生命力扩展到永恒和无限。"对于阿莉·史密斯来说，写作就是把人们所熟识的小说结构中的要素抽取出来，但又保留那些读者认为必不可少的要素。"①因此，史密斯的小说技巧给读者留下的感觉是似曾相识，但又不乏新意。

---

① Chris Lehmann, *The Washington Post*, Jan. 22,2002.

第二章

理念的感性表达：小说作为思想的艺术载体

正如文学虚构与客观现实之间有时很难有泾渭分明的界限一样，形象思维和理性思维在一部小说中也往往交融糅杂在一起，当作家有意或并不刻意回避在小说的虚构世界中呈现自己的理性思考时，这类小说往往被称为理念小说或观念小说。[①] 理念小说在英国文学传统上拥有杰出的代表作家和作品，比如英国小说家阿道司·伦纳德·赫胥黎的《美丽新世界》(*Brave New World*，1931)就是一部充满反乌托邦理念的小说。在赫胥黎看来，理念小说中每一个人物的特性都必须尽可能地包含着他的观念。理念小说的创作，对于作家的思辨能力和写作技巧都是极大的考验，否则，不是思想遮蔽了艺术色彩，就是艺术形象淹没了思想的光芒。优秀的理念小说家能够兼顾小说的艺术性和思想性，使思想推进小说的内涵深度，创作技巧增添小说的审美价值。英国女作家艾丽斯·默多克(Iris Murdoch，1919—1999)和 A. S. 拜厄特(Antonia Susan Byatt，1936——)等均在理念小说的创作中焕发出了夺目异彩。

一、虚构世界里的哲学思辨

英国女作家艾丽斯·默多克小说中沉浸着的丰富思想理念使她常被称为"观念小说家"。作为小说家，她本人的哲学观和人生观往往穿透纸背，直击读者

---

① 观念小说有时也特指流行于日本近现代的一种小说样式。

心灵。

　　艾丽斯·默多克是英国当代最有影响的女作家之一，1919 年生于爱尔兰首府都柏林，幼年随父母移居英国，在伦敦和布里斯托尔求学，1938 年进入牛津大学，1942 年获荣誉学位毕业。第二次世界大战结束后，她到剑桥大学进修哲学，1948 年受聘为牛津大学圣安妮学院哲学讲师。1953 年默多克处女作《在网下》(Under the Net)的出版令她一举成名，这部小说在创作意图上可以明显看出受到萨特和贝克特的影响。20 世纪 60 年代，默多克对法国存在主义小说的兴趣逐渐减弱，转而开始研究莎士比亚的作品，把小说中的人物归纳为具有象征意义的善恶模式。她在 70 年代发表了很多重要作品，其中，《黑王子》(The Black Prince，1973)获詹姆士·泰特·布莱克纪念奖，《神圣的和亵渎的爱情机器》(The Sacred and Profane Love Machine，1974)获惠特布莱德奖，《大海、大海》(The Sea，the Sea，1978)获布克奖。她还曾六次获布克奖提名。

　　可以系统地反映默多克哲学和文学思想的著作主要有两部：一部是《萨特：一个浪漫的理性主义者》(Sartre：Romantic Rationalist，1953)，另一部是《火与太阳》(The Fire and the Sun：Why Plato Banished the Artists，1977)。在一些重要文集如《善良之国》(The Sovereignty of Good，1970)、《重观崇高与美》(The Sublime and the Beautiful Revisited，1959)中，默多克的文学思想也有迹可寻。《萨特：一个浪漫的理性主义者》是默多克在第二次世界大战后逗留比利时期间，与法国著名作家萨特会面后写就的。在这部书中，默多克探讨了萨特作为存在主义理论和文学代表人物的哲学思想和文学思想。仅从这部书的标题就可以看出默多克与萨特的某些契合点，他们同是跨越哲学与文学两个领域的作家，事实上，默多克本人就是一位浪漫的理性主义者，她和萨特一样，在文学作品中渗透了自己的哲学思考，使哲学思辨成为她作品的一个主要特色。更为重要的是，在《萨特：一个浪漫的理性主义者》这部书中可以追寻到默多克小说受存在主义理论思想影响的根源。存在主义理论的要点在于认为世界上一切事物、一切存在只不过是人的"自我"的表现，它们依赖于人的"自我"而存在，即人的自由意志是至高无上的。但另一方面，存在主义又不得不承认"自我"以外的世界与"自我"是敌对的，它成为"自我"进行自由选择时的"限制"和"阻力"，因此，每个人都是孤单的，并因周围一切的陌生和危险而感到恐惧。这是战后欧洲极为盛行的一种社会思潮，它成为 20 世纪五六十年代许多文学作品所表现的主题，它也是默多克小说所表现的思想内容之一。尤其在她的早期作品中,人与外在环境的敌对情绪成为一个较为突出的主题,作品中的人物都在努力摆脱来自外部的操纵力,而这股势力却像有魔法的网一般缠住人们,使人们难以挣脱。这样的主题在她的第一部小说《在网下》中就有了充分体现。其他小说如《逃离魔法师》(*The Flight From the Enchanter*,1956)、《独角兽》(*The Unicorn*,1963)等也有类似主题的反映。存在主义的理论体系是庞大的,也有一定历史渊源,从尼采、克尔凯特尔到海德格尔、萨特,在这一发展过程中,其理论体系经过不同理论家的延展阐述,也在维持了基本世界观的同时衍生出一些分支结论,而默多克对存在主义的吸收和运用也糅合了她自己的文学观和世界观,并在具体的人物事件中对存在主义的一些思想作了探究。她关于道德标准问题的小说如《沙堡》(*The Sandcastle*,1957)、《被砍掉的头》(*A Severed Head*,1961,又译《完美伴侣》)等就对价值体系的相对性问题作了探索,而在《大海、大海》等小说中,又对存在主义的归宿与宗教的关系作了思考。可以认为,默多克的小说与存在主义理论所面对和研究的是同一个时代,所关注的社会伦理问题也是相似的,只不过采用了哲学和文学两种不同的表述形式而已。

对于默多克这样一位富有哲学修养的作家而言,萨特当然并不是对其作品产生影响的唯一思想家。默多克的第二部重要理论著作《火与太阳》就是对柏拉图文学观和哲学观的思考。柏拉图对艺术模棱两可的矛盾态度,使后人能从他的文艺思想中引伸出不同的意义,他的摹仿说把客观现实世界看作文艺的蓝本,这似乎可以看作是现实主义唯物论的基础。但他又认为,客观现实世界不是真实的世界,只有"理式世界"才是真实世界,这又使他的思想带有唯心主义倾向。因此,所谓柏拉图思想的影响,实际上只是后人对他的观念的不同阐释和不同理解而已。在默多克看来,柏拉图的"理式世界"即所谓的真理,而只有离开理论或任何语言层面的表述才能接近真理,正如《在网下》中的雨果所说,"语言无法让你表现事发之时的真实状态"。① 柏拉图在《斐德若》和《会饮》篇里,常把艺术和爱情相提并论,认为无论是文艺还是爱情,都应该达到灵魂见到真美的影子时所发生的迷狂状态。柏拉图的这一观念对默多克有很深的影响,在其小说中,爱情是她主要的书写对象,而且她对爱的描写表现出一种非凡的热情,以对爱情的深

---

① 艾丽斯·默多克著,贾文浩译,《在网下》,北京:北京燕山出版社,2017 年,第 56 页。

度探究来揭示真理。在默多克看来，爱可以揭示出人们最隐秘的一面，只有处在爱这种迷狂状态，人才会把自己秉性中的全部，无论是美的还是丑的，全部表现出来，而小说家也只有在这时才能更贴近地分析人物的隐秘心理。默多克说过："有什么东西能比爱情更能联结人与自然世界呢？"[1]也就是说，爱是达到真理的最近途径。她认为，任何好的文学作品都不得不与性爱的神秘有关，这显然表明她受到了柏拉图"灵感说"的影响。由于默多克赋予了爱以一种非理性的含义，所以有些批评家把默多克归入神秘主义作家。柏拉图在其"灵感说"里强调，获得灵感时必须处于非理性状态，而神秘主义者往往就从这一学说中找到理论依据。默多克把爱作为展示人物内在世界的途径，同时也赋予爱这一迷狂状态以一种超自然的魔力，这种魔力使她笔下的人物或被引向恶，或被引向善。

尽管柏拉图在他的《会饮》篇里对爱情和性爱作了区别，但在默多克看来，两者作为人的一种无意识，在动因方面是一致的。在这一点上，默多克又糅合进弗洛伊德的学说。她称："我同意弗洛伊德关于无意识和性爱是人的基本动因的学说……梦魇有许多种解释，你一旦受到弗洛伊德思想的感染，你就会用他的方式去看待事物。"[2]也许正因为默多克在理论上认同了弗洛伊德，所以她在小说创作中也频频出现性爱的主题，如《意大利女郎》(*The Italian Girl*，1964)、《天使时节》(*The Time of the Angels*，1966)、《黑王子》、《钟》(*The Bell*，1958)等，都对人类的利比多(性本能)作了一定的渲染和探索，故而又有人把默多克的一些小说归入精神分析小说。事实上，默多克关于文学与爱的观念主要来自于柏拉图，虽然她在性作为人的基本动因这一点上与弗洛伊德有某种含糊的契合，但所不同的是，她认为爱具有认知的功能，美好的性爱能够引导人走向善和美。而这一点正是从柏拉图思想中引伸出来的，柏拉图认为爱和艺术可以达到至善至美的境界。除了萨特、柏拉图外，其他一些哲学家和思想家如尼采、康德、维特根斯坦等在默多克形成其自己文艺思想的过程中也产生了一定影响。

默多克在创作手法和风格上所采取的兼收并蓄态度，使她的作品如万花筒一般，不同的角度会展示出不同的风格和意蕴。默多克是位多产作家，几乎每年都有一部长篇小说问世，其数量之多，使其可以比肩于当年的狄更斯。而她对英

---

① Olga Kenyon，*Women Novelists Today*，Hassocks：The Harvester Press Ltd.，1988，p. 36.
② Ibid.，p. 24.

国社会众生相的描写之全面和尖刻,也可谓继承了 19 世纪以狄更斯、萨克雷等人为代表的批判现实主义传统。默多克的社会写实小说具有一个显著特点,即讽刺喜剧性。这一手法被认为是英国文学的重要传统之一,而默多克作品所具有的那种扭曲的喜剧效果背后,往往隐藏着另一种悲哀,一种对现代社会的失望和孤寂感,这又有些类似于黑色幽默笔法。默多克把黑色幽默笔法与传统的批判现实主义相糅合,使她的作品在表现英国社会在"二战"后的种种社会和心理危机方面更具有力度和深度。默多克认为,喜剧性是小说的基本因素,因为人们即便在最严肃的时候,在旁观者看来也是可笑的,她说:"因为我们都是偶然性的,所以我们几乎没有尊严可言,这就是为什么我认为喜剧性是小说的基本因素,悲剧性在小说创作中很少运用,它属于诗。"① 在这一指导思想下,默多克塑造了一系列荒诞形象,他们都被表现为受限制的、可笑的和偶然性的人物。批评家奥尔加·凯尼恩认为,默多克关于喜剧的看法综合了但丁与莎士比亚的"幽默"和"人间喜剧"的观念。② 作为英国文学传统之一的讽刺性社会喜剧,开创于文艺复兴时期的莎士比亚,18 世纪的菲尔丁、斯泰恩,19 世纪的狄更斯和萨克雷,20 世纪初的鲍威尔斯和贝内特,都是这一传统的代表作家。默多克被认为是继承和发展了这一传统,这也是默多克作品的魅力所在。除了讽刺喜剧性之外,默多克小说塑造的一系列女性形象,使她的作品也成为女权主义研究的对象,而她作品中的神秘主义色彩,又使她被认为是"魔幻现实主义"作家。总之,这就是万花筒一般的默多克,她就是这样一位兼收并蓄的作家,在继承传统小说手法和吸收现代小说技巧的过程中,形成了自己独特的创作风格。

在文学和现实的关系上,默多克并不像传统的现实主义那样认为客观现实是小说描写的对象,而是认为文学应该反映一种关系,即现实与幻想之间的关系。她说:"如果幻想与真实在小说中是可见的两个分离部分,那么这样的小说是失败的。在现实生活里,奇妙的和平常的,直率的和象征的,往往不可分割地联结在一起。我认为优秀的小说应该把这种结合关系反映出来。"③ 而要反映这样一种关系,就要求小说有一种强有力的复杂的形式结构,在默多克看来,这种结构必须是开放性的。她在反映其文学思想的重要文集《重现崇高与美》中指

① Book Trust, *Iris Murdoch*, British Council, 1988. pp. 2 - 4.
② Olga Kenyon, *Women Novelists Today*, Hassocks: The Harvester Press Ltd., 1988, p. 27.
③ Book Trust, *Iris Murdoch*, British Council, 1988. pp. 2 - 4.

出,小说"是一个开放性的殿堂,它可以自由地反映现实,任何东西都可以进入,任何东西都可以得到解释,它的叙述形式是无限的"。① 正是在这一文学思想指导下,默多克的小说形式呈现出丰富多彩的风格。

默多克在她出版的第一部小说《在网下》中,就充分显示了她深厚的哲学素养和兼收并蓄的思想活跃性和开放性。首先,《在网下》这部小说被认为是对维特根斯坦《逻辑哲学》的形象演绎,②而小说的标题《在网下》则源于维特根斯坦在《哲学研究》中的一段话:当我们仔细观察作为游戏汇集在一起的各种不同具体活动时,"便能发现一个由相互重叠又相互交叉的相似点构成的一张复杂的网,有时是总体上的相似,有时是细节上的相似"。③ 小说《在网下》围绕主人公杰克与雨果之间的关系展开,雨果提供思想,杰克则用文字修饰表述这些思想。小说表现了生活难以名状的怪异和扭曲,以及蠕动挣扎在错综复杂人际关系网下的人们企图摆脱网的缠绕时的那种无力感。就创作风格而言,《在网下》似乎受到了作家塞缪尔·贝克特和雷蒙·格诺的极大影响。雷蒙·格诺是默多克的挚友,身为数学家和文学家的格诺在文学创作方面的大胆创新深深打动了默多克。默多克的第一部哲学论著《萨特:一个浪漫的理性主义者》即呈献给格诺;而著名短剧《等待戈多》的作者贝克特也是默多克崇拜的作家之一,她直言不讳地承认《在网下》这部小说受到格诺的《皮埃罗我的朋友》和贝克特的《墨菲》的很大影响。默多克表示:"贝克特和格诺的这两部著作对《在网下》的影响是显而易见的,我倾注了全身心来模仿这两位伟大作家。"④默多克的《在网下》显示出她既致敬大师、兼收并蓄,但又并非只是简单模仿,而是一种杂糅融合后的再创造。首先,在人物与叙事的关系方面,格诺的皮埃罗既是小说发展的线索,也是小说事件的主人公,贝克特的墨菲在作品中却始终以旁观者的身份出现。而《在网下》的主人公杰克则介于两者之间,他既是小说的叙述者,又是小说事件的旁观者。其次,在风格上,《在网下》保持了贝克特和格诺这两部小说的讽刺性荒诞喜剧风格,而在语言的诙谐机智等方面,默多克则作了进一步发挥,尤其在表现人物那种迂腐木讷和滑稽可笑时,默多克辛辣的笔端挥洒得尤其出色。与格诺和

---

① John Fletcher, *Iris Murdoch*, Lewilsburg: Buckwell University Press,1975, p. 324.

② Ibid., p. 367.

③ 维特根斯坦著,李步楼译,《哲学研究》,北京:商务印书馆,2000 年,第一部分第 66 节。

④ John Fletcher, *Iris Murdoch*, Lewilsburg:Buckwell University Press, 1975, p. 312.

贝克特的两部小说一样，《在网下》同时也揭示了在滑稽可笑的事件掩盖下的深沉悲哀，如杰克与雨果缘份已尽所带有的悲剧感恰如墨菲死后骨灰被撒在一家酒吧的地板上，以及皮埃罗无以回报的单相思一样，给读者留下沉闷窒息的感觉。最后，在表现现实与幻想的关系方面，《在网下》比贝克特和格诺的两部作品更为聚焦和突出。默多克认为幻想与现实的关系是文学作品反映的主要对象，因此，《在网下》形象地描绘了幻想中的生活与现实生活之间不可分割又难以弥合的关联，杰克企图把自己脑海中的模式强加给生活，但生活却拒绝了他的模式。杰克凭借自己的幻想胡乱地组建现实中的事件和人物，把真实存在的东西当作幻影，他因此失去了最好的朋友和两位对他有好感的姑娘。从哲学的渊源看，可以认为《在网下》揭示的这种人与现实的关系与默多克在创作这部小说期间受到萨特存在主义思想的影响有关，即把自在的东西作为"自为"地存在的人的对立面，这正是萨特在其著作《存在与虚无》中的重要观点。《在网下》最终以讽刺的态度嘲笑了所有被杰克人为设想的结局，因为这些结局是按照杰克的主观意愿和幻想假设的，并非现实存在的本来面目。

小说《在网下》所表现的另一主题是，当道德介于理性与非理性之间时，应该采取怎样的道德取向。《在网下》设置了一个恋爱模式，即甲爱乙而乙爱丙，丙爱丁而丁爱甲这样一个循环关系模式，以此来呈现处于这一循环关系中的人的追求和失败，而道德标准在衡量爱这样一种非理性状态时往往显得很无奈。小说揭示出世上很多事情很难用道德来规范，理性体系中的道德在非理性体系中或许就是非道德。小说主人公雨果说过，有些事情本来已经错了，就只能让它错下去，而真理就在其中。这表现了 20 世纪西方社会在价值判断中的相对主义倾向。这样的主题在默多克的其他作品中也有不同程度的表现。

作为默多克的第一部长篇小说，《在网下》以完全成熟的姿态问世，它不仅表现在确立了其社会讽刺喜剧的创作风格和以幻想与现实的关系作为小说表现的主题上，而且，默多克小说的其他特征在这部作品中也都有所确立，如哲学思辨色彩、严肃的道德思考以及在多角恋爱关系中展开故事情节并揭示人物内心等。或者可以说，默多克在她的第一部小说中已经形成了她自己的小说创作模式，即探讨真实与幻想的关系、善与恶的边界、艺术的形式、生活的模式以及爱与善的辩证关系等，这些主题在她以后的作品中被不懈地反复呈现。《在网下》同时也标志着默多克创作技巧的成熟，她充分运用了悬念、惊人效果的戏剧性因素和一些现代派创作技巧，使小说人物真实而生动，情节引人入胜。默多克在她的第一部小说中表现出来的娴熟的写作技巧是她以后创作的每部作品都成为畅销书的重要原因之一。

《沙堡》(*The Sandcastle*，1957)也是默多克较早创作的作品之一。它是一部以爱为中心的探讨道德问题的小说。主人公摩尔的抉择似乎都是在他所处的状况下不得不做出的理性选择，很难以道德或非道德来衡量。在摩尔的爱情故事中，道德在感情和理智方面分别具有不同的评判标准，摩尔面临的选择实际上意味着他必须在把道德归入情感还是理智方面做出选择和判断。

《沙堡》中展开的哲理思考在默多克的另一部小说《被砍掉的头》(*A Severed Head*，1961)中继续着。《被砍掉的头》重复并强调了这样的主题：理智判断比盲目追求个人幸福更为重要。默多克在小说中编织了一张比《在网下》更为复杂的爱情循环网络，使《在网下》中探讨的道德问题得以在更为纵深的语境中加以考察和探究。这是一出表面看来错综复杂的恋爱闹剧，其间人物关系不断地分解组合，重新排列，有点类似于莎士比亚的《无事生非》。但事实上，默多克在这些人物身上表现了道德趋于完善的艰难过程。马丁从他人的行为中反省自己，安东尼娅在两性交往中发现了自我作为存在个体的价值，并最终明确了自己追求的目标，而乔治娅则懂得了委曲求全的爱只能使自己变成可怜虫的道理。在小说中，那个没有为爱痴狂的奥娜，是维系小说情节和人物的叙事纽带，她始终保持着较为冷静的理智态度，并使这种超常的理性态度像魔法一样附在与她相关的人和事上，使他们最终摆脱迷狂状态而趋向理性的道德完善。奥娜就像古希腊神话传说中美杜莎被砍掉的头一样，使看它的人变成石头。《被砍掉的头》表现了这样的主题：人们永远逃脱不了魔法，只能生存在它的咒语之中。奥娜曾说自己是一颗被割断的头颅，会口吐预言，但离爱很远。马丁也觉得看着她就像看着约柜一样，不可触碰。[①] 这部小说因具有一定的神秘色彩而被认为宣扬了神秘主义，而它塑造的一系列沉溺于性爱中的女性又为女权主义批评研究提供了素材。

《钟》(*The Bell*，1958)表面上看来也是一部滑稽闹剧，但它同样蕴含着默多克不懈的道德探索。默多克在这部小说中通过一系列的情节安排，使小说人

---

① 艾丽斯·默多克著，丁骏等译，《完美伴侣》，北京：人民文学出版社，2020年，第187-188页。

物在结尾时留给读者的印象完全不同于小说开场时,如主人公朵拉逐渐展露出她可爱的一面,而麦克却随着小说的发展暴露了其性格中的懦弱和极端自私,清纯的修女凯瑟琳被发现并非清心寡欲,而浪荡公子尼克最终也博得了人们对他的同情和敬意。默多克企图揭示出这样的人生哲理,即人和事有时并不是它们所表现出来的那样,人性实际上体现为一种善与恶的关系,以及表象与实际之间的关系。

努力挣脱魔法或命运的羁绊以及展现理智与爱情的不同价值观,同样是默多克在小说《非正式玫瑰》(*An Unofficial Rose*,1962)里表现的主题。在这部小说中,兰道尔为了帮助儿子避免重蹈自己的覆辙,不惜变卖了祖传的珍宝。他对自己当年未能成全爱情而悔恨至今。在另一组爱情关系中,兰道尔妻子安的追求者最终因考虑自己的仕途和社会地位而离开了安。爱是无序和偶然的,没有循环报应。善恶也是如此。

默多克20世纪五六十年代创作的作品还有《逃离魔法师》(*The Flight from the Enchanter*,1956)、《独角兽》(*The Unicorn*,1963)、《意大利女郎》(*The Italian Girl*,1964)、《天使时节》(*The Time of the Angels*,1966)、《红与绿》(*The Red and the Green*,1965)、《美与善》(*The Nice and the Good*,1968)等等,这些作品几乎都较全面地体现了默多克在创作技巧上的娴熟和哲理思考方面的深邃,直面人生,探索善和美。尤其是《独角兽》,被认为是默多克较有代表性的作品。《独角兽》叙述了一段类似于《简·爱》的优美动人的爱情故事。与《简·爱》不同的是,默多克采用了讽刺幽默的笔法来叙述这段故事,并提出了她所关注的一些道德问题。作品既具有魔幻现实主义和哥特式小说的神秘主义色彩,也运用了一些象征主义的创作手法,并具有较强的思辨色彩。而小说《红与绿》则在风格上略有不同,这是一部历史题材的小说,此书是基于1916年爱尔兰新芬党人复活节起义的那段历史创作而成的。《红与绿》被认为是一部富有感伤色彩的历史悲剧,批评家唐娜·格斯坦伯格指出,默多克是把浪漫主义运用于历史题材。[①] 也许因为默多克本人是爱尔兰血统,她在写作这部小说时充满了激情,而作为其小说特点的默多克式的理性思辨在《红与绿》中似乎并不那么突出。另外两部小说《意大利女郎》和《天使时节》分别在"恋母情结"和"恋父情节"中展

---

① John Fletcher, *Iris Murdoch*, Lewilsburg: Buckwell University Press, 1975, p. 367.

开叙事，为从弗洛伊德精神分析角度研究默多克的作品提供了样本。

除了《红与绿》《意大利女郎》和《天使时节》三部作品略有游离默多克本人创作风格的倾向外，默多克在 20 世纪五六十年代创作的小说基本上遵循了她在有关哲学、文学的论述中确立的并在第一部小说中就已显示出的文学风格和创作宗旨。在创作手法上表现为既继承了传统的批判现实主义，又吸收了丰富多彩的现代小说技法这样一种开放体系，即便是她那几部略显异类的小说，也表明她欲开拓新题材、新手法的尝试。在主题思想上，从爱的角度切入，对现代社会的种种现象进行哲理思考，这一特点在默多克之后的作品中仍继续保留着。20 世纪七八十年代以后，伴随着柏拉图以及存在主义哲学思想对她的深刻影响，以及石油危机后英国社会种种矛盾的激化给人们精神世界带来的影响，默多克小说的哲理思辨色彩也较早期小说更为突出和深刻，她的几部力作《黑王子》《大海、大海》《修女与战士》(Nuns and Soldiers，1980)以及《哲人的学生》(The Philosopher's Pupil，1983)等都完成于这一时期，其中《大海、大海》荣获布克奖。

《黑王子》是默多克 1973 年的作品。小说在一段不幸的、毁灭性的爱情故事中细致地探讨了艺术的本质、艺术与现实的关系以及与道德完善的关系等问题。这是一部结构精巧独特的小说，开场是两篇由小说人物罗克西亚斯和布拉德利写的前言，结尾部分是六篇由小说中不同人物撰写的后记，每一篇都对书中的人物和情节作了不同的解释和评论。作者力图以此表明，由于视角不同，对同一事实的观点就各不相同。世界上没有唯一的真理，它是相对的、多元的。作者以跌宕起伏的情节、精心安排的结构、寓意深刻的象征来揭示生存的意义，从存在主义哲学和伦理的高度来描写爱情这个主题。评论家们认为，作者在此书中使用了实验性的技巧，用象征性的标题和开放性的多元结尾来表现存在主义的主题，是一部后现代主义小说。批评家约翰·弗莱策认为，默多克的这部小说无意中模仿了纳博柯夫的小说《洛丽塔》。[①]《黑王子》的主人公布拉德利把自己包裹在妄想和理念中，把艺术当作现实社会的避难所，然而正如《黑王子》结尾时所说："艺术是光明，凭借它，我们可以补偿人生诸事的缺陷。而在艺术后面，我向你们所有人保证，空无一物。"[②]小说表现了对艺术的一种无限崇尚心理，其审美境界

---

① John Fletcher, *Iris Murdoch*, Lewilsburg: Buckwell University Press, 1975, p. 365.

② 艾丽斯·默多克著，萧安溥、李郊译，《黑王子》，上海：上海译文出版社，2021 年，第 446 页。

可谓柏拉图式的审美观照,即艺术和爱一样,能使人的灵魂在非理性状态下上升,直至达到"理式"世界或真理世界的完美,人的灵魂从而得到净化。这里所谓的完美是指美与善的统一。把艺术作为逃避道德堕落的现实社会的港湾,是"二战"后西方社会一部分知识分子的选择,尽管它是无可奈何之举,但至少也表明了对善和美的追求。关于在艺术或爱的审美中达到道德完善境界的思考,在小说《大海、大海》中则有更充分的表现。

在《大海、大海》中,为读者所熟悉的默多克式的"带有忧伤面容的喜剧"和单向的爱情循环故事重又出现。已退休的著名导演查尔斯本想在海边寻求宁静的生活,他在海边度过了一段"隐者"生活,他觉得这使他变得比以前更清醒、更明智,内心也更柔软、更善良。这一意象可以从柏拉图的《会饮》篇中读到:"他凭临美的汪洋大海,凝神观照,心中涌起无限欣喜,于是孕育出无数优美崇高的思想语言,得到丰富的哲学收获。"查尔斯以为大海能使他远离世俗纷扰,然而却在海边小镇遇到了他年轻时的初恋哈特莉。他一直认为这么多年来哈特莉也像他怀念她一样念着他,但事实是哈特莉早已嫁人并过着闲静的生活,而查尔斯对她来说是一个不真实的存在。查尔斯内心的宁静被哈特莉的出现打破了,他陷入了梦幻与妄想的包围和困扰中,生活在他自己编织的梦幻里,即为"海伦的幻影(哈特莉)而战"。在这个故事中,默多克揭示了幻想世界与现实世界的对立,查尔斯通过自我欺骗来逃避现实,在虚构的世界里寻求精神慰藉。大海在这部小说中象征着可以净化灵魂的审美对象,但其神秘莫测也象征非理性的超现实魔力,查尔斯试图以大海作为达到至善至美境界的载体,但事实是,非理性的状态既可以趋善,也可以趋恶。提图斯之溺死令温柔平静的大海终于面露狰狞。

柏拉图思想的影响在默多克的另一部小说《修女和战士》中也有较明显的呈现。主人公黛希与迪姆关于绘画与现实生活关系的对话实际上演绎了默多克对柏拉图文艺思想的某种思考。与《大海、大海》一样,默多克在这部小说中塑造的人物都努力想要达到道德完善的境界,但追求这种境界是艰难的。在小说结尾部分,主人公也像《大海、大海》中的人物一样,被默多克安排了重新开始新生活的可能。这种光明的结尾在默多克小说中经常出现,这也许可以认为作者对于善和美的追求还抱有美好的期望,这一倾向使她不同于与她同时代的一些带有悲观情绪的作家,她作品中所追求的善为"二战"后冰冷的西方社会带来了一丝暖意。也有批评家认为,默多克作品中对新生活的展望带有人为的说教意义,她是勇敢地也是孤独地捍卫着文艺功用说，把文艺作为传授知识和道德的工具。

　　魔法咒语等带有神秘色彩的因素，在默多克早期小说如《逃离魔法师》《独角兽》和《被砍掉的头》中已出现，而在她的后期作品中，这一神秘色彩也并未被强烈的哲学思辨气氛所淹没。魔法在默多克的作品中是非理性的象征，它常常被具体化为各种形态，如在《大海、大海》里，查尔斯的魔法是世俗权力和威望的魔法，而他的堂弟詹姆斯从东方的佛教中得到的超自然魔法则带有宗教的含义。在《好学徒》(The Good Apprentice, 1987)中，主人公精神病学者托马斯则认为，艺术、爱和宗教一样，都是魔法。人们深陷于神秘与幻想，欲罢不能。一般而言，在默多克的早期作品中，魔法较多地被表现为一种阻碍、束缚人类自由意志的超自然力，它常常与非理性的东西相联系。而在她的后期作品中，魔法则主要象征着与现实世界相对应的幻想世界或精神世界，如《大海、大海》中，詹姆斯所拥有的带宗教含义的魔法最终引导他"用意念结束自己的生命"，①魔法就像艺术那样成为人类逃避现实的避难所。由于默多克作品中的魔法形态各异且神力超常，从而使她的作品带有现代寓言式的强烈神秘主义色彩，也增添了几分费解之处。然而，无论魔法怎样变化多端，它总是作为现实世界的对立面，作为理性世界的对立面而出现的，这与默多克的文学旨在表现现实与幻想世界之间关系的创作思想相一致。默多克小说中的神秘主义因素常被认为是受了柏拉图"灵感说"的影响。

　　默多克的小说世界是多维的，较全面地展现了"二战"后英国社会的人生百态。在她的小说中，人类自由平等的美梦和人类善良的本性都被残酷战争所释放出来的野性摧毁了，对上帝的信仰也湮灭了，而魔法和咒语却代替了上帝来操纵人类的命运，无知与思想贫乏逐渐膨胀，理性也逐渐淡化，到处充满暴力和欺诈，然而，良知并未泯灭，人们还有对美与善的追求，或应该对美和善执着追求。这就是默多克的小说世界所展示的丰富内涵。

　　默多克 20 世纪 80 年代中期以后发表的作品有《书与兄弟情谊》(The Book and the Brotherhood, 1987)、《寄语行星》(The Message to the Planet, 1989)、《绿骑士》(The Green Knight, 1993) 以及《杰克逊的困境》(Jackson's Dilemma, 1995)。这些作品基本上保留了她早期作品中就已确立的哲理思考和艺术风格，读来恰如一杯杯加了糖的咖啡，苦甜相掺，悲喜交加。她把悲剧性

---

① 艾丽斯·默多克著，梁永安译，《大海、大海》，上海：上海译文出版社，2021 年，第 473 页。

的题材与讽刺性的叙述笔法较好地结合在一起，带有莎士比亚悲喜剧的风格。而对传统小说和现代实验性小说技法的兼容，又使她的作品既与传统文学接轨，又不乏浓郁的现代气息。

显然，仅用"观念小说"是难以穷尽默多克小说的厚重意涵。实验小说、寓言小说、荒诞小说、魔幻现实主义小说等等，都是默多克的小说，她不断探索尝试各种新的小说形式，以更为复杂开放的叙事结构，使小说更能胜任承载她的思想，也更能胜任反映复杂多维的世界。英国著名文学家兼批评家 A. S. 拜厄特认为，默多克是在发明一种形式，一种自由而又有序的形式，它来源于莎士比亚喜剧的巧合性，并创造性地继承了狄更斯和陀斯妥也夫斯基小说的写实性。① 确实，默多克的文学成就不仅在于她继承了现实主义传统，再现了她所生活的那个时代，更在于她为开拓一种开放性的文学新形式所作的种种尝试。

二、把脉时政的艺术之手

英国不乏具有政治敏感度的女作家，她们在追求小说艺术性的同时，始终把脉着英国社会和政治，关注着世界风云的变幻。比如阿莉·史密斯，她的"四季协奏曲"《秋》《冬》《春》《夏》就是具有明显政治意识的小说，所以被看成是政治小说。

《秋》是"四季协奏曲"中的第一部。小说涉及英国历史上两个较为重要的年份，或有重要政治事件发生的年份，一是 2016 年的英国"脱欧"，二是 1963 年的一场震荡英国政坛的庭审。《秋》的写作年代正值英国处在"脱欧"的动荡之中，史密斯在爱丁堡国际图书节与苏格兰首席部长妮可·斯特金对谈时，引用了《秋》中的一段话："举国上下，人们觉得这是错的；举国上下，人们觉得这是对的；举国上下，人们认为遭受了损失；举国上下，人们认为获得了好处；举国上下，人们认为自己做的是对的而别人是错的；举国上下，人们在谷歌上搜索：'欧盟是什么?'举国上下，人们在谷歌上搜索：'移居苏格兰'；举国上下，人们感觉肩负着沉重的历史；举国上下，人们觉得历史无足轻重。"② 用排比句反复吟唱的内容，内蕴丰富，其中的现实性和政治性留待读者去领悟。小说用排比句的形式，反映了

① Book Trust, *Iris Murdoch*, British Council, 1988, pp. 2 - 4.
② Ali Smith, *Autumn*, Penguin Books, 2017, pp. 59 - 60.

在"脱欧公投"的政治阴影下人们认知和情感的撕裂。"脱欧公投"就像一道分水岭，每个人都必须选边站。政治的巨大魔手遮蔽了一切，个体在选边站的过程中被强制政治化，文化历史则显得无足轻重。《秋》通过呈现虚构与现实的关系以及现实的建构性，也许试图留给读者这样的启示，即我们正面对一种充满谎言的时代，有太多的谎言，谎言来自大众媒体，来自国家议会，尤其是政治领域的谎言对整个社会产生了严重影响，导致了整个国家的分裂，改变了人们的生活。当政治强行进入每一个个体的生活时，我们应该如何来看待它，如何来识别真理和谎言？《秋》还特意细致地写到了一处电网，女主人公伊丽莎白和母亲一起散步时曾因过于靠近电网而受到保安人员的警告。电网是一种象征，一种自我封闭的象征，暗示英国的"脱欧"是自建堡垒，把自己囚禁起来。小说涉及的另一个政治事件，是 1963 年以舞女克丽丝汀·基勒为中心的政治丑闻。克丽丝汀·基勒这位周旋于英国上流社会男性政客中的年轻舞女，竟然扳倒了保守党政府，搅动了整个英国政坛。基勒事件在小说中承载了十分丰厚的内涵，女权、性别和阶层歧视问题，政治腐败和荒诞，等等。一个少女可以毁掉这么多政客的政治生涯，那么权力本身就是荒谬的。

政治或与政治相关的历史事件隐藏在《秋》的各个角落。小说写道，1943 年秋，在法国尼斯，一位年轻女性（丹尼尔的姐姐）坐在一辆卡车上逃亡。小说并没有把这位姑娘的详细故事揭示给读者，因为她的经历也是小说设置悬疑的一部分。但从时间上看，1943 年秋天，正是纳粹在法国南部迫害犹太人并把犹太人关进集中营的时候。此外，小说中被虚构人物伊丽莎白和丹尼尔关注的真实历史人物、女艺术家博蒂的艺术作品也有许多都涉及时政内容，比如她的拼贴画作品"暴力倒计时"就展现了一系列发生于现实中的真实事件——1963 年的伯明翰骚乱、约翰·肯尼迪的被暗杀、越南战争、古巴革命等，在她的另一幅拼贴画作品"一个男人的第一次世界大战"中，一些标志性的男性偶像如爱因斯坦、列侬、穆罕默德·阿里、普鲁斯特等都被并置于画面同框，这些人有科学家，有文学家，有音乐家，也有拳王，他们都被放置到"男性"和"世界大战"的框中加以诠释，释放了强烈的性别政治气息。

而《冬》的整个故事一直被"脱欧公投"的阴影所笼罩。《冬》的开篇写道，浪漫亡了，艺术亡了，历史亡了，文化亡了，爱情亡了，很多东西都死了，充满了悲观情绪。小说通过女主人公索菲娅与"脑袋"的对话，以及与自己的妹妹艾丽丝的对话,探讨了个体与世界的关系问题,但并没有得出结论。索菲娅的妹妹艾丽丝从小就活泼勇敢,成年后离开家庭成为一位积极的社会活动家。作为一位紧紧维系个体与世界关系的斗士,艾丽丝坚信个体应该参与到这个政治无处不在的世界里,成为在政治中发挥作用的一员。她像世界公民一样,奔走出现在每一个重要历史事件发生的现场,当中东难民的船只抵达希腊时,她就出现在希腊。她还不停地投身到各种针对政府的抗议活动中,几十年不间断不放弃,直到 70 多岁,艾丽丝仍然坚强而执着地投身于对世界治理的关注中。但艾丽丝一生参与政治和社会活动的经历却证明,她的努力和抗争从未真正击败过所面临的任何威胁,无论是核扩散,还是化学物品泄露与环境污染。即便也有赢的时候,但所有的胜利都只是暂时的,个体在政治中所能发挥的作用微乎其微。个体应该被政治化吗? 政治化的个体又该如何与世界相处? 小说所呈现的答案是不乐观的。阿莉·史密斯的《冬》荣获了奥威尔奖,该奖是授予那些用艺术手法来表现政治的作家作品,之前大多授予非虚构类作品,例如政治家传记《公民克莱门特》,该书描绘了英国前首相克莱门特·艾德礼的一生。除了阿莉·史密斯以外,之前只有一部小说曾获得过奥威尔奖,那是迪莉娅·杰瑞特-麦考利(Delia Jarrett-Macauley)的《摩西、公民与我》(*Moses，Citizen and Me*),其他获奖作品都是非虚构类作品。由此看来,给小说《冬》贴上政治小说的标签是不为过的。

阿莉·史密斯"四季协奏曲"《春》(*Spring*)和《夏》(*Summer*)分别于 2019 年和 2020 年出版,都紧随英国社会和时政的脉搏跳动。《春》涉及拘留难民的话题,《夏》则被称为"第一部新冠病毒小说",反映了由于新冠病毒肆虐给人们带来的恐慌,以及隔离措施带来的心理和社会问题等。史密斯在接受访谈时说,疫情期间"我们忍受着糟糕透顶的死亡统计,以及政府如此对待国民医疗服务体系内外的社会工作支柱者,都足以让狄更斯笔下的法官清醒过来。而这些可怕的情况不过是英国当前形势的冰山一角"。[①] 史密斯的"四季协奏曲"艺术地呈现了英国社会如何步履蹒跚地从"脱欧"走到特朗普在美国执政的岁月,再到新冠病毒肆虐的当下。

阿莉·史密斯的政治观是以小说形式为载体来呈现的,她追求的是虚构与

---

① 凯特·凯拉韦(Kate Kellaway),"谈疫情、希望与下一代人:阿莉·史密斯完成'四季协奏曲'终篇",《卫报》2021/05/18,https://www.jiemian.com/article/6059929.html。

非虚构之间的无缝衔接。而另一些英国女作家在创作虚构作品的同时也常常涉足非虚构写作领域，比如布里吉德·布罗菲（Brigid Brophy，1929—1995）。小说创作并非布罗菲写作的唯一阵地，除了小说创作以外，她还以专栏作家身份写过很多政论性、辩论性文章，这些政论性文章结集出版后所引起的社会反响似乎不亚于她的小说创作。布罗菲较著名的评论性著作有《驶向地狱的黑船》（*Black Ship to Hell*，1962），其中收录的文章大多是她从精神分析学角度对时事进行考察和研究的成果（该书于 1962 年荣获伦敦杂志散文奖）。另外几部非虚构作品包括《永远不要忘记》（*Don't Never Forget*，*Collected Views and Reviews*，1966）、《戏剧家莫扎特：重新审视莫扎特的歌剧和所处时代》（*Mozart the Dramatist*：*A New View of Mozart*，*His Operas and His Age*，1964）以及《我们并不需要的五十部英美文学著作》（*Fifty Works of English and American Literature We Could Do Without*，1967）等，这些书中的文章大多以文学作品为评论对象，但却并非纯文学批评，所阐述的观点体现了作者对时政、历史的洞察力。此外，布罗菲在她的一些电视剧、广播剧和舞台剧的剧本创作中，也对时事进行了针砭，如广播剧《废弃的处理设备》（*The Waste Disposal Unit*）和舞台剧《强盗》（*The Burglar*）等。布罗菲是一位性格外向、愤世嫉俗、巧言善辩的作家，她经常利用广播和电视来发表自己的观点，并在广场上发表演讲。她的很多文章都是有感而发，针对某种观点或现象提出自己的反驳，言辞有时相当激烈，极富进攻性。她攻击的对象有文学家，也有音乐家、心理学家，论辩主题有时是婚姻、两性关系，有时是战争、宗教，有时又是教育、素食主义等等，她本人就是一位素食主义者。从布罗菲的所有著作包括虚构和非虚构作品来看，她是一位非常博学、善于思辨的作家。布罗菲同时也是一位异常活跃的社会活动家，她不仅是国家反对解剖动物协会的副主席，而且还是英国版权委员会副主席。

詹尼特·温特森是一位追求小说形式技巧实验、在虚构与非虚构领域跨界写作游刃有余的作家，她的作品也关注社会热点议题，充满了哲学冥想。温特森曾说，小说家们生活在现实之中，必然会拥有政治性，而他们同样可以借此尝试影响世界。而她自己，无疑也正是这样去做的。[①] 她不仅在报刊上发表政治性

---

① 巴扬，"从弃儿到当代传奇女作家，珍妮特·温特森为何会被称'预言家'？"，《北京晚报》，2020 年 7 月 17 日。

较强的文章,探讨社会性别理论、女性的权利以及全球政治等,在虚构作品中也表现出冲破传统的前卫意识,尤其是对传统的社会性别观提出挑战。她的小说似乎是她社会性别政治观的载体和喉舌,作品中的女性形象常常呈现出明显的雄性化,而且她们的爱情生活也大多以同性恋的形态出现。基于自己的性取向和恋爱经历,温特森在她的小说和政论文中一直在为同性恋代言呼吁,反对把同性恋作为社会的另类看待,并试图通过自己的作品使社会像接受某种常识一样接受同性恋。就像她的小说《橘子并非唯一的水果》中的女主人公所感觉到的那样,她对另一个女孩的爱不是像人们所认为的那样是对传统有意识的反叛,而是一种自然产生的生理现象。温特森是一位拒绝任何标签,执着追求无边界性的作家,她不仅在小说技巧方面进行了似乎无止境的突破,在社会性别观念方面也竭力模糊两性的边界,她的很多小说中的人物都是性别模糊的,比如小说《写在身体上》(*Written on the Body*,2011)等。她认为性向并不是单一的、一成不变的东西,它像是光谱,有非常多的层次和色彩,她不喜欢非黑即白的事情,"黑色能够包含所有的颜色"。① 温特森说,写作最大的挑战就是,你需要找到思想、情感和人类的本质。② 她的思想渗透在她的笔端,她的虚构和非虚构作品如《写在身体上》《艺术和谎言》(*Art and Lies*,1994)、《艺术目标:讨论心醉神迷和厚颜无耻的论文集》(*Art Objects:Essays on Ecstasy and Effrontery*,1995)、《权力书》(*The Powerbook*,2000)、《时间之间》(*The Gap of Time*,2015)、《勇气呼唤无处不在的勇气》(*Courage Calls to Courage Everywhere*,2018)等所涉及的时政话题,除了女权运动和社会性别新思潮,还有阶级和种族矛盾、政治与意识形态问题、人工智能发展对人类的挑战、环境污染、英国"脱欧"等等。"珍妮特·温特森对自己的政治倾向直言不讳,并热情地投身于公共讨论之中。长期以来,她像是一位永远向前迈进的小说家,不断地用她独具一格的文字驱动着社会与文化的潮流,不仅能用坚持不懈的写作对人类未来图景做出展望,更切实地通过她的书写参与、推动着社会的改变。"③

---

① 詹尼特·温特森,"我们允许可怕的事情发生,是因为我们不知道如何讲述更好的故事",转引自《凤凰读书》,2017 年 6 月 5 日。

② 同上。

③ 巴扬,"从弃儿到当代传奇女作家,珍妮特·温特森为何会被称'预言家'?",《北京晚报》,2020 年 7 月 17 日。

三、文学理念与创作的"和解"

A. S. 拜厄特(Antonia Susan Byatt，1936—)是一位活跃在英国文学评论界的女作家，她在文学评论和小说创作方面的成就可谓平分秋色。她较为重要的文学评论集有《自由的等级：论艾丽斯·默多克的小说》(*Degrees of Freedom：The Novels of Iris Murdoch*，1965)、《华兹华斯和柯勒律治在他们的时代》(*Wordsworth and Coleridge in Their Time*，1970)以及《失控的年代：华兹华斯和柯勒律治，诗歌创作与生活》(*Unruly Times：Wordsworth and Coleridge，Poetry and Life*，1989)。拜厄特曾担任一些文学大奖的评审委员，其中包括布克奖。尽管在某种程度上，拜厄特文学评论方面的才华似乎比文学创作更为突出，但她为数不多的小说却依然深得评论界重视。不仅英国评论界向读者竭力推荐她的作品，在美国，她的作品也倍受关注。拜厄特是一位文学理论造诣较深的作家，她的文学创作就像她文学思想的载体或试验田，承载着她对文学创作规律和文艺思潮演进的思考。

拜厄特生于英国约克郡，出嫁前叫 A. S. 德拉布尔，是英国女作家玛格丽特·德拉布尔的姐姐。曾就读于剑桥大学，1957 年以优异成绩获学士学位。一年后，她又入牛津大学攻读 17 世纪文学专业博士学位。1964 年，她的第一部小说《太阳的影子》(*Shadow of A Sun*)问世，第二部小说《游戏》(*The Game*)于 1967 年出版。拜厄特的长篇小说并不多，而且，每两部书之间相隔时间都较长。她的第三部作品《花园中的处子》(*The Virgin in the Garden*)直到 1978 年才发表，而第四部作品《平静生活》(*Still Life*)和第五部作品《占有》(*Possession*)则分别于 1985 和 1990 年发表，1996 年出版了第六部小说《巴别塔》(*Babel Tower*)，2000 年出版了《传记作家的故事》(*The Biographer's Tale*)。拜厄特曾在伦敦大学任教，1972 年起，任伦敦大学学院英美文学系讲师，1981 年擢升为高级讲师，1983 年离职专事写作。

拜厄特的小说以睿智、思辨等特点与艾丽斯·默多克和多丽丝·莱辛一起被称为当代英国文坛上擅长创作观念小说的女作家，这不仅与拜厄特本人在人文及社会科学、自然科学等方面的修养有关，也与她的文学创作理念有关。她热衷于在小说中表现善于思考的人们，他/她们大多睿智、诙谐并善于思辨，把思考看作与性或吃饭同等重要。她本人很喜欢记笔记,通常备有两本笔记本,一本记录生活素材,另一本则记录她的思考。在创作小说时,她就把这两方面素材合在一起,使小说不仅有生动的情节,也有丰富的思想。但她并不主张把小说作为纯粹探讨理论问题的阵地,也不主张小说只表现某种狭隘、单纯的观点。她认为写思想并不意味着要把小说写成纯理性的观念论战,小说不应该只容纳一种简单的观点,无论这种观点是作者的还是人物的。思想仅仅是小说所要表现的一个方面,小说应该像一个宽松的巨袋,可以容纳任何东西。

拜厄特的文学思想带有朴素的现实主义倾向,即把真实生活作为小说创作的主要素材来源。在这方面,她极为推崇法国小说家普鲁斯特,她认为普鲁斯特的小说就是他的生活,他的生活就是他的小说。拜厄特的小说也多以她自己的生活经历为原始素材,再糅合了她所观察到的周围人物和种种生活形态。她的小说表现范围较广,人物形态各异,心理状况复杂多变。除了主张文学应该表现生活,拜厄特更主张小说应具备丰富的思想内涵,应该使读者读后获得智慧或哲理方面的启迪。

作为思辨型的知性女作家,拜厄特同艾丽斯·默多克一样,并不愿她的作品仅仅被看作女权主义宣言,或被放入女性主义文学这一孤立视角来考察,她自己在一般被认为女性处于弱势的领域如科学、哲学等方面完全能毫不逊色地与男人抗衡。当然,由于她的作品大多聚焦女性,她也的确成功塑造了一系列形态各异的女性形象,女权思想不可避免地成为诠释她作品最常见的视角。她也曾坦言,激发她完成第一部小说《太阳的影子》的最主要动因之一,就是为了向20世纪50年代鼓励妇女重新回到家庭中去的社会潮流挑战,她把写作看成是妇女免于被困家庭的一种逃避方式。在这一动因下,《太阳的影子》被写成了一部"女权主义小说"。但拜厄特小说中的权力关系是层次丰富的,权力的张力不仅体现在两性关系中,也体现在文学评论与文学创作的关系中,以及文学与现实的关系中。

《太阳的影子》的女主人公安娜是一位有抱负的年轻女作家,但由于她父亲是一位颇有名望的作家,使安娜从小生长在这位成功男性的权威和名望之中,这些就像阴影一样笼罩着制约着安娜,使生性敏感的她变得怯懦而缺乏自信。为了摆脱这一阴影,她曾逃跑过。小说写道,在一个星期天早晨,她离开了住宿学校,搭火车来到了附近小镇上的一家旅馆,她幻想可以在这里自由自在地生活和写作。然而,旅馆里这个"属于她自己的房间"却狭窄得令人感到压抑和窒息,当她推开窗想看一看天空时，却发现窗外是一堵墙。她感到自己重又被置入某种围困和束缚中，而自己为挣脱束缚所付出的种种努力都是徒劳。小说中另一位制约着安娜的男人是奥利弗，一位文学批评家。他起初以帮助安娜自立为由闯入安娜的生活，但很快他替代了安娜父亲的操纵地位，开始为安娜作各种各样的决定，使安娜重又陷入另一男性的控制之中。小说用很大篇幅描写了安娜如何被困在这两位成功男性的操纵力之下，她常常以其中一位男性的思想作为她对付另一位的盾牌或避难所，然而这样做的结果并未使她彻底摆脱强权的操纵而独立思考和生活，反而因对强权的依附而增强了她作为女性的弱势。她逃到了剑桥，奥利弗也来到了剑桥，并与安娜生活在一起。当安娜发现自己怀孕时，她既不想结婚也不想要孩子，于是她又逃跑，结果在火车站又被奥利弗截住。尽管安娜做了一系列努力，但最终未能摆脱奥利弗的掌控。这个故事表面看来表现了两性关系中男性对女性的霸权，但在隐喻意义上，也可以看成是文学理论对文学创作的霸权。作家在创作过程中难免受到文学理念和文学评论的干扰、操控甚至霸凌，作家往往艰难地生存于对文论霸权的逃逸与屈从之间，恰如安娜与奥利弗之间的关系。

拜厄特的第二部小说《游戏》塑造了两个完全不同性格的女性，卡桑德拉和朱莉娅。她们是姐妹俩，一个生活在幻想中，另一个生活在现实中，就像镜子里和镜子外的两个人。姐姐卡桑德拉是牛津大学教师，未婚，性格怯懦幽闭，自我压抑，在某些方面有点像《太阳的影子》中的安娜。与安娜不同的是，她成功地在自己周围设置了坚固的保护层，外人很难进入她的世界，更难主宰她，而她却心满意足地生活在对中世纪的幻想中。她妹妹朱莉娅却正好相反，开朗而美丽，既是小说家又是电视圈名人，同时还是令人羡慕的妻子和母亲，与姐姐相比，她算是成功地参与了外部世界的现实生活。然而，她却是一个需要靠别人的陪衬和评价来生活的人。姐妹俩从小爱玩一种有关中世纪爱情纠葛、争斗、冒险的游戏，卡桑德拉总是为朱莉娅设置一种恐怖的梦魇，而朱莉娅总能设法击破。成年后，姐妹俩关系疏远了，但类似的"游戏"却依然在姐妹俩中间展开。当卡桑德拉在幽闭中自杀后，朱莉娅因一下子失去了"游戏"对手和镜中之影而没有了生活目标。小说结尾时，朱莉娅决定做一个不依赖别人陪衬而存在的自在个体，做一个不依赖他人评价而独立思考的人，但她也清醒地认识到这一想法很难实现。和安娜一样，无论是卡桑德拉还是朱莉娅，无论生活在幻想中还是现实中，拜厄特笔下的女性都在试图逃脱某种制约力,都在为自身的独立而挣扎。《太阳的影子》用男性来隐喻那种制约力,而在《游戏》中,那种制约力来自于人的内心,一个自我对另一个自我的制约。《游戏》是一部自传性较强的小说,出版后很快被评论界拿来与拜厄特的妹妹玛格丽特·德拉布尔的小说《夏日鸟笼》相比。拜厄特的父亲、妹妹玛格丽特·德拉布尔以及她的姑母们都是颇有成就的作家,所以,拜厄特一直在为证明自己的独特性而努力。不仅如此,身兼文艺评论家和作家的拜厄特,在她的创作过程中,那个评论家的自我想必也时常在一旁指点江山,而那个作家的自我有时难免无所适从。

小说《花园中的处子》是拜厄特另一部以女性为中心的作品。这部小说从酝酿到完稿用了将近 20 年时间,它对作者在前两部小说中表现的操控与被操控问题作了进一步探讨,并更自信而娴熟地运用了形象思维与理性思维相结合的技巧,从而使作品成为一部观念性和艺术性都极强的小说。与《游戏》相仿,《花园中的处子》也围绕着一对性格相异的姐妹展开,姐姐斯蒂芬妮和妹妹弗雷德丽卡,姐姐敏感柔顺,妹妹开朗豪爽,显然姐姐是传统观念中女性特征极强的代表,而妹妹则带有某种叛逆性格。姐妹俩同时爱着一位有才华的教师兼剧作家亚历山大,弗雷德丽卡在亚历山大创作的戏剧中饰演性格乖巧、独立性较强的少女时期的伊丽莎白一世。小说巧妙地把剧中情节与现实生活对应,把剧中人物与真实人物并置,以此来揭示文艺与现实之间的微妙关系。对弗雷德丽卡而言,剧中人物伊丽莎白一世承载了她对于传统社会性别观的抗拒和背叛,她坦言她演的是她自己。小说强化了艺术是现实避难所这一当代小说的重要主题。姐姐斯蒂芬妮婚后在育儿和家务琐事中默默承受着生活重负,而弗雷德丽卡则努力寻求一种既传统又不失女性独立性的新型两性观,她代表着新时代女性,这一代女性是躁动不安的,她们不安于传统和社会强加给她们的角色,力图冲破禁锢。而艺术在扮演现实避难所这一角色时,显然只能胜任一时,艺术永远替代不了现实。晦涩难解作为拜厄特小说的特点,在这部小说中也有体现,尤其是马库斯和西蒙兹之间进行的"光幻影"和"信号能量传输"等精神层面的探索实验。

拜厄特的《占有》①可以称得上是她最成功的作品。此书的问世把拜厄特在

---

① 《占有》的原文 possession 也含有"着魔"和"神灵附体"的意思,小说中也不乏对神灵问题的思考,年轻主人公在追随维多利亚诗人恋情的过程中,也似乎感受到了进入后者精神世界的体验。

文学创作方面的声誉推向了顶峰，它荣获 1990 年布克奖，一时间成为风靡欧美的畅销书。《占有》乍看是还原一段有关 19 世纪维多利亚诗人 R. H. 艾什与克丽斯贝尔·兰蒙特之间充满神秘感的浪漫爱情故事，它通过两位年轻学者罗兰和莫德锲而不舍的调查研究以及对残存史料的收集和分析，一层一层地将那段尘封已久的爱情故事重现出来，使这桩似乎已被世人淡忘的陈年旧事以及两位诗人之间丰富的情感世界，再度散发出清新气息，两位维多利亚诗人对待生活、情感、道德和责任的严肃认真态度尤其令当代人肃然起敬。在小说中，男主人公文学博士罗兰偶然发现了维多利亚诗人艾什写给恋人兰蒙特的情书，诗人这段鲜为人知的隐秘情史引起了罗兰强烈的好奇心，于是他同研究兰蒙特的专家莫德一起联手追寻这段恋爱故事。在研究过程中，随着艾什与兰蒙特愈趋炽烈的爱情故事被发掘出来，罗兰与莫德之间的关系也产生了微妙变化，于是作品的情节在历史与现代两段感情经历中平行推进，把维多利亚时代诗人的精神境界与现代人的心理状态加以对照和比较。小说中还有两个人物也塑造得比较成功，一个是艾什与兰蒙特爱情的结晶梅娅，她一再声称自己不喜欢诗歌，对父辈的价值观采取了反叛态度，她不像母亲那样守着爱情的秘密苦苦煎熬一生，而是大胆地追求爱情。还有一个人物是艾什的合法妻子埃拉，她始终对丈夫的婚外恋保持着缄默和容忍，强迫自己以理性接受事实，然而她内心深处却时刻感觉到欺骗和谎言对她的嘲笑。她极为理性地以尊重丈夫情感和守护家庭声誉为重，独自品尝着内心寂寞的苦果。埃拉、梅娅、兰蒙特和莫德四位女性不同的理想和追求，不同的处世态度和精神境界，构成了小说中四个闪光点。埃拉的全部生活建立在谎言和虚伪之上；梅娅则摒弃了诗歌的浪漫情怀和纯精神境界，转而追求实实在在的现实生活；兰蒙特背着爱情的十字架苦苦走完了寂寞的一生，她为了精神世界的充实而舍弃了人间许多其他美好的东西；莫德作为一位女权主义者，则代表着当代女性中追求独立人格和自由精神的一群。小说结尾写道，对于这段发生在维多利亚时代爱情故事的追寻，使罗兰和莫德的生活与情感发生了变化，他们觉得需要参照前人的经验对自己的生活观作一番调整，他们共同期待着有一个崭新开端。拜厄特在这部小说中以学者的严谨态度呈现了收集、整理维多利亚时代那对恋人的书信、诗作及当时的寓言故事和民间传说的过程，使小说极富史料的真实感。两个平行世界的占有与反占有的对立关系，在拜厄特这部小说中不再以性格迥异的姐妹出现，也不再以文本世界与现实世界的相互模拟出现,而是以历史和当下的互为镜像呈现。小说以隐喻方式,展示了多重占有与反占有的关系,男人与女人之间、历史与现实之间、文本与作者/史料与拥有史料的人之间等等,都存在着占有与反占有的张力。仔细研读作品或许会发现,作者的真实用意似乎并不在于摹写历史,而在于将那段陈年恋史作为当今现实社会的镜子,相形之下,维多利亚时代的英国文人既浪漫又克制,而 20 世纪 80 年代的现实则是一个由雅皮士、女权主义者、学究、收藏家等组成的当代英国文化圈。作品成功地把文化圈形形色色的人物表现了出来,这些人物中既有认真执着的真理探索者,也有投机取巧的唯利是图者。作者在这部小说中成功地把历史与现实编织在一起,人物栩栩如生、跃然纸上,留给当代人许多值得思考的人生课题。由于拜厄特生动地再现了维多利亚时代的场景,调动起读者对维多利亚时代的丰富想象,小说《占有》因此被称为新维多利亚小说,拜厄特也被称为后维多利亚作家。

在创作技巧方面。首先,拜厄特力图把艺术和现实编织在一起,在两者的交织中既探索现实中人的归宿,也探索艺术本身的归宿。其次,她力图把历史与当今社会交织。从《花园中的处子》开始,拜厄特在小说叙事中采用了一种当代人回首往事的冷静态度,以当代人对历史的探寻,将历史与当今社会并置呈现,以空间平行来淡化时间上的差异,这种笔法在小说《占有》中被拜厄特运用得炉火纯青,以至《占有》有时也被看成是历史小说。拜厄特以历史与现实交叉并行发展的叙事手法,使历史与现实互为参照,现实中一些问题或许可以从历史中找到注解,而历史中的某些遗憾也可能在现实中得到补偿。拜厄特在小说创作中尝试的第三种编织是理性与感性、形象思维与理性思维的交织。拜厄特在创作理念小说方面的尝试可谓用心良苦。她竭力把自己或作品中人物的思考编织进小说的具体情节中,以期证明理性思维和感性思维在艺术作品中是有可能融为一体的。同样是致力于观念小说的书写,拜厄特在叙事结构的编织技巧方面似乎比默多克略逊一筹,可读性明显较弱。她的小说《占有》甚至有时被认为是一部学术著作,拜厄特自己也承认这是一部学术喜剧。① 然而,从拜厄特小说的读者面较窄来看,她的这种学术与浪漫故事相结合的尝试可能在某种程度上影响了作品的可读性。拜厄特在小说中尝试的第四种编织是不同语言的交织。所谓不

---

① 拜厄特,"我不为改变社会而写作",《国际先驱报》,2013 年 2 月 8 日。

同语言，是指被纵横交错的"沟壑"分隔开来的具有风格差异性的语言。拜厄特认为有许多"沟壑"存在于语言中，例如维多利亚时期儒雅的语言与现代社会的大众化语言之间，公众语言与私人交往语言之间，词语与它们所指代的事物之间，甚至男人用语与女人用语之间都存在着"沟壑"，这些"沟壑"造成了语言的风格差异。她力求在小说中表现出这些"沟壑"，并努力弥合"沟壑"之间的裂缝。正如批评家奥尔加·凯尼恩所指出的，拜厄特把许多不同风格的语言都放入了她的文本中，放入了一个茂密而又复杂的网中。拜厄特曾说："我热爱的英文应该有更多的表现方式，更为丰富。我为什么不去加以探索，用不同的英语方式写作呢。"①

也许因为拜厄特本人身兼作家和批评家，所以小说几乎成了她文学观念或文学理论的试验田，她致力于探索理论与创作之间的"和解"，使艺术形式与思想理念实现无缝衔接。

拜厄特和默多克都是英国文坛擅长于观念小说的作家，拜厄特小说之深奥在语内，默多克小说之深奥则在言外。

四、过去的未来与现在的过去

对现时关注愈深，回首历史的愿望愈切。英国女作家笔下不乏对历史的书写和历史观的艺术呈现。拜厄特的约克郡四部曲就可以看成是一套记录第二次世界大战之后几十年来英国文化价值观念变迁的编年史。1978 年出版的小说《花园中的处子》就是拜厄特这套雄心勃勃的四部曲中的第一部。第二部《宁静生活》1985 年问世，获得国际笔会/麦克米伦银笔奖，第三部《巴别塔》1996 年杀青，第四部《吹口哨的女人》(A Whistling Woman)2002 年出版。小说以弗雷德丽卡的成长经历为叙事脉络和情节架构，描写了 20 世纪中叶尤其是 60 年代传统断裂、青年反叛、动荡不安的岁月。拜厄特在接受访谈时曾说："我觉得我们的历史还活着，还仍然在进行当中。"②拜厄特喜欢尝试复调的叙事结构，她的复调有时是学术与艺术的复调，潜藏在故事和人物生动形象叙事背后的是深邃的历

---

① 拜厄特，"我不为改变社会而写作"，《国际先驱报》，2013 年 2 月 8 日。
② 同上。

史探究。

在一些英国女作家笔下,儿童题材的小说往往承载着某种深沉的成熟的历史观。当成人回望童年,童年就像历史一样厚重,而且这是一部存在于回忆和想象之中的历史。儿童与成人的世界从来就不是各自孤立的,儿童是现在的过去,而成人是过去的未来,所以,以描写儿童为中心的文学其阅读对象从来就不仅仅是儿童。拜厄特的小说《孩子们的书》(*The Children's Book*)就不是写给孩子们的。《孩子们的书》长达 700 多页,是拜厄特的又一部厚重精深之作,同时也是一部调动读者对维多利亚时代展开想象的煽情之作。这部小说内容庞杂,思想内涵深沉,人物关系和情节复杂,充斥着寓意微妙的童话和木偶戏,整部作品给人以浓得化不开的稠密感。《孩子们的书》取名于小说女主人公、儿童文学作家奥莉芙给孩子们写的书,在奥莉芙的书里,每个孩子都拥有一个专属自己的独特的童话世界,然而这些童话世界却不得不面临与现实世界的对峙和撕扯。"艺术"是这部小说中的重要角色,它以各种面目出现在小说中,诸如亲王画廊中琳琅满目的艺术品、"肯辛顿的瓦尔哈拉神殿"中陈列的艺术家画像、奥莉芙的童书、本尼迪克特·弗鲁德的陶器艺术品、在博物馆工作的普洛斯帕鉴赏研究的珍稀艺术品,还有自幼热爱艺术的菲利普和朱利安欣赏和临摹的艺术品等等。艺术作为想象的世界和人们精神的家园精彩又美妙,其斑斓的色彩与苍白的现实形成了强烈对比和冲撞,而这个充满冲突的空间就是孩子们成长的环境,也构成了他们成长的历史。

小说《孩子们的书》选取的年代是 1895 年至 1919 年,维多利亚时代的艺术和社会风貌再一次栩栩如生地跃然纸上。孩子们从黄金时代、白银时代到灰铅时代的成长过程,是小说比较清晰的叙事主线,作品所要释放的思想潜藏在孩子们的故事和童话木偶戏的交汇呼应中,而历史真面目也许就游走在想象与现实的交汇边界。在这部小说中,拜厄特再一次运用了她娴熟精湛的编织技法,将过去与现今、虚构与现实、智性叙事与儿语世界巧妙地编织在一起,所欲展示的宏大历史都隐藏在由几个家庭数十个人物分别呈现的小叙事中。

英国女作家佩内洛普·莱夫利(Penelope Lively,1933—)也是一位通过书写儿童世界来呈现历史的小说家。莱夫利对历史有一种独特的感悟,尤其是历史在当今的延续以及过去与现在交汇时所产生的种种神秘性。过去和当今,回忆和现实,在人们的生活中奇妙地交织着,使人们在当代每个生活细节中都感觉到历史的延续和积淀,这几乎是莱夫利所有作品(无论是早期的少儿作品还是后期的成人读物)所要表达的中心。在莱夫利看来,以成人为中心的作品其重心往往侧重于当下,即当下人们所思所想,尽管有时也掺入一些历史题材以达到与当下对照互映的效果。而以儿童为中心的小说创作则更多地是调动记忆功能,因为儿童时代是每个成人都经历过的,是回忆中的世界。因此,她的小说针对的读者既是少儿也是成人,在她笔下,少儿作品和成人读物的连结点就是现实和回忆/幻想的连结点,她的作品令读者徜徉在历史的神秘长河中,别具一番魅力。

莱夫利生于埃及开罗,1945 年回到英国,曾就读于牛津圣安学院现代史专业。莱夫利是位多产作家,20 世纪 70 年代以来出版的著作达 30 多部,而且荣获过不少文学奖项,包括布克奖和惠特布雷德奖等。1970 年,她的第一部作品《星笼》(*Astercote*,1970)问世,这部看起来像少儿读物的小说,却充分显示了作者带有神秘性的独特历史观,引起了评论界关注。此后,莱夫利又出版了《窃窃私语的骑士》(*The Whisper Knights*,1971)、《漂流》(*The Driftway*,1972)和《托马斯·肯普的鬼魂》(*The Ghost of Thomas Kempe*,1973)等小说。《托马斯·肯普的鬼魂》获 1974 英国儿童文学最高奖卡内基·梅达尔奖,1976 年出版的《亡羊补牢》(*A Stitch in Time*)获惠特布雷德奖。莱夫利早期作品以儿童文学为主,后转向成人作品,她的第一部成人读物为《通往利希菲尔德之路》(*The Road to Lichfield*,1977),这部作品获当年布克奖提名。1980 年,她的《时间财富》(*Treasures of Time*,1979)获英国首届国家著作奖。1984 年,《根据马克所说》(*According to Mark*,1984)再次获得布克奖提名。1987 年,她以《月亮虎》(*Moon Tiger*,1987)斩获布克奖。

莱夫利的早期创作由于把神话和历史结合在一起,使历史更具备了某种令人敬畏的神秘品格。在小说《星笼》中,生活在当地的人们惶惶然惧怕一种在 600 年以前曾摧毁过他们祖先的怪病。在《漂流》中,逃跑的孩子们在一条古道上撞见了古人。这些故事旨在表现既往的历史具有神秘的力量,依然能对当今世界施加不可忽视的影响,无论那段历史多么遥远。《托马斯·肯普的鬼魂》表现的也是这一主题,小说写了一个 10 岁少年被一位 17 世纪魔术师的灵魂所困扰的故事,它以教堂这一历史建筑来见证遥远的历史如何萦绕纠缠着现代人,小主人公詹姆斯在空无一人的教堂里能感觉到那些来自遥远过去的鬼魂,而这些鬼魂的思想和情感不知不觉中悄悄地渗入到了詹姆斯的思想和感觉中。

在《通往利希菲尔德之路》中，历史的延续性被描写得更为神秘。主人公安妮有一个安稳的小家，她经常要到100英里以外的利希菲尔德去看望父亲，那里还有她的婚外情人。她惊讶地发现眼下发生的一切不过是历史的重演而已，并为此痛苦不堪。她开着车在通往利希菲尔德之路上来回奔驰，不知道该向前还是退后。小说采用了回忆的形式，表现了在同一地点（即通往利希菲尔德之路上）发生在不同时代的两个相像的故事，使人们感到历史的力量像魔咒、巨网一样主宰着、缠绕着人们，循环往复。

《时间财富》是一部以描写过去与现代之间冲突为主题的作品，着重表现了历史如何被现代人的观念和意识重新拆拼组合，以至于模糊了历史的本来面目。作品围绕一部表彰已故考古学家休·帕克斯顿在考古学方面重大发现的电视片展开，帕克斯顿不成熟的科学结论在电视片中被艺术化处理了。作品着力表现了生活在帕克斯顿周围的人们，包括他的妻子劳拉，女儿凯特及其男友汤姆，还有帕克斯顿的小姨子内莉。内莉不仅是帕克斯顿的情人，也是他在考古学研究方面的志同道合者，她默默地忍受着命运对自己的安排。小说通过不同人物从不同立场和视角的回忆，描绘出一个令人费解的帕克斯顿，以及考古学揭示的那个更令人困惑的古代历史。小说构思巧妙，立意深远，塑造的人物栩栩如生，是莱夫利最优秀的作品之一。

莱夫利摘取布克奖桂冠的作品是《月亮虎》。小说叙述者克劳迪娅恰如作者本人一样是一位历史学家。她年事已高，住在医院里，回忆着自己的一生。作品着重表现了克劳迪娅独特的历史观，即除非我是所有事物的一部分，否则我就什么也不是。作品给读者留下的强烈感觉是，历史不是纯粹孤立地、客观地存在着的，它存在于每个人的意识之中，烙印在每个人的身心之上。

莱夫利的其他作品还有《审判之日》（*Judgement Day*，1980）、《艺术：接近于自然》（*Next to Nature，Art*，1982）、《完美的幸福》（*Perfect Happiness*，1983）以及短篇小说集《只有茶炊失踪了》（*Nothing Missing but the Samovar and Other Stories*，1978）、《不请自来的鬼魂》（*Uninvited Ghost and Other Stories*，1984）和《一堆卡片》（*Pack of Cards，Collected Short Stories*，1986）等。她90年代以后的作品主要有《热浪》（*Heat Wave*，1995）、《蜘蛛网》（*Spaiderweb*，1998）、《相片》（*The Photograph*，2003）、《配置》（*Making It Up*，2005）、《后果》（*Consequences*，2007）。莱夫利创作的"凡尼系列"：《凡尼的

妹妹》(*Fanny's Sister*，1976)、《凡尼与怪物》(*Fanny and the Monsters*，1976)、《凡尼和波特碎片的战争》(*Fanny and the Battle of Potter's Piece*，1980)，以及《茱迪与火星人》(*Judy and the Martian*，1993)、《一——二——三——跳！》(*One，Two，Three，Jump!*，1998)等受到了不同年龄层次读者的喜爱。回忆是莱夫利最常用的叙事手法，也是她把过去和现在巧妙交织的连结点。因此，她的作品叙事往往打乱了正常的时间顺序，在往事和现实之间来回穿梭跳跃。莱夫利在处理小说人物和情节方面表现出较强的主观性，这或许是她本人的历史观影响了她的创作观，即她非常重视主观对客观事物的强烈影响力和控制力。

第三章

女性主义探戈：在摇摆进退中书写

20 世纪中叶以来，随着女权运动在西方的深入发展和女权主义文学批评的兴起，女性作为一种社会性别视角，越来越为西方文学创作和文学批评所关注。

一般而言，女性文学是一个颇为宽泛的概念，它至少涵盖了以下三个方面：一是女性作家创作的作品（不一定具有社会性别意识，很多女作家甚至拒绝被贴上女性主义文学的标签），二是以表现女性题材为中心的作品（女性题材并不是女性作家创作的专利，它同样可以成为男性作家表现的主题），三是女性作家自觉地以社会性别视角去书写女性题材，表现女性在男权社会所遭受的压抑和桎梏，以及妇女自我意识的觉醒，这类作品通常被称为女性主义文学作品。本章讨论的是第三类，即女性主义文学作品。

在英国文学史上，较早在小说中流露女性主义意识的女作家当首推简·奥斯丁。然而，奥斯丁作品中的女性意识仅作为一种模糊概念和朦胧感觉被自然地而非自觉地释放出来，而自觉地以女性意识为中心，以文学为形式来呈现和剖析女性的生存现状，探讨观念意义上的女性社会地位和社会身份问题，当推弗吉尼亚·伍尔夫。伍尔夫堪称英国女性主义文学的代表性人物，她以"女性与小说"为主题写的讲演稿《一间自己的房间》，以居住空间象征文学空间与社会地位，探讨女性在此空间中的位置和角色设定。伍尔夫的这篇文章因而常被视为女权主义宣言。伍尔夫的作品涉及女性生活的各个方面，尤其以意识流表现手段深入女性文学人物的内心，揭示女性思想和情感的细微之处，为此，她的作品《达罗卫夫人》《到灯塔去》常被女性主义文学批评家奉为女性主义文学的经典。

虽然伍尔夫并没有试图从诗学角度构建女性主义理论，但她作品中表达的社会性别观念，对后继英国女作家的女性主义思想产生了深刻影响。

继奥斯丁和伍尔夫之后，20世纪后半叶英国文坛上又涌现出不少具有鲜明社会性别意识的女作家，她们的作品大多以当代英国女性的情感和生活为聚焦，表现女性在社会上受到的不公平待遇，她们在精神上的压抑和痛苦，在经济上的依附与屈从，以及她们在抗争男权社会的过程中烙下的累累伤痕。在她们的作品中，能明显感觉到女性意识的觉醒和对独立人格、平等社会地位的追求，玛格丽特·德拉布尔的《夏日鸟笼》、多丽丝·莱辛的《金色笔记》、费·韦尔登的《爱界》和《女魔二部曲》等都是这方面的经典代表作。这些作品以女性作家特有的敏锐和细腻，从女性特有的视角表现了社会和人生，对人物心理的刻画更是细致入微。英国当代女作家创作的女性题材小说与西方女权主义理论的探讨遥相呼应，为女性主义小说研究和女性主义理论建构提供了丰富精彩的文本案例，从而也促进了女权主义文学批评的进一步发展。

本章主要讨论20世纪中叶以后活跃在英国文坛并较有影响力的女作家费·韦尔登（Fay Weldon，1931—　　）的作品。

一、近景聚焦下的女性面容

费·韦尔登的小说执着聚焦女性世界，细致入微地描写她们的生活琐碎和内心情感，借助广告式的夸张凸显和符号化标识的写作技巧，她笔下的女性就像被拉近焦距后放大了的面容，斑痕细纹尽显无遗。通过生动形象的女性群体塑造，韦尔登对女性主义理念和女权运动进行了独特观察和思考。

费·韦尔登生于伦敦，幼年时曾在新西兰生活，父母离异后与母亲和姐姐一同生活，15岁时回到英国。曾就读于苏格兰圣安德鲁大学，获经济学和心理学硕士学位。韦尔登自幼生长在一个作家之家，她的外祖父埃德加·杰普森（Edgar Jepson）是19世纪末20世纪初著名畅销小说家，专写浪漫传奇作品。她的舅舅塞尔温·杰普森（Selwyn Jepson）在20世纪上半叶英国文坛也是位活跃作家，以写神秘恐怖小说见长，兼写影视剧本及广播剧剧本。她母亲玛格丽特·杰普森（Margaret Jepson）在20世纪30年代也发表过一些文学作品。虽然出生于文学世家，韦尔登的文学之路却并不很顺畅。大学毕业后作为单身母亲的她一度生活困苦,她最初创作的作品很多都遭到了出版商的冷遇。她曾一度以写广告为生,后来成为一名出色的广告文案撰稿人。在第一次短暂的婚姻结束后,韦尔登于 1960 年与爵士音乐家、古董商罗恩·韦尔登成婚,品尝到了为人妻和为人母的甘苦,这一段经历为她日后以家庭婚姻为题材的小说创作提供了丰富的经验基础。1967 年,韦尔登的第一部小说《食戒》(又译《胖女人的玩笑》)(*The Fat Woman's Joke*, 1967)问世。关于处女作《食戒》,韦尔登在近年接受的一次访谈时说:"《食戒》是我大约半个世纪前的作品。自 21 岁离开大学后,我身为单身母亲,本来一直在为生存而挣扎,但我作为广告文案撰稿人突然大获成功,几乎一夜迈入中产阶层。生活的美妙和不平都给我灵感。于是,我 34 岁新婚燕尔时开始创作《食戒》。此后,我的所有作品几乎都是相同的灵感来源。"[①]的确,韦尔登之后创作的小说在主题、题材、人物关系框架、叙事语言风格等诸多方面都与《食戒》有着延展关系。韦尔登坦言,《食戒》中的女主人公爱丝特是当时自己的一个缩影。当时大多数英国女性都在为保持身材苗条而节食,她自己也在节食。但她却通过小说人物爱丝特质问道,女人真的相信自己的幸福取决于身材吗?胖或瘦真能给女性的人生带来那么大的区别吗?"在我和爱丝特看来,中产阶级——举行宴会(派对)的阶层——中的太多女性都没有必要过于重视自己的身材和体重,为这种想法所累。在女性很少外出工作赚钱的时代,大多数女性在接受完教育后到结婚前几年间可能外出工作,而结婚后就成为全职家庭主妇。她们的生存先是依靠父亲,然后就是丈夫,因而很担心丈夫会被更年轻、更有魅力的人抢走。所以,如俗语所说,'莫让红颜凋谢'就显得十分重要。无论当时或现在,哪个女人想发胖呢?苗条意味着青春、健康、活力、金钱,而肥胖则与衰老、懒惰和消沉相联系。"[②]在整个社会的女性都崇尚节食的时代,《食戒》女主人公爱丝特决定采取卡尔·荣格所说的"反向转化",从痴迷减肥转为暴饮暴食。爱丝特感到,婚姻就像背在她身上的一座制度大山,承载着整座人类文明大厦,不仅包括城市与国家、知识与宗教、金融与法律,还有文明的浮华、狂热的激情和人类的繁衍,这座大山沉重得让人不堪重负。当她向自己丈夫的男权发起挑战时,她实际上是在与自己所认知的整个世界为敌。爱丝特这种以"反向转化"为形式

---

① 姜红,"探讨文学与现实中的两性关系——访英国著名女作家费伊·韦尔登",《中国社会科学报》,2019 年 1 月 17 日。

② 同上。

的抗争在韦尔登后来的小说中渐渐被隐去了锋芒。随着韦尔登对女性问题的不断探索，她的女性主义观念也在不断发展变化。韦尔登创作的旺盛期主要集中在 20 世纪七八十年代，她很多有影响的作品都是这个时期问世的，如《跌入女人堆》(*Down Among the Women*，1971)、《女性朋友》(*Female Friends*，1975)、《记住我》(*Remember Me*，1976)、《爱界》(*Praxis*，1978)、《马勃》(*Puffball*，1980)、《看我、看你》(*Watching Me，Watching You*，1981)、《总统的孩子》(*The President's Child*，1982)、《女魔的生活和爱情》(*The Life and Loves of a She-Devil*，1983)、《国家心脏》(*The Heart of the Country*，1987)、《男人的生命和心灵》(*The Lives and Hearts of Men*，1987)以及《乐队指挥》(*Leader of the Band*，1988)等。也许韦尔登婚前的大部分时间生活在由母亲和姐姐组成的女性世界中，因此，她对女性之间的关系有着更为细致敏锐的体验。在她看来，女性关系给女性生活和情感带来的不幸可能并不亚于男女关系。她 70 年代一些探讨婚姻中的女性生活和情感的作品也关注并揭示女性之间的微妙关系给女性带来的伤害，最有代表性的作品是《跌入女人堆》和《女性朋友》。

《跌入女人堆》以一家三代女性的命运为主要线索，描写了不同时代女性的不同追求。主人公斯卡利特以及她的几位女友代表着 20 世纪 50 年代对男权社会具有反叛精神的英国女性形象。斯卡利特的母亲是一位独立性很强的女性，在斯卡利特很小的时候，母亲就离婚了，独自艰难地抚养孩子。斯卡利特成年后，在追求自由尤其是追求性爱自由方面深受母亲的影响，认为女性应该摆脱对男性的依赖，追求自己的独立自由，尤其是支配自己身体的自由。她成年后不久就怀孕生下了私生女拜赞西亚，加入了未婚单亲妈妈的行列。拜赞西亚则代表着 20 世纪 70 年代前后的英国女性，她们在反叛男权传统的过程中陷入了虚无主义，成为迷惘的一代，既反对恪守妇道的女性身份设定，也反对追求绝对性自由的女性。那么，拜赞西亚追求的究竟是什么呢？小说并没有明确回答，也可以认为这时的作者正处于对女权运动的怀疑和困惑阶段。《跌入女人堆》通过三代女性与命运的抗争过程展示了女性所处的尴尬处境：她们一方面依靠男性，似乎满足于贤妻良母的居家安逸生活，但另一方面这种狭隘的生活圈子使她们整日被困于琐碎家务，阻碍了她们认识自我和认识社会的视野，丧失了发展自我、实现自我的机会。但如果她们试图挣脱婚姻的桎梏，追求独立，追求支配自己身体的自由，最终又发现这也并不能给她们带来所谓的幸福。于是出现了拜赞西亚这一代女性的困惑和迷惘。她们同时也意识到,自己抗争的对象与其说是男权社会和传统观念,不如说是来自女性群体内部,因为很多女人的不幸似乎来自于女性之间在情战中的互相背叛和钩心斗角。正如伍尔夫所说,她们只会互相轻视,互相猜疑,互相忌妒。①

韦尔登在《女性朋友》中对女性的内卷作了进一步揭示。《女性朋友》讲述的是三个女人之间的故事,女主人公乔欧和她的两位女性挚友马乔里和格雷斯。她们三人都与艺术家贝茨保持着亲密两性关系,乔欧和格雷斯还分别为贝茨生育了私生子。她们三人互相嫉妒、互相攻击、互相背叛,但共同的命运又把她们牢牢地结合在一起,使她们相互同情、相互帮助。当乔欧的朋友们劝她离开自己的丈夫与贝茨结合时,乔欧表示单身的马乔里和格雷斯比自己更有争取幸福的权利,而且乔欧也没有勇气离开已有的安逸家庭。乔欧认为女人只能对命运摆在她面前的道路做出被动选择,尽管任何一种选择都并不指向自由。

1978 年出版的《爱界》是韦尔登作品中较为出色的一部。当时怀孕在身的她曾因胎盘脱落而生命垂危,故而她把这部作品当作了生命中的最后一部作品,写得格外用心。《爱界》出版后荣获布克奖提名。小说描述了女主人公普拉克西斯的成长过程:她的童年、她的朋友以及她的爱情和婚姻。普拉克西斯的父亲本雅明是犹太人,自称是大卫王的后裔,母亲露西是一位美丽优雅的白人女性,她和本雅明非婚同居且育有二女,普拉克西斯和姐姐希帕蒂娅。本雅明家庭因为露西不是犹太裔而拒绝接纳她,两个女儿也被视为犹太人与异邦人的杂种。本雅明酗酒并家暴露西,在普拉克西斯幼年时就抛妻别女另觅新欢。露西因精神失常被送入精神病院,普拉克西斯和姐姐就在这种不幸的家庭环境和境遇中长大成人。这对姐妹都有着秀丽的容貌,但性格迥异。姐姐希帕蒂娅坚强独立,平时很少有笑容,妹妹普拉克西斯则性格和善,温顺隐忍。故事以二重奏的叙事方式展开,主线是普拉克西斯从幼年到成人的生活经历,从第二次世界大战前一直到战后,以第三人称叙事。副线是年迈的普拉克西斯的当下生活,以普拉克西斯的第一人称叙事。这条副线以年迈的普拉克西斯模糊的记忆呈现,因而使叙事呈不确定性,同时又因为是第一人称叙事而增强了叙事的主观性和视角单一性。小说第一章是普拉克西斯 5 岁时,第二章即是她老年时的现状——一位刚从狱

---

① 徐虹,"伍尔夫:错乱的智者",《中国青年报》,2011 年 4 月 12 日。

中释放，因滑倒而摔断了胳膊的老女人，正搭乘公交车去医院就诊。通过两条叙事线在小说中的交叉并进，读者逐渐得知主人公所经历的坎坷人生路，当过妓女，也攀上过高枝，有过两个孩子，后来又抛弃了他们。她富裕过、贫穷过，做过成功的广告撰稿人，也参加过女权运动，最后为了一位年轻女孩玛丽的前途，亲手杀死了玛丽刚出生4天、患有先天疾患的婴儿，成为杀人犯而锒铛入狱。普拉克西斯在界定自己的身份时说："我，杂种、淫妇、娼妓、乱伦者、杀人犯，还有什么标签？统统拿来，我全部贴上。"①《爱界》通过普拉克西斯的经历，展示了战争年代出生的英国女性随着社会发展和变化是如何思考女性的身份和地位，以及如何为了能主动把握自身命运而奋力挣扎的。韦尔登20世纪70年代以来小说中所涉及的女性话题在《爱界》中可谓得到了较为集中的表现，比如女人应该步入职场还是留在家中相夫教子，女人是否能自由处置自己的身体（包括卖淫和堕胎），男女两性在家庭中的地位是否取决于经济地位，爱情是否必然包含色欲，生理欲望是否在两性关系中发挥操纵作用，女人的生理特征（生育和哺乳等功能）是否限制了女性发展，等等。

　　《爱界》也是韦尔登小说中社会历史背景视野较宽的一部，它除了关注女性和家庭问题以外，还涉及战争、种族和阶级问题。小说描写了"二战"时期英国的一些场景，比如被铁丝网层层围住的曾经是度假胜地的海滩、萧条的街道和关闭的商铺、闭合的百叶窗和荒凉的码头、头顶上盘旋的纳粹飞机、投掷在小镇和海岸的炸弹等等。战争时期物资匮乏，但摄影师亨利的生意却红火起来，因为要为大量入伍的士兵拍证件照。小说中最惊心动魄的战争场面就是英语女教师伦纳德在即将分娩之际被炸弹炸死的场景。种族和阶级问题虽然不是韦尔登小说关注的重点，但在《爱界》中作为故事展开的社会历史背景也给予了一定程度的呈现。譬如种族歧视，露西经常骂本雅明是肮脏的犹太人，就连女佣也常谩骂犹太人。经济地位歧视，房客亨利因为收入很低而受到露西的歧视，被责令和女佣一起在厨房用餐。战争爆发后，亨利因为接拍士兵证件照而收入大增，在露西眼里的地位随即提升了，不仅被允许在餐厅和露西全家人一起用餐，甚至俨然是男主人，可以在露西的卧室过夜了。小说通过露西与本雅明的种族差异，与女佣和男房客亨利之间的阶层等级差异，揭示了性别、种族和阶级问题常常是彼此关联在

---

① Fay Weldon, *Praxis*(ebook), UK Head of Zeus 2014，位置2000.

一起的，不能孤立地看待社会性别问题。小说借露西等人之口，把犹太人、瞎子、聋子、私生子、女人并置在一起，认为这些人都是次等的，而且生来就低人一等。对英国深层社会问题的关注和残酷历史背景的呈现，使得《爱界》成为韦尔登叙事风格最为严肃沉稳的一部小说。

与《爱界》的深沉凝重不同，仅仅一年之隔问世的《马勃》以及之后问世的《女魔的生活与爱情》又重现了韦尔登式的轻喜剧色彩。《女魔的生活与爱情》用戏谑口吻和轻快节奏描写了两个女性之间你死我活的惨烈情战。"女魔"名叫露丝，既不美丽，也不温柔，她的婚姻被一位娇小美丽的女作家玛丽轻而易举地拆散了。作为情敌，玛丽的形象和露丝形成了鲜明对照。露丝高大魁梧，相貌平庸，而玛丽则娇小柔美，面容秀丽；露丝寡言少语，举止笨拙，默默地承担了家庭的所有琐事，玛丽则巧言善辩，且富有浪漫情调，是舞会上的交际花。露丝是两个孩子的母亲，拖儿带女还要应对公婆，玛丽则孑然一身，无牵无挂，几乎没有任何家庭负担（她把唯一的亲人——母亲送进了养老院）。露丝是家庭妇女，玛丽则是炙手可热的女作家。露丝贫穷，经济上依赖丈夫，玛丽则富有，财务独立。作为畅销小说家，版税使玛丽拥有可观的财富，她出资购买并修缮了海边悬崖上的一座灯塔，把灯塔变成了自己的豪宅。她每日坐在高高的灯塔里俯瞰大海，凭借想象杜撰着迷人的爱情故事。就是这位被众多男人追捧的玛丽把露丝的丈夫鲍勃抢过来成为自己的情人，由此，两个女人之间一场没有硝烟但残酷至极的情战爆发了。小说人物关系的设定非常具有典型意义，一对夫妻加一位插足者的三角关系，很适合用来探讨现代社会中社会性别角色对爱情、婚姻和家庭的影响。玛丽和鲍勃相识于一次酒会，酒会结束后回家的路上，鲍勃把妻子露丝抛在半路，任她在深夜独自一人淋着雨步行回家，自己则开车护送一见钟情的玛丽回她那远在海边的灯塔别墅。从此鲍勃坠入了玛丽的温柔乡，搬到灯塔与玛丽同居，抛下露丝独守空房，还要照料抚育两个未成年孩子。绝望主妇露丝选择了反击而不是逆来顺受，她没有丝毫留恋世俗观念中被看作幸福女人标志的房子和孩子，一把火烧了房子，然后把两个未成年孩子交给了正沉溺于爱河的鲍勃和玛丽，自己则扬长而去，去布局和实施一场轰轰烈烈的情战。

《女魔的生活与爱情》是韦尔登较有代表性的一部作品，被英国广播公司改编成电视剧，又被改编成好莱坞电影《女人心海底针》，获得了极大成功。影视剧在改编中关注到了这部小说引发的一些伦理道德和价值观问题。小说中，两位女主角最后互换了角色,露丝通过整容取代了玛丽(甚至玛丽的母亲都将她误认为是玛丽本人),住在玛丽的灯塔别墅里享用玛丽的情人鲍勃,并竟然也同样成了女作家。而玛丽则变得头发稀疏,肤色暗淡,憔悴枯槁,沦落为一位行色匆匆、上有老下有小、为生计而奔忙的寻常中年妇女,一如当年的露丝。露丝与玛丽角色的互换,表面看来似乎解构了原有人物关系,但实质上并没有重构新的男女社会性别角色设定,原有的社会性别价值观依然被沿袭着。露丝对玛丽的复制,可以看成是对男权体系下社会性别角色设定的复制。影视剧将这些原本在小说中不甚明晰的问题以主人公反省和自问的方式凸显了出来,引发观众(尤其是女性观众)在为露丝的复仇拍手称快的同时,去认真思考一些小说可能没有明示的潜台词。

除了长篇小说和影视剧本,韦尔登间或也创作一些短篇小说并结集出版,较著名的集子是《北极星》(*Polaris and Other Stories*,1985)。韦尔登 90 年代以后出版的小说主要有《苦恼》(*Affliction*,1994)、《爆裂》(*Splitting*,1995)、《大个儿女人》(*Big Women*,1997)、《罗德岛蓝调》(*Rhode Island Blues*,2001)。2006 年连续出版了三部小说,分别是《男人陷阱》(*Mantrapped*,2004)、《女人之乐事》(*What Makes Women Happy*,2006)和《她也许不会离去》(*She May Not Leave*,2006)。2007 年以后出版的小说有《矿泉十日谈》(*The Spa Decameron*,2007)、《继母日记》(*The Stepmother's Diary*,2008)、《夏科特克莱森特街区》(*Chalcot Crescent*,2009)、《赞美》(*Kehua！*,2010)、《国王万岁》(*Long Live the King*,2013)、《新伯爵夫人》(*The New Countess*,2013)、《恶作剧》(*Mischief*,2015)、《大战之前》(*Before the War*,2016)等。

韦尔登 90 年代以后创作的小说中逐渐加强了对英国老年女性生活和情感的关注。其实,这一主题早在 70 年代创作的《爱界》中就已有所涉及,比如描写普拉克西斯老年时的痛苦状态——走在大街上无人注意到她的存在(她年轻时的美貌曾吸引了众多男人的目光);因关节胀痛而难以握笔写字;摔断了胳膊还得忍着疼痛去挤公交车;在公共汽车上脚趾被人踩伤了也只得隐忍;每天都在恐惧中等待小便失禁那一天的来临,恐惧成为穿着纸尿裤坐在轮椅上的老人。当然,老年普拉克西斯感到,身体衰老的病痛远比不上她内心和灵魂里的痛楚。如果说老年女性在《爱界》中只是作为叙事副线呈现,那么在 2001 年问世的《罗德岛蓝调》和 2009 年问世的《夏科特克莱森特街区》中,韦尔登对老年女性生存和情感状况的表现更为聚焦。

《罗德岛蓝调》在叙事手法上进行了一些实验性探索,但主题依然围绕女性的爱情,尤其是老年人的黄昏恋。小说叙事者索菲亚是女主人公费莉希蒂的外孙女。年迈的费莉希蒂独自住在美国,而索菲亚则生活和工作在英国,为了照顾外祖母,常常搭乘红眼航班往返英美之间,或因为英美之间的时差而在半夜被外祖母的电话惊扰了睡梦。小说以索菲亚寻亲为线索,回顾了外祖母费莉希蒂不平凡的一生,塑造了一个不屈服于命运、执着追求幸福的女人坎坷离奇的一生。故事开始时,费莉希蒂已 81 岁,富有的她住进了一所昂贵的养老院。她在参加继子的葬礼时,结识了年龄比她年轻近 10 岁的威廉,从此两人坠入爱河。小说探索了老年女性应如何应对世人的漠视和遗忘,小说写道:"当你逐渐变老,你就会越来越被人漠视和淡忘,世人的目光直接略过你,就连商店服务员也好像你不存在一样,你消失在老女人的黯淡阴影中,剩下的只有回忆。"①那么,老年女性应该只活在回忆中吗? 她还能追求爱情,享受当下吗? 费莉希蒂的回答是,老年女性只要穿上色彩鲜艳的衣服,或浑身戴满金银珠宝,依然可以获得世人的瞩目,也依然可以追求爱情,只要她心中的爱没有泯灭,并敢于迎战世俗的目光。活在当下,是费莉希蒂的真切愿望,她不愿意守在养老院里靠咀嚼回忆来终其一生,她要忠实于自己内心的呼唤和渴求。当然,费莉希蒂和威廉这场轰轰烈烈的黄昏恋需要的不仅仅是勇气,更重要的是金钱或财富的支撑。小说不无讽刺地写到,无论什么年龄的女性,谈情说爱都依然摆脱不了作为经济基础的"钱"。当费莉希蒂决定和威廉一起"私奔"时(逃离养老院),虽然她说只想重新开始生活,不需要任何东西,不需要带照片和纪念物这些供她回忆往事的物件,但她却带上了三件重要的东西:支票本、信用卡,还有价值连城的莫里斯·郁特里罗②的名画及其鉴定证书。

《夏科特克莱森特街区》写于 2008 年金融危机时,但韦尔登将故事的主场景设在了 2013 年,以女主人公弗兰西斯回忆往事的方式展开叙事。2013 年,弗兰西斯已是一位年逾八旬的老妇人,她曾经从事过临时广告撰写人、作家、政府财务人员等职业,住在夏科特克莱森特街 3 号。当催债人不断敲响她的房门时,她

---

① Fay Weldon, *Rhode Island Blues*, Boston: Atlantic Monthly Press, 2000, p. 91.
② 莫里斯·郁特里罗(Maurice Utrillo, 1883—1955),法国著名风景画家。

安坐在家里写作，写的是她生活中那些"借"来的男友们，写她从女友那里"偷"来的丈夫，写她的亲人和邻居，写窥视和隐私，也写国家联合政府、图书配给制等等。由于小说融合了写实主义和社会幻想成分，且以80岁老人模糊的回忆和思考为载体，叙事的真实程度充满不确定性，令读者难以辨别叙述的内容是真实发生的，还是年迈老人的错乱记忆抑或臆想。韦尔登以这种亦真亦幻的手法，从一位老年女性的角度观察和思考女性的生存境况，将家庭和社会性别问题纳入到更严肃广阔的社会背景中，试图触及社会和体制中一些更为深层的问题。

在以老年女性为中心的小说中，韦尔登也一如既往地关注着爱情和家庭问题。在《罗德岛蓝调》中，主人公费莉希蒂的一生似乎证明了男女婚姻并不需要爱情，而男女爱情也并不一定与婚姻或性有关。费莉希蒂坦言，自己的几次婚姻都不是出于爱情，主要是为了摆脱生存困境，间杂其他非爱情因素。比如她的最后一任丈夫巴克利是一位富豪，双性恋者，收藏了很多价值连城的艺术品，还拥有自己的航空公司。他迎娶费莉希蒂主要是出于对她们母女（费莉希蒂和女儿安琪）美貌的视觉欣赏，将这对母女视为其众多艺术收藏品的一部分，供他欣赏，与性无关。[1] 养老院的护士道恩也认为，男女之间没有真正的爱情，有的只是交易。[2] 费莉希蒂与威廉的黄昏恋也与婚姻和性爱无关，更多的是两个灵魂的相悦相伴。正如韦尔登在小说中所言："在生命的进程中，年轻的时光是短暂的。如果可以的话，就结婚吧。女人有了伴侣，经济压力减半，而且也可能会做母亲。当你精力充沛、聪明健康、只对自己负责之时，独自生活当然很好、很有趣。但女人有很长时间处于年老的状态，如果孤独终老恐怕没什么意思。"[3]所谓爱情，不是激情，不是性，是在经济基础上两情相悦的陪伴。家庭是《罗德岛蓝调》的一个重要主题。故事开始时，索菲亚孤独地生活在伦敦，远在美国东部的外婆费莉希蒂似乎是她唯一的亲人，她很珍惜这份亲情，这使她有一种温暖和安全的感觉。这也是为什么当外婆告诉她，她还有失散的表兄妹时，她宁愿表兄妹来与她分享外婆的遗产，也要费尽千辛万苦甚至雇佣了私家侦探去寻找失散的亲人。通过艰难而执着的寻亲，索菲亚找到了自己的姨妈艾莉森、姨婆露西、表兄盖伊和表

---

[1] Fay Weldon, *Rhode Island Blues*, Boston: Atlantic Monthly Press, 2000, p. 228.

[2] Ibid., pp. 171 – 172.

[3] 姜红，"探讨文学与现实中的两性关系——访英国著名女作家费伊·韦尔登"，《中国社会科学报》，2019年1月17日。

妹洛娜,似乎拥有了一个大家庭。索菲亚说,从此"我的圣诞节礼物单将会写满了亲人的名字,我可以一边忙着包装各种圣诞礼物寄往世界各地,一边抱怨节日的忙碌。这令我很满足"。① 对于索菲亚来说,人情的冷漠是最难捱的痛楚,因此十分渴望家庭的温暖。当表妹洛娜答应与她见面时,她高兴得手舞足蹈,甚至"裸着身子在屋里跳起了舞",②并欢呼到,"我终于有家庭了"。但亲情和爱情一样,在残酷的现实面前依然不堪一击,索菲娅辛苦寻来的亲人(表兄妹)最后因为争夺费莉希蒂的遗产而与索菲娅不欢而散。对爱情和亲情的怀疑一直萦绕于韦尔登的小说中,正如她在《女魔的生活和爱情》中写的那样,浪漫美好的爱情是有闲有钱的人坐在高高的灯塔里杜撰出来的,是用来欺骗世人的,而现实是残酷的、琐碎的,人们不得不面对年龄、健康、金钱、阶层、种族等现实问题,更多地是处于无可奈何的状态。正如《女魔的生活和爱情》结尾时,露丝把灯塔的瞭望窗从面向大海改为面向大地,其关联的隐喻意义是,大海空幻缥缈,变化莫测,不如脚踏大地,直面现实。韦尔登的小说旨在说真话、说实话,正如《罗德岛蓝调》的开篇第一句话:"年迈如我,到了说真话的年纪了。"③撕去包裹着爱情婚姻的层层伪装,是韦尔登小说所执着追求的。

韦尔登小说的语言极富个性色彩。广告撰稿人生涯对她产生了很大影响,主要体现在对语言有较高的把控和运用能力上。她的作品语言以简明精练著称,使用晓畅简洁的大众语言,回避晦涩艰深的词语,以浓缩、简短的句子表达丰富的内涵。语言生动活泼、幽默新奇、风趣、诙谐和机智。这些语言特色恰恰是广告语的灵魂。此外,韦尔登小说语言中还时常出现循环往复的词句,比如在《女魔的生活和爱情》中,很多章节的起首句都是重复着这样的句式:"玛丽在……写着她的爱情小说。"这种洗脑式反复出现以加深读者印象的手法也是广告语中常用的,而用在小说中则体现了语言的回环之美和均衡韵律。

韦尔登小说的可读性强,一是得益于其作为曾经的广告撰稿人对消费者(读者)心理的关注,这种关注运用到小说文本的书写中,可以使小说的可读性和趣味性大大增强。二是体现在人物形象塑造上。韦尔登小说中的人物塑造和人物关系都具有一定的符号标识性,虽然有时未免有夸张感,略显刻板印象化,但却

---

① Fay Weldon, *Rhode Island Blues*, Boston: Atlantic Monthly Press, 2000, p. 126.
② Ibid. , p. 117.
③ Ibid. , p. 1.

增强了形象的识别度，极易给读者烙下深刻印象。比如《女魔的生活和爱情》中的露丝和丈夫鲍勃以及第三者玛丽三个人物形象的塑造——忠厚老实且贤惠勤劳的原配妻子、具有一定经济实力的花心丈夫、美丽娇媚而浪漫的"第三者"——都是按照人们对男女三角关系的刻板印象塑造的典型形象。

不仅人物形象具有较高标识度，韦尔登小说中人物的名字也带有一定的符号象征意义。比如在小说《罗德岛蓝调》中，年迈的女主人公名叫 Felicity（费莉希蒂），其词义为"幸福快乐"，暗喻女主人公一生都在追求幸福快乐，哪怕到了垂暮之年，也依然不放弃追求爱情和自由的权利。在小说《爱界》中，女主人公名叫 Praxis（普拉克西斯），这是一个维多利亚式女性名字，也含有"行动者"的意思。在小说中可以解读为：女人为了争取自己的幸福和权利，不能仅仅停留在女性主义理想和话语层面，而应该勇敢地行动起来。如果女权主义要达到目的，话语必然让位于行动。《爱界》中普拉克西斯的姐姐 Hypatia（希帕蒂娅）的名字有"女学者"的意思，是古希腊哲学家和天文学家的名字，在小说中，希帕蒂娅就是一位学习成绩优异的女性，后来在职场上也大获成功，获得了英国女王的授勋。母亲露西一度觉得姐妹俩的名字不能体现世俗对女性身份的想象，于是都改成了女性化的名字，Hypatia 被改为 Hilda（希尔达），Praxis 被改为 Patricia（帕特西亚，简称帕特）。普拉克西斯曾经很喜欢使用帕特这个名字，认为这个名字是普通女孩的名字，很有女人味，简单明了，稀松平常，令人喜爱又不过于性感。但是，当她步入老年回顾一生的奋斗经历时，她认为她的墓碑上应该刻上的名字是普拉克西斯，即理论付诸行动的女性，因为这才是她真正的自我。在韦尔登的其他小说中，用人名来承载或彰显作者某些意图的例子也频频可见。在《女魔的生活和爱情》中，美貌诱人的玛丽姓 Fisher（"垂钓者"的意思），暗喻其擅长勾引男人上钩。露丝整容完成后，为获得新容颜的自己起了个名字叫 Hunter（"狩猎者"的意思），暗含以男人为猎物的意思，比"垂钓者"更为霸气、更为强势。露丝使用过很多假名，比如在与神父弗古森交往期间用的假名是 Molly Wishant，名字寓意"思维敏捷"，姓氏含"许愿者"的意思，用这个名字拉近了与神父间的关系。整容时用的假名为 Polly Patch，姓氏字面意思为"补丁"，暗喻露丝正在修补容貌上的缺陷。

韦尔登不仅用含义特殊的名字来标识人物，还运用象征物和隐喻手法，使所表达的意思更为耐人寻味。比如，"女魔二部曲"（《女魔的生活和爱情》《女魔之死》)中的"高塔",作为男性性器的暗喻,其顶端的塔楼里永远住着男性,先是满口污言秽语的老男人鲍勃被关在这里,接着是鲍勃的外孙泰勒住进了塔楼。但具有讽刺意味的是,"高塔"却又是女魔露丝领衔的女权主义组织"性别平等机构"的办公场所,该组织的徽标就是"高塔"。"性别平等机构"策划的游行庆典活动,是一群女人(大多是七八十岁的老年女性)围绕着象征男性性器的"高塔"旋转一圈,场景意象极具讽喻性。《女魔之死》描写的鲍勃葬礼现场也颇具隐喻性,当时乌云密布的天空突然透出了一缕阳光,这束光只照在一个人的身上,那就是"高塔"的新一代男性主人泰勒。其余人(全都是女性)都隐在乌云的晦暗阴影中,而她们的目光都聚焦在唯一的男性泰勒的身上。老一代男性鲍勃死后被浅埋在花园的沙地里,由于潮汐的冲刷,他的一只握着拳头的胳膊从土里伸了出来,在一次龙卷风过后,他的整个尸体都被冲到了地表,一只胳膊朝天举起,小说以此隐喻男权并没有消失,随时可能死而复生,卷土重来。

颜色和镜子的隐喻在韦尔登的小说中也被用来丰富小说的表现手法。《爱界》多次使用红色(猩红色、鲜红色)来形容女性的不洁和风骚,比如希尔达用"猩红色"一词指称因偷情而怀孕的女佣,每个周六晚上出去卖淫的英语女教师伦纳德穿着猩红色花样的长裙,指甲也涂成了血红色。红色象征风骚的女人,红裙子则是勾引男人的道具。普拉克西斯大学时的室友科琳入校时是个虔诚的基督徒,每晚睡觉前跪着做晚祷,拒绝参加舞会,认为舞会上的退役军人都是勾引女人的坏男人。后来,科琳慢慢发生了变化,她把自己的白裙子染成了鲜红色奔赴舞会。在普拉克西斯成长过程中的几个不同阶段,镜子以不同寓意揭示了普拉克西斯的内心。读大学前,家里没有穿衣镜,原先的那面镜子被母亲露西砸碎了。普拉克西斯那时也没有照镜子的念头,觉得身体只是她生命的宿体而已。在大学交往异性朋友后,普拉克西斯开始通过镜子认识自己的身体。当她端详镜中的自己时,对自己成熟的女性身体感到神秘、困惑和不安,这种不安直到女友艾玛的裸体出现在眼前时,她才意识到镜中的身体特征不是属于她个人的,而是一种集体性别特征。当普拉克西斯以身体为诱饵钓到金龟婿,成为阔太太以后,她又开始照镜子,每次看着镜中的自己,都觉得那是一个玩偶的形象。穷困潦倒、刚刚刑满释放的普拉克西斯再度照镜子时,看到镜中的那个人不是帕特(普拉克西斯颇有女人味时的曾用名),而是普拉克西斯(行动者)。小说以镜像来展示普拉克西斯迷失自我、寻找自我、确认自我的心路过程。

韦尔登小说语言的另一个特点是轻喜剧式的戏谑和嘲讽，简·奥斯丁式的机智幽默在韦尔登笔下得到了继承和发扬。韦尔登从她的第一部小说《食戒》开始，就展现了其轻喜剧式轻松戏谑的叙事风格，正如《食戒》(*The Fat Woman's Joke*)标题中的 joke 所示，她的作品无论是叙事语言还是故事内容都带有"玩笑"色彩。比如，《跌入女人堆》中写道，女人们若是抬起头来，那么她一定不是在看星星，而是在看天花板上的灰尘。《女魔的生活和爱情》中写道，就连房子都是为玛丽这样身材娇小、体态轻盈的女人设计的，而露丝这样身材高大的女人常常会在房子里因转不开身而磕磕碰碰，走楼梯时也因为体型笨重而震得整个房子都摇晃起来。韦尔登小说中出现的类似例子不胜枚举，她笔下的喜剧就像纯咖啡，黑色、清亮，带着浓浓的苦涩。

韦尔登小说中第一人称的使用也颇有特色，有时第一人称在读者不经意间突然介入，而后又突然消失。在《女魔的生活和爱情》中，整部小说中罕有出现第一人称的声音，仅有几处略显生硬突兀的叙事人称转换。比如，当露丝带着复仇胜利的快感来到玛丽和鲍勃曾经欢爱而如今已经属于她的高塔时，小说以露丝的第一人称呈现了一连串的"我要(I will)"：**我要**重建高塔，**我要**修复草坪，**我要**加固悬崖地基，玛丽从高塔卧室的窗户遥望大海，而**我要**遥望清晨的太阳从山后、谷地和树梢升起。[①] 此时的第一人称，显然突出了露丝作为情战赢家的"强大自我"。在小说的另外两个场合，也令读者略感突兀地使用了第一人称，一处是露丝在路上偶遇自己的儿子时，另一处是露丝当着前夫鲍勃的面与男仆欢爱时。在这两个场景中，读者似乎触摸到了"女魔"的隐痛处，对亲生儿子的落魄视若无睹，以及残酷地刺伤曾经深爱的丈夫，女魔真的能毫无痛感吗？韦尔登此时用第一人称把露丝深藏的自我呼唤出来，也许在暗示，无论露丝如何冷血无情地对待曾经的家人亲人，心里依然为他们留有柔软一隅，那个变成魔鬼前的露丝——"我"并没有完全消失。在《爱界》中，"我"的叙事视角被用在老年普拉克西斯的叙事副线中，以凸显老年普拉克西斯在思考女权问题时的困惑状态。"我"的叙事，对于小说的人物塑造而言，或许能使读者感到比第三人称叙事更真实，使读者有走进人物内心的感觉，但另一方面，"我"的叙事由于其主观性而在一定程度上削弱了叙事的真实性，更何况当"我"是一位年迈的、记忆模糊、思维

---

① Fay Weldon, *The Life and Loves of a She-Devil*, London: Hodder & Stoughton UK, 1983, p. 246.

混乱的女性。对第一人称的巧妙运用,或许得益于韦尔登广告撰稿人的经历。在广告语的书写中,第一人称的运用发挥着重要作用,它使所传递的信息具有较强说服力。在小说中,第一人称的出现瞬间拉近了读者和主人公之间的心理距离,较易达到强烈的共鸣效果。

韦尔登小说的情节性非常强,这与她涉足荧屏有密切关系,可以说她是从创作电视剧剧本开始步入小说创作的。她的第一部小说《食戒》就是根据电视剧剧本扩充而成。从电视剧剧本扩充成小说的还有《忠告之言》(*Words of Advice*)等。而另一方面,韦尔登的一些小说又被改编成影视剧本,如《爱界》《女魔的生活与爱情》等。韦尔登创作的剧本还有《再次行动》(*Action Replay*,1980)和《我爱我所爱》(*I Love My Love*,1984)等。影视剧本的创作和改编使韦尔登在创作小说时能恰如其分地把握人物之间的对话,驾轻就熟地在人物对话中交待故事进程和展示人物心理活动。

二、女性视角的多维探索

韦尔登的小说世界是女性眼中的世界,她几乎从不否定或试图掩饰这种较为单一固定的视角,但这并不妨碍她的小说呈现出丰富的多维视域。韦尔登小说往往以女性为视线投射源,将目光扫向社会和历史的各个方位和角落,将女性生存问题与性别角色的刻板印象、男女生理性别差异、情感与欲望的困惑、经济地位和社会权利等问题关联在一起,最终再将目光折回女性自身,对女权主义进行不断拷问。概览韦尔登作品,以下一些困惑和思考在她的小说中一直萦绕徘徊,挥之不去。

第一,女人是什么? 界定女人的是生理特征还是两性关系中的强弱地位抑或社会地位?

韦尔登小说中反复表达的一种理念是,女人的天性或生理特征尤其是生育功能是阻碍女性独立和发展的最大障碍。基于生理的性欲、生育、哺乳和抚育幼儿都是导致韦尔登笔下那些女性不幸的根源。挑战生育权和堕胎权一直是西方女权政治的主要议题。正如西蒙娜·德·波伏娃的存在主义女性主义观所认为的那样,女人作为"他者"地位的根源,除了男权制度和男权意识,很大程度源于女性的"内在性",这种"内在性"中就包括了从生物学角度而言的女性生育功能,而正是女性的生理特质限制了女性的"超越性"，使她成为"第二性"。因此，在韦尔登小说中，堕胎（或抛弃年幼儿女）是女人摆脱不幸、解救自我的关键。女性一方面作为生育机器具有动物性的一面，另一方面又拥有情感和精神思想活动，这两种特性同时存在于女性体内，形成了鲜明反差和剧烈冲突，给女性的生理和心理都带来了极大痛苦。女性一方面追求自由，另一方面又摆脱不了生理因素的束缚，美丽浪漫的爱情最终原形毕露为高高隆起的腹部和分娩时撕心裂肺的嚎叫。在《爱界》中，堕胎（或杀死婴儿）成为小说着重表现的聚焦点。小说通过伦纳德小姐和其非婚生女玛丽的经历，揭示了女性和整个社会对堕胎问题的不同认知。伦纳德和玛丽作为两代女性的代表都未能堕胎。伦纳德是没有处置自己腹中胎儿的自主权，她寻求堕胎但却遭到社会和宗教力量的阻拦。玛丽是主观上不愿意堕胎，作为新一代女性，她不支持女性堕胎并坚持生下自己的非婚胎儿，甚至不顾因此阻碍自己在职场上的美好前程。普拉克西斯一直是堕胎的积极支持者，为了玛丽的前途，她亲手谋杀了婴儿。通过两代人的堕胎（杀死婴儿）尝试，小说引发读者对女人如何才能自由支配自己的身体以及生育与女性职场发展之间的矛盾等普遍存在的问题进行思考。由堕胎进一步引发的问题是对女人生理性的追问，月经、生育、哺乳这些女人与生俱来的生理特征恰恰是束缚女人自由发展的桎梏。在《女魔的生活和爱情》中，露丝曾与一位三个孩子的单亲母亲维基合住，当维基问为什么总也找不到真爱时，露丝的回答单刀直入：因为你总是怀孕。在露丝看来，女人最大的羁绊不是来自外界，而恰恰来自生育功能这种性别生理特征，她甚至怂恿维基把自己的孩子卖掉以摆脱累赘。露丝自己迈出的复仇第一步就是狠心地抛弃一双年幼儿女。在《女魔之死》中，女主人公瓦莱丽娅的表现更为决绝，她通过激素手段实现了永久停经并终生不能生育。

在探讨女性生理本性的同时，韦尔登小说也对女性的社会性别角色进行了思考，讽刺性地揭示了女性通过自我"降格"来附会顺应男性对女人"第二性"的角色设定。在基于存在主义的女性主义观看来，女性在成为男性的他者的过程中扮演了同谋的角色，因为人类除了有追求主体性和自由的选项外，还可以选择放弃自由并成为具有物性的"他者"以逃避生存所带来的焦虑和紧张，所以不排除女性为了逃避生存的艰难而选择成为第二性，乐意成为男性的附庸，甘愿被囚禁于牢笼之中，因为在存在主义理论看来，无论男女都拥有自由选择的权利。在《爱界》中，普拉克西斯也曾经以"降格"作为追求幸福的选项。年轻的普拉克西斯认为,男人总是愿意娶那些比自己经济收入、教育程度和社会地位低一等的女性,所以女人应处处使自己低男人一等,才更容易博得男性的欢心。她和威利是同专业同学,虽然比威利聪明却假装愚笨,与威利同居时一直隐忍温顺,帮他打字、做饭、代写论文,扮演着威利的女秘书和女佣人角色,处处维护威利的男人尊严。为了维持和威利的关系,她不仅帮威利写论文,还故意将自己的论文写得差一点,以此取悦男友。

女性自我"降格"的驱动器是传统社会性别角色的设定。《女魔的生活与爱情》中玛丽所经历的就是从强者变为弱者的"降格"过程。玛丽原本是一位独立自信的女性,畅销小说家,经济收入丰厚,有令人羡慕的资产,在社交圈也有众星拱月的地位。但自从与鲍勃恋爱(同居)后,为了扮演好贤妻良母的角色,便一路"降格",最终失去了美貌,失去了财产,更失去了创作的激情和才华,在病痛折磨中幽怨凄苦地离世。韦尔登的小说讽刺性地揭示了以女性刻意自我"降格"所维持的两性"幸福"关系的虚伪性,显然,自我"降格"绝不是女性获取幸福的有效途径。

那么女强人是女人吗?韦尔登小说对"女魔"形象的塑造可以看作是对传统文化中女性社会性别角色的反叛。女魔可以看成是"非女人"的隐喻表述,或"女强人"的贬义表述。韦尔登写过两部以"女魔"命名的小说,女魔的称呼最初是从露丝的前夫鲍勃口中说出的,那是在露丝决意不隐忍鲍勃婚外恋的时刻。露丝当着公婆的面揭穿了鲍勃的婚外情,至此温馨幸福家庭的假面被撕破了,也正是从这一刻起,鲍勃第一次称露丝为"女魔"。根据《女魔的生活和爱情》,女魔的要素主要有三:

首先就是泯灭爱,尤其是必须泯灭对男人(丈夫)和儿女的爱。"爱"或"无爱"是区分女人或女魔的标准之一。露丝在与玛丽的情战中之所以能获胜,正是因为她彻底泯灭了心中的爱,由此完成了从女人到女魔的蜕变。《女魔的生活与爱情》写道,一旦成为了女魔,露丝觉得豁然开朗了,头脑清醒了,精神也振奋了,不再有羞辱感和愧疚感,只需关注自己的欲求,去得到我想要的。① 所谓女魔,在露丝看来,就是把妻子和母亲的身份都剥离,了无牵挂,冷酷无情。露丝称自己是冷血动物,而且一天比一天更冷血。她狠心把亲生孩子丢给了玛丽,即便后

---

① Fay Weldon, *The Life and Loves of a She-Devil*, London: Hodder & Stoughton UK, 1983, p. 49.

来得知孩子们过得并不如意，她也不管不顾。小说描写了一段露丝与儿子的偶遇场景，小说写道："鼻子整容完成后，我（露丝）造访了高塔别墅，我驾驶着我的劳斯莱斯驶过一个村子，偶然间瞥见了安迪（露丝的儿子），看见他浑身油腻腻地从一辆停着的车肚下钻出来。我知道他是我的儿子，但我此刻毫无感觉。他与我毫无关系了。"①

其次是藐视上帝的存在，即无视神的造化，挑战命运的安排。露丝对弗古森神父说，她只信仰魔鬼。② 露丝的情战过程正是她挑战命运的战斗。她不信仰上帝，也不相信命运，她想成为怎样的人就成为怎样的人，而不是听从上帝的安排。露丝整容就是要违逆天意，重塑自我。

最后是同时拥有美貌、智慧和财富。露丝通过整容改变了自己原本平庸的容貌和身形，使自己变得美艳惊人，成为社交场上炙手可热的美人，同时她又具有清醒的头脑和冷静果断的行动力。在与玛丽的情战中，露丝精心谋划，谨慎布局，步步为营。足智多谋的她操控了当地的神父和法官，使他们成为听凭摆布的棋子，情战中的利器。此外，她通过谋略和暗算获得了巨额财富，仅瑞士银行就有 250 多万英镑存款。雄厚的财富使她一掷千金，像个真正的女魔那样要风得风，要雨得雨，战无不胜，所向披靡。

女魔三要素概括而言是无情、无信、富有（拥有美貌、智慧和财富）。韦尔登似乎在暗示，这三个要素正是女性获得自由、平等和尊贵的途径。在露丝把自己变为女魔的过程中，她把记忆和情感的长针刺入自己的肉体，直至刺穿心脏。那痛苦是剧烈的，直至最终毫无知觉。传统文化对社会性别角色的设定是女性痛苦的根源，但摆脱这种角色设定同样也是痛苦的。女魔角色的塑造为界定女性的传统标准树立了一个反向镜像。

第二，女人要什么？这是关于什么才是女性所追求的爱与幸福的另类设问。

在《女魔的生活与爱情》中，韦尔登通过露丝和玛丽的情战试图揭示她一直关注的两大主题：一是什么才是女人所追求的幸福，二是什么才是女人所认知的爱情。关于什么才是女人的幸福，按照传统世俗观点，露丝应该算是幸福的，相貌平庸的她嫁给了长相英俊、收入不菲的鲍勃，住在鲍勃拥有的宽敞宅子里，不

---

① Fay Weldon, *The Life and Loves of a She-Devil*, London: Hodder & Stoughton UK, 1983, p. 244.
② Ibid., p. 200.

用外出工作,儿女双全。唯独缺少丈夫的爱。当鲍勃向她坦言爱上了玛丽但仍愿维系夫妻关系时,露丝的回答是"不"。这一声"不",既是对男权社会中女性"幸福"定义的否认,也对处在婚姻中的女性幸福给出了答案,那就是即便拥有了安稳富裕的物质生活,如果没有爱情也是不幸福的。而且,所谓爱情也并不仅仅是男女间的性爱。"性爱与幸福没有关系,性爱的双方只是被一种生育后代的冲动所控制。"①露丝和鲍勃之间并不缺乏性爱,但这并没有给她带来幸福感。

《女魔的生活和爱情》中出现了多种形式的爱,母爱、性爱、花前月下的浪漫之爱等等。男主人公鲍勃对"爱"的理解是美貌和性诱发的情感,他从来就坦诚自己不爱露丝,因为露丝不具备男人眼里所谓"可爱"的元素,比如娇小美丽。玛丽作为一位专事爱情主题的小说家,认为爱是一种超越一切、无须受伦理道德制约的情感冲动,无须考虑他人感受,爱是绝对自我且凌驾于一切之上的。露丝认为爱是有责任和付出的,且有忍让和包容,但恰恰是这种爱成了女人最易受伤的软肋。谁心里尚存这种爱,谁注定是人生的大输家。露丝之所以在情战中取胜,正是因为她泯灭了自己心中所有的爱,而玛丽的惨败也是因为心中尚存对鲍勃的爱,她视鲍勃为她的孩子、她的父亲、她的亲人、她的一切,最终使自己坠入了万丈深渊。没有爱情的女人是不幸的,但心中有爱的女人也许会更不幸。

第三,女人必然就是"他者"?性别歧视也许并不限于男权对女性的俯视,两性可以互为"他者"。

韦尔登小说中的男性人物往往以"他者"的身份呈现,这种"他者"有两方面含义,一方面固然是因为小说的女性叙事角度,另一方面更值得关注的是,在小说人物的婚恋关系中,以及这些人物与社会的关系中,男女两性的强弱关系发生了翻转,女性成为强者而男性成为懦弱的受害者。在萨特的存在主义理论中,"他者"是一个具有相对性的概念主体,主体通过"他者"确认自己的存在,而反过来,"他者"也可将主体作为"他者",从而找到自己的主体性价值。韦尔登在小说中以"他者"身份呈现男性人物,可能受到了存在主义理论思想中主体和"他者"辩证观的影响,但更多的可能还是来自于韦尔登自己对现实的观察。

女性形象的强悍与男性形象的软弱在韦尔登 20 世纪 80 年代作品中表现

---

① 姜红,"探讨文学与现实中的两性关系——访英国著名女作家费伊·韦尔登",《中国社会科学报》,2019 年 1 月 17 日。

比较突出。在这些作品中，男性有时反而对女性依赖和顺从，而一些女性则越来越强有力地把握着两性关系的主动权。韦尔登说，她1965年读了波伏娃的《第二性》后，思想上开始倾向于女性主义。波伏娃认为，男人被默认为本位，而女人则是"他者"，男人没有将女人定义为独立的存在，女人是相对于男人的存在。基于这一论点，韦尔登提出了更进一步的观点，她认为自70年代以后，随着女权运动的蓬勃发展，"男女角色已经逆转。女人被默认为本位，而男人则成为'他者'"。① 她的这种社会性别角色认知在她80年代的一些作品里被生动形象地呈现出来，比如，《女魔的生活与爱情》中的男性形象就显得非常愚蠢而软弱。

《女魔的生活与爱情》中的三位主要男性人物分别是露丝的丈夫鲍勃、神父弗古森和法官毕肖普。鲍勃是一个任由女人争抢或操纵的玩偶，在妻子露丝和情妇玛丽的情战中，鲍勃像猎物一样被撕扯被掠食，直至最终毁灭。弗古森神父单身，节俭，克制，穿戴整洁干净，曾雇佣露丝为他打理家务，最后被露丝迷住并心甘情愿受她摆布。露丝对弗古森的操控主要表现在两件事上：一是将这位原本甘于清贫、静心修炼的神父变为沉湎于肉欲之欢的俗人，第二件事是露丝以他为工具实施了对玛丽的报复。弗古森听从了露丝的建议，从宗教信仰角度干预了玛丽的小说创作，从此玛丽的小说不再畅销，逐渐被市场冷落抛弃。法官毕肖普长相俊美，有着令人羡慕的家庭和教育背景，事业上顺风顺水。自从认识露丝以后就被她深深吸引并几近言听计从，甚至对案件的审判也要征求露丝的意见。韦尔登用夸张讽刺的笔调写道，当话语从露丝那拔光了牙齿的空洞洞的大嘴里说出时（当时露丝正准备进行牙齿整形），在法官毕肖普听来简直具备了神谕的威力。

作为《女魔的生活与爱情》续集的《女魔之死》也描写了两位"不幸"的男主人公：一位是露丝的丈夫鲍勃，另一位是露丝的外孙泰勒。鲍勃在《女魔之死》中已是94岁高龄，被孤苦伶仃地"囚禁"在高塔顶楼，每日靠药物维生，死后也没有举行正规葬礼，只是麻布裹尸后草草掩埋。鲍勃的死似乎宣告了男权时代的彻底结束，时代车轮在女权运动的喧嚣声中滚滚前行，驶入了鲍勃外孙泰勒生活的后

---

① 姜红，"探讨文学与现实中的两性关系——访英国著名女作家费伊·韦尔登"，《中国社会科学报》，2019年1月17日。

女权时代。泰勒的生为男性似乎就是一个错误,其母亲尼奇是一位激进的女权主义者,怀泰勒时得知是男孩后甚至想堕胎。泰勒在女人的鄙视中成长,家里的女性被认为是优等性别,而男性是第二性。他研究生毕业后找不到工作,因为相貌极其俊美而常被建议装扮成女孩,以便更容易找到工作,比如应聘女清洁工等。小说突出表现了泰勒所生存的社会是一个歧视男性、适合女性发展的社会,男性在这样的后女权主义时代是绝对的"弱者"。

韦尔登的其他小说也不乏将男性作为弱者形象的呈现,比如《爱界》中的亨利和艾维尔。贫穷的摄影师亨利因为爱普拉克西斯的母亲露西而甘愿作为房客住进了露西家里,成为露西呼来唤去的"男佣"和秘密情人。另一位男主人公艾维尔是普拉克西斯的丈夫,富有而懦弱,被普拉克西斯成功色诱又最终抛弃,上演了一出男女角色逆转的始乱终弃剧情。韦尔登小说中以弱者形象出现的男性也许会启迪读者对社会性别问题的考察采取更为客观的视角。

如果说韦尔登在《女魔的生活与爱情》《爱界》等小说中呈现的男性"他者"让读者一定程度上感受到作品女主人公的复仇快感,那么到了 21 世纪,韦尔登的小说则对弱势男主人公寄予了越来越多的同情、理解和怜悯之心,比如 2004 年出版的小说《男人陷阱》、2017 年出版的小说《女魔之死》,都流露出对男性的明显同情。这一方面基于韦尔登本人的生活经历和角色变化,她从年轻的妻子转换为四个儿子、三个继子的母亲,因而对于男性在社会关系和性别关系中的艰难挣扎有了近景观察;她眼中的男性从父亲、丈夫,转换成了儿子。从母亲的角度看待男性,韦尔登有了不同体会和认识,她说:"我有四个儿子、三个继子,没有女儿,自然也看到他们因为一些女人的无端嘲弄、抛弃而受到伤害。"她认为"男人是弱势的小男孩,他们都活在别人的期望里"。[①] 韦尔登小说对男性人物形象寄予同情的另一方面原因,也是她对女权运动和女性主义理论不断思考和质疑的结果,尤其是跨性别问题。

第四,跨性别是否是女性解放的出路和女权运动的终局?

韦尔登在《女魔之死》中对当代英国社会的跨性别问题进行了聚焦呈现,小说中运用了很多与跨性别相关的词汇:cisman/cismale(非跨性别男人/男性,或

---

① 姜红,"探讨文学与现实中的两性关系——访英国著名女作家费伊·韦尔登",《中国社会科学报》,2019年1月17日。

顺性别男人/男性)、ciswoman/cisfemale(非跨性别女人/女性，或顺性别女人/女性)①、hasbians(跨同性异性恋者)、lesbians(女同性恋)、MTF(从男性跨性别为女性)、FTM(从女性跨性别为男性)等等，并且浓墨重彩地塑造了一位跨性别人——泰勒。小说详细地描述了泰勒从不堪忍受女性的强势重压，到为了谋生不得不易装为女人，直至最后通过变性手术成为一位跨性别人的全过程。

"跨性别"(transgender)一般包括两方面含义，既指那些用变装来表达自我性别选择的易装者，也指那些借助医疗手段改变身体性别属性的变性者，当然这两者在很多情况下是重叠的。费雷思在其 1992 年的文章《跨性别解放运动：这一时刻已经来临》(*Transgender Liberation：A Movement Whose Time Has Come*)中，将跨性别者的范围扩大到包括变性者、变装者、雌雄同体者、男性化女人、女性化男人等。跨性别问题从 20 世纪初在医学界开始讨论，与心理和社会问题交织纠缠在一起，引发了激烈论争。在 20 世纪 80 年代以前，美国女权主义学者珍妮丝·雷蒙德(Janice Raymond)关于"跨性别"的观点曾一度产生了较大影响。雷蒙德在 1978 年出版的著作《变性帝国：制造女雄》(*The Transsexual Empire：The Making of She-Male*)中，坚决否认男跨女(MTF)的"跨性人"是"女性"，认为"他们"只是性别重置后的假女人，而变性手术是用假女人来取代"真正的女性"，这是父权用以实现侵蚀女性空间的诡计。雷蒙德的这一观点不断遭到质疑，尤其是到了 90 年代，当跨性别再次成为学界关注的热点，成为女权运动和女性主义学术研究重要概念之时。美国学者珊迪·斯通(Sandy Stone)发表于 1991 年的文章《帝国的反击：一份后变性宣言》(*The Empire Strikes Back：A Posttranssexual Manifesto*)中批评了雷蒙德对"真正女性"的狭隘理解和对变性医疗手术的恐惧。这些争议至少对男女二元对立的性别观念提出了挑战，生成了多元化的性别表达方式。但长期以来，反对"跨性别"或敌视跨性别女性的声音在英美女性主义者中不绝于耳，"恐跨症"一直存在。韦尔登在其小说《女魔之死》中通过泰勒的变性过程，既表达了对男性生存困境的同情和担忧，也表达了对跨性别的质疑和反感。《女魔之死》细致地揭示了泰勒一步步走向跨性别人的心路历程。泰勒一直以来都站在二等公民的角度仰视女性，女孩可以穿

---

① 为了避免使用"正常人"来区别于跨性别人，从而将后者归为"不正常人"，因此使用"顺性别"(cisgender)来指代非跨性别人。

漂亮衣裙,接受高等教育,就业也比男孩更容易。在泰勒眼里,男人才是第二性。泰勒的双胞胎姐姐喜欢把泰勒打扮成女孩,泰勒自己也喜欢女性衣物给肌肤带来的柔软舒适感。小说写道,当他穿上女装,戴上冒充女孩的马尾辫时,内心充满愉悦,感觉像重生了一般。[①] 他周边的各种力量也都要把他推向女性,招工处的人建议他打扮成女人来应聘工作,"女"友瓦莱丽娅期待他变性为女人后与他/她结婚,他的外祖母露丝也承诺只要他变性为女人,就能继承她的巨额财产。泰勒自己也从内心渴望一次性别涅槃。于是,他最终决意进行变性手术,成功变性为美丽女孩泰拉。

跨性别"女人"是女人吗?对跨性别持积极态度的观点认为,跨性别女性在所有可能的情况下都应被视为女性,而在那些对跨性别者持否定态度的观点看来,跨性别女性不能被视为女性。在《女魔之死》中,泰拉(变性后的泰勒)和瓦莱丽娅(经过激素治疗去除了生殖功能的女人)举行了订婚仪式,泰拉是妻子,瓦莱丽娅是丈夫。但婚后瓦莱丽娅却发现,泰拉依然是泰勒,其男性内质并没有发生变化。女魔露丝也发现,虽然穿着白底红花裙子的"泰勒"看起来是如此美貌的少女"泰拉",但"她"手指骨节粗大,肩膀宽厚,无处不透出男性气息,尤其是"她"戴着耳机专注于电脑游戏以及狼吞虎咽的吃相,无不表明这位"她"其实仍旧是那位"他"。露丝最终决定不把遗产留给跨性别的"她",因为她绝不会立一个男人(假女人)为继承人。

通过变性式的性别涅槃来彻底消灭性别差异,从而解决两性差异带来的社会性别问题,曾是一部分极端女权主义者所主张并付诸实践的,比如《女魔之死》中以瓦莱丽娅为代表的"新女性"曾热切期待跨性人泰勒/泰拉来终结男女之间的性别大战。但无论是以露丝为代表的老派女性主义者,还是以瓦莱丽娅为代表的新派女性主义者,都对以泰勒/泰拉为代表的跨性别女性表现出了深深的失望和恐惧。在欧美,跨性别引发的更多社会问题令跨性别恐惧的呼声持久高涨,她们中的一部分极度排斥跨性别女性,认为一个生下来就是男性的人不可能真正了解女性的感受,变性跨性反而可能形成另一种父权式压迫,正如《女魔之死》中露丝所认定的,泰勒代表的是那些伪装成女性、企图夺取女权运动胜利果实的男性。《女魔之死》在一定程度上也可看成"恐跨"的代言,小说以夸张的手法聚

---

① Fay Weldon, *The Death of a She-Devil* (ebook), UK Head of Zeus 2017,位置 2111.

焦放大了后女权主义时代以变性跨性为表象的社会性别问题，也呈现了变性人痛苦的内心世界。

第五，新女性作为西方女权运动结出的果实，佐证了女性主义的成功抑或失落？

新女性在韦尔登的小说里主要指进入 21 世纪以来享受早期女性主义运动丰硕果实的后女权时代的新一代女性主义者，她们享受着与男性同等甚至优于男性的教育和从业机会，沉溺于跨性别、同性恋等极端或多元的性别平等观，以消灭性别特征来追求两性平等的目标。在小说《爱界》中，韦尔登使用了"新女性"(New Women)这个词，所谓新女性，在女主人公普拉克西斯看来，"我都辨认不出这些人(新女性)和我是相同性别。她们穿着紧身包臀的牛仔裤，公然挑逗，乳房随意垂下，毫无羞耻感……如果一个男人不能给她们带来性高潮，她们就换一个男人。如果不小心怀孕了，就去堕胎。如果食物不对她们的口味，就把盘子推开。如果不喜欢自己的工作，就递交辞职信。她们什么都有了，她们什么都不缺。她们就是我想成为的人，她们就是我为之奋斗的人。但现在她们出现在我眼前时，我讨厌她们"。[①] 普拉克西斯认为，她当年作为女权主义者所追求的目标是，摆脱心灵、灵魂和思想的痛苦，而女权运动以后产生的新女性的确没有了这三种痛苦，但却是因为丧失心灵、丧失灵魂、丧失思想才摆脱这三种痛苦的，而这并不是普拉克西斯这样的女权主义者的初衷。

韦尔登 70 年代末以后创作的小说不同程度地展现了女权运动的成果——新一代英国女性，包括职场女性形象的塑造，比如《爱界》中的普拉克西斯和希尔达两姐妹、《大女人》中的女出版人、《女魔之死》中的瓦莱丽娅等等。在《爱界》中，希尔达大学毕业后就职于政府劳工部，工作出色，收入可观，作为成功的职业女性，在白金汉宫接受了英国女王的授勋。但希尔达的烦恼是，觉得自己不像个女人，人们也忘了她是个女人，似乎女性解放的途径是对女性这一性征的磨灭或否定。普拉克西斯应聘的第一份工作是英国广播公司研究部的职位，但最后凭借漂亮的容貌成为该公司的接待员，终究还是以色侍人。当她好不容易获得了研究部的职位且工作得心应手时，又因为婚姻不得不放弃了心爱的工作。当她再次走出家庭，在一家广告公司谋到一份职业并很快得到晋升，拥有了自己的办

---

① Fay Weldon, *Prixis*, (ebook), UK Head of Zeus 2014, 位置126.

公室和助理,过上了自己理想中女人应该有的生活,却又因兼顾工作和家庭疲惫不堪。小说通过职场女性的境遇揭示了女人走上社会也许并不意味着女性的解放。

《女魔之死》对于英国社会在后女权时代的新女性有更全面的表现。新女性瓦莱里·瓦莱丽娅(Valerie Valeria)的姓名以阴阳词尾 e 和 a 分别隐喻男性和女性,以名字象征其性别属性的阴阳相合或阴阳难辨。瓦莱丽娅这位悉尼大学的博士是女权主义者也是同性恋者。她美丽苗条,聪颖过人,能力出众,是一位富有政治野心的女性,她的目标是首先取代露丝,当上"社会性别平等机构"掌门人,然后进军国家级女性主义非营利机构,最后冲进联合国妇女组织。她认为女性的力量一旦释放便所向披靡,她要成为甘地夫人和撒切尔夫人那样的女强人或铁娘子。瓦莱丽娅代表的是后女权时代新女性中一种基于仇视男性的颇为极端的观念,即通过消除男性来消弭男女差异。表面上看来是以包容跨性别人的多元性别观来取代传统的二元性别观,但实质上是以性别一元论来结束性别的二元对立。

《女魔之死》通过瓦莱丽娅策划筹备"社会性别平等机构"40周年庆典活动的过程,展现了新一代女权主义者的理念和追求。瓦莱丽娅提议将庆典日命名为"逆向行走日"(Widdershins Day),理念就是"男女相向而行",进入一个两性融合的新时代。瓦莱丽娅拟了一些体现其社会性别观念的口号,比如,"终于牵手:父权与母权相遇""逆向行走,走向对方,走出旧世界,迈入新世界""让新的埋葬旧的,让老年人与年轻人同乐"等等。很明显,瓦莱丽娅代表的"新女性"与前辈女性主义者的不同之处在于,后者把男性作为对立的他者,形成两性间的对抗关系,而瓦莱丽娅所谓的"相向而行"是把男性变成女性,最终以单一性别来达到消灭性别差异的目的。

韦尔登笔下的所谓新女性,可以看成是女权主义发展数十年后结出的果实,而对"新女性"的观察和评价则可以看成是对英国女权主义数十年发展历程的反思。

三、摇摆不定的女性主义

韦尔登的作品全部聚焦探讨女性的现状和命运,也通过小说人物的塑造呈现了英国各个时代女权主义者的形象和思想，但同时她的作品也表现出对女权运动和女性主义思想的困惑和质疑，为此，她有时会被贴上"摇摆不定的女权主义者"的标签。①

在《女魔的生活与爱情》中，露丝作为"女魔"或女强人，她的抗争更多地表现为对个人命运的抗争，而不是对男权社会的抗争，甚至某种程度上，她认同传统价值观对男女社会性别角色的设定，以顺从男性价值观并利用这种价值观来战胜男性。当整形医生告诉露丝缩短身高的手术很痛苦且风险很大，对她要求缩短身高的要求表示困惑时，露丝的回答是"我想仰视男人"。所以，如果说露丝对女权主义的认识和态度某种程度上代言了韦尔登，那么那时的韦尔登很难算是一位有着清醒女权主义意识的作家，甚至可以说她对女权主义是持批判态度的。这就是为什么《女魔的生活和爱情》出版以后，韦尔登被贴上"摇摆不定的女权主义者"的标签。韦尔登本人在接受访谈时，也称自己在创作《女魔的人生与爱情》时还不能算是一个真正的女权主义者。②

20世纪六七十年代，西方女权运动风起云涌，韦尔登在小说中对这场运动和参与这场运动的女性进行了艺术呈现和反思。女性主义者在与父权社会作斗争，为自己争取各种权利的过程中，引发了一种与男性敌对的情绪，为了争取女性对自己身体的自主权，她们甚至主张女性不戴文胸，不刮体毛。这种现象不仅是当时英国女性主义运动的最极端表现，甚至成了女性主义的一种负面象征或标志。这种标志直到今天依然影响着英国社会相当一部分人对"女性主义"的看法，也使得许多女性，即便是从事女性研究的女性，对"女性主义"标签心存畏惧，不愿意被误解成憎恶男性的人，或不愿意被误解成丧失女性特性的人。到了20世纪90年代，女性主义已经不再是单一的含义，变得非常碎片化、多元化，女性主义因地域、种族和历史时期的不同而不同，女性主义甚至还属于男性和跨性别者。对于韦尔登和她的小说而言，女性主义至少是她和她笔下人物从20世纪六七十年代跨越到21世纪的生活经历和感受，她们经历或见证了英国不同历史时期的女权运动和女性主义思想的衍进，有激情，有伤痛，有困惑，有幻灭。也许人们正是根据解读韦尔登小说中女权主义者形象或她的小说人物所表达的女权主

---

① 姜红，"探讨文学与现实中的两性关系——访英国著名女作家费伊·韦尔登"，《中国社会科学报》，2019年1月17日。
② 同上。

义思想,才称她为"摇摆不定的女性主义者"。

韦尔登笔下女性主义的激情岁月。韦尔登小说对于投身于早期女权运动激情岁月的女性形象、女权主义者或受女权主义思想影响的女性都有较为生动的呈现。比如《爱界》中,除了描写主人公普拉克西斯如何从一个具有传统社会性别意识的女性转变为激进的女权主义者的过程之外,还通过她的视角观察了周边的一些女权主义者,比如她的闺蜜艾玛及其女权主义同伴们,小说写道,她们穿着牛仔裤、T恤衫,对自己身体的缺陷毫不掩饰。她们有着粗壮的胳膊、油亮的大鼻子、刚毅的下颚、乱蓬蓬的头发,目光严肃,嘴唇苍白,脏兮兮的脚趾露在凉鞋外。[1] 小说写道,当时社会上对女权主义者的看法是,这是一群丑恶、畸形、充满嫉妒的女人。普拉克西斯的丈夫菲利普称女权主义者为"非女人",或女同性恋者,甚至都快长胡子了。《女魔的生活和爱情》里的女权主义者们过着清心寡欲几乎与世隔绝的生活,她们穿戴打扮都呈中性风格,牛仔裤、T恤衫、靴子、夹克衫。她们称自己为 wimmin(women 的变体词)。她们不吃肉和奶,相互进行性安慰,对男人不感兴趣。她们主张女性对自我的确立不应依赖男性的目光,而应依赖于自我意识的觉醒。这些女权主义者聚居地只有一面镜子,且是一面破旧的镜子,镜面光泽暗淡,布满斑点,还有一道裂痕。她们几乎不照镜子,认为镜子只能反映身体,反映不出灵魂。终于在某一天她们拿起一把铁锹砸向镜子,镜子被砸得粉碎。在小说《爱界》中,普拉克西斯从最初的反感女性主义到最后加入了女权组织,负责女权报纸宣传语的撰写和编辑,完成了她从抵抗女性主义到认同女性主义的过程,她将此看作是一次类似宗教信仰皈依的过程,甚至希望世界上所有的女性都认同女性主义的主张。普拉克西斯在女性主义报纸上发表的文字激情洋溢,感召了很多女性。普拉克西斯的形象可谓女性主义激情时代的典型,从一位附属于男人的典型家庭妇女,到最后成为一名女权主义者,她的人生经历一定程度上代表着战后数十年来英国女性的发展轨迹,她们的觉醒和困惑,以及妇女解放运动给她们带来的震撼和思考。《爱界》是韦尔登所有女性题材作品中对女性解放较有信心的一部,人们从作品中看到的是为自身的解放义无反顾地行动起来的女性形象。即便如此,小说中还是流露出对女权运动成果的批评和对女性主义未来走向的担忧,因此小说对女性主义的总体格调仍是

---

[1] Fay Weldon, *Prixis*(ebook), UK Head of Zeus 2014,位置 3265.

悲观的。

韦尔登笔下女性主义的伤痛和幻灭。从探讨女性解放的角度出发,韦尔登小说释放的情绪总体是悲观的。在《爱界》中,作为女权行动派的普拉克西斯和她的女伴们都竭尽所能地想改变女性的生存现状,带领女性走出困境,但命运似乎很少对女人展露笑颜。艾玛婚后住在一个贫穷街区的二楼,楼下住着一位85岁老人,楼上住着73岁的双胞胎兄弟,常从楼上往楼下撒尿,艾玛家的天花板、餐桌经常出现肮脏的黄色液体。艾玛的丈夫和孩子竟然被"闺蜜"普拉克西斯"偷"走了。艾玛一度成为激进的女权主义者,也为自己的命运抗争过,但最终郁郁寡欢死于癌症。怀揣冰球冠军梦想的科琳婚后依然夜夜以泪洗面,随丈夫移居澳大利亚后,婚姻并没有维持多久,最终落得孑然一身,而冠军梦早就抛到云霄之外了。爱莲娜不得不放弃自己的工作回到家里继承父亲经营的小店,过着从一出生就已定局的乏味日子。小说写道,她们无论走哪条路,无论开辟多少条新路,似乎每条路都狭窄而障碍重重,她们最终只能掉头,回到原点。《爱界》有一段普拉克西斯的独白:"所有一切都背叛了我们,我们的身体背叛了我们,把我们引向了我们其实并不感兴趣的对象。我们的本能背叛了我们,引诱我们筑起爱巢生儿育女。跟着本能走,使我们比动物好不到哪儿去,而我们并不满足于此。我们的头脑背叛了我们,让我们跟在男人身后亦步亦趋,不求进取。我们女人之间也相互背叛,我们利用性来操控情场,我们为了拥有男人而自相残杀。"[1]小说呈现了女人陷入泥沼难以自拔的绝望和幻灭,而女性主义运动并没有给女性的命运带来根本改变。

那么,女性主义思想和女权运动究竟带来了些什么"成果"呢? 韦尔登的小说也带领读者对后女权时代投以一瞥。后女权时代多元纷呈的女权思想取向在韦尔登的小说中通过不同女性形象的塑造被展现出来。

在小说《女魔之死》中,作者描绘了四位女权主义者形象,她们分别代表英国女性主义思想不同时代、不同阶级和不同社会性别观念倾向。首先是女魔露丝,她代表老派女权思想,即20世纪六七十年代盛行的鼓励女性走出家庭、摆脱对男性的依赖而拥有独立的人格和思想的倾向。露丝临终前总结了自己作为女权主义者的一生,从被迫选择离开家庭独立生活,到对男性实施报复,争取女性同

---

① Fay Weldon, *Prixis*(ebook), UK Head of Zeus 2014,位置3244.

工同酬,再到作为老一代女权运动的倡导者和参与者,带领从家庭中解放出来的女性进入了享受女权运动硕果的后女权主义时代。露丝这一代女性主义者的思想极端性表现为仇视或鄙视男人,以向男人复仇的形式来缓解女性的痛苦。小说中第二位女权主义者是露丝的女儿尼奇,尼奇所持观点也大抵类同于露丝,只不过走得更远。尼奇极端仇视和抗拒男性,她怀着儿子泰勒的时候就声称,如果怀的是个男孩就堕胎。尼奇本人是女同性恋者,平时穿戴色调偏中性化风格,给双胞胎女儿也起了中性的名字。她运营着一家名为"女性选择权"的女权机构。如果说尼奇与露丝的社会性别主张有区别的话,那么用露丝的话来说,尼奇是底层女性的代言人,而露丝代表的则是中产阶层女性,由此可以看出,女性主义发展到尼奇这一代时,在社会性别主张中融入了阶层观念。而且,尼奇是一位女同性恋者,她所代表的女性主义者不再像老一辈女性主义者那样向男权社会争取女性权力,而是否定两性关系的必然性,并试图从单一性别的关系中寻求女性解放。小说中第三位女权主义者就是"新女性"瓦莱丽娅,她的主张代表了后女权时代的女性主义思想。瓦莱丽娅比尼奇走得更远,她不仅是同性恋者,还是与跨性人(男跨女)结婚的同性恋者,是跨性人的认同者、支持者和追求者。小说中第四位女权主义者是一位男性,汤姆,他负责的女权主义机构叫"即刻消灭社会性别"。男性女权主义者在某种程度上可以看成是后女权主义时代的产物,它与其他后女性主义思想的共同点在于追求泯灭性别或无性别。

《女魔之死》以夸张和幻想结合的手法,详尽描述了一个跨时代的女权机构即露丝领衔的"社会性别平等机构"。该机构创立于 20 世纪 70 年代英国女权运动激进时期,一直延续运转到 21 世纪后女权主义时代。韦尔登通过解剖这个机构的人员构成和运作理念,表现了英国后女权时代面临的困境。该机构只聘用女性,就连承担维修工作的建筑工程队也必须全部是女性,男性不允许进入其办公场所。领导层高度老龄化,委员会成员平均年龄 72 岁(委员会的唯一男性成员是被囚禁在高塔顶楼的露丝前夫鲍勃)。女员工们都是单身(或女同性恋婚姻)且都没有孩子,大多有过各种与男人有关的不幸经历或记忆,年事较高的女人大多被丈夫遗弃或背叛过,而年轻女孩也都曾目睹过自己母亲的不幸,因此都对男性满怀仇恨和鄙视。84 岁的露丝面临退休后的继承问题——隐喻老一代女性主义思想能否延续,这也是小说聚焦的主题,即女性主义在后女权时代的发展和变革。小说通过露丝和瓦莱丽娅几次言谈的观点交锋,展现了英国女权主义发展到后女权时代的新动态，也表达了作者对女性主义运动的一些新认识。作为老派女性主义者先锋，露丝坚持认为女性主义的理念就是要证明女人不需要男人，婚姻是错误的，婚姻中的女人是性奴。家庭的观念也是错误的，家庭是女性独立解放的羁绊。而瓦莱丽娅则认为，露丝时代的女权主义已经过时了，女性主义在进步，当今的女性主义者不再是仇视男人的怨妇，也不反家庭，因为家庭角色并不是女性厄运或男女不平等的根源，男女之间的对立战争应该休矣。但瓦莱丽娅的这些观点与她自己的行为是矛盾的，她的生活里几乎没有男人，虽然她不反对婚姻家庭，但她结婚的对象是一位跨性别"女性"（泰勒）。因此，露丝认为瓦莱丽娅的后女性主义观是肤浅的，是学院式的，是企图通过将历史与现时对接而抹杀历史的真相。露丝认为，瓦莱丽娅没有看到，虽然女权运动式微了，但男人依然天生比女人高大强壮，依然对情感和家庭毫无责任心，如果女人屈服于生理本能，那么父权社会马上就会汹涌回潮。针对可能出现的父权回潮，瓦莱丽娅的对策是通过跨性别消弭两性，用单一性别或碎片化多元性别来消解两性间的对抗。露丝和瓦莱丽娅唯一达成共识的是，女性要想成功，必须不能有孩子。由此可见，即便进入了后女权时代，社会性别的讨论终究回避不了生理性别的原罪。

韦尔登小说呈现的后女权时代各种有关社会性别平等问题的观点是碎片化、多元化的，有时甚至是彼此矛盾违和的，就像由不协调多声部组成的合唱。在"女魔二部曲"中，露丝作为老一代女权主义者在反思中否定了一些早期女权运动的观点，她承认自己做的事（鼓励女性摆脱对男性的依赖而独立自主）未必对女性有好处。她觉得把女性从家庭驱赶到社会或职场上，把独立的思想灌输到她们的头脑中，反而导致她们除了"独立"，其他什么都没有了。玛丽则认为露丝代表的女权运动造成了当今男人的困境，男人生来就承担着照顾女人和孩子的职责，而女人应该对男人心存感激。弗古森（男性观点）则认为，女权革命虽然没有流血，但却改变了社会秩序，建立了新的秩序，老一代女权革命的代价要新一代女性来偿还。尼奇则主张以男女换位来解决社会性别不平等问题，也就是从男性歧视女性换位为女性歧视男性。瓦莱丽娅则是跨性别的积极支持者，主张通过消弭男女生理差异（或消灭男性）来解决两性不平等问题。20世纪西方女权运动是西方世界自基督教文明形成后首次公开讨论有关性的非生殖作用，随着同性恋和跨性别问题日益成为后女权时代的关注焦点，不具有繁殖功能的性爱也成为女性主义的一种激进主张,关于性爱的非繁殖功能的讨论为后女权时代各种性别性向运动奠定了基础。

从韦尔登小说创作整体来看,她对社会性别问题的认识的确是不断变化且犹疑摇摆的。她的前期作品比较接近典型的早期女权主义思想,比如《食戒》女主人公对传统性别角色的反叛。这一时期韦尔登笔下的单身(离异)女性,在某种程度上可以看成是挣脱了男性束缚后获得独立的女性,但没有经济来源使她们面临着生活和抚养孩子的艰难。当然,韦尔登小说呈现的其早期女性主义观念中也有非典型的方面,比如并不完全否认男权价值观和传统社会性别角色,反而认为利用男权价值观也是女性摆脱困境、提高社会地位的途径之一。比如《女魔的生活与爱情》中的露丝就认同经济地位决定社会地位和家庭地位,但并非只有男性才可能拥有较高的经济地位,女性同样有可能获得较高的经济地位,从而在两性关系中处于霸权地位。她也认同女性的颜值高于一切,女性的命运很大程度上取决于其颜值。最后她通过整容整形蜕变为美丽动人的娇媚小女人,满足了男权社会对女性社会性别角色的设定,因此降服了无数男人,把他们玩弄于股掌之间。韦尔登的中后期作品更多地表现为揭露女性自身的问题,即认为女人的不幸并非来自于男权,而是来自于女人之间的竞争,那是一种基于嫉妒和排他的内卷。韦尔登认为,不能把女性的不幸仅仅归咎于经济地位低下,因为当下社会中的女性越来越具有独立的经济地位,已经不需要像从前那样依赖男性,取悦男性,但女人的不幸却依然持续着。她认为那是因为社会虽然变了,但有些人(女人)的思想观念并没有变。"恐怕今天仍然能看到那些旧传统。环顾四周,我看到很多年轻女性,结婚更多是为了金钱和地位,而不是为了爱情。""女人仍然羡慕她们更漂亮的姐妹,有的女人仍然厌倦家庭生活,想要烧毁自己的房子,想抛弃不争气的孩子,想让婚姻破坏者受到惩罚。这些愤怒的情绪今天仍然存在。"①可见韦尔登的观点更倾向于认为女性悲剧的根源不在于男权,而在于女性自身,自身的生理特征,自身对传统社会性别观念的认同,以及同性间相互倾轧的残酷内卷。如果导致女性悲剧的不是男权,那么女权运动岂不是从根本上就选错了抗争的对手?这或许也是为什么韦尔登的系列女性题材小说虽然执着

---

① 姜红,"探讨文学与现实中的两性关系——访英国著名女作家费伊·韦尔登",《中国社会科学报》,2019年1月17日。

地关注女性命运,有时却又很难被视为女性主义小说的主要原因。

韦尔登曾表示,关注女性福祉的就是女权主义者,所以她认为自己是一位女权主义者,但"不是那种女权主义者——指责男人压迫女人"。她认为女性离开家庭走向社会未必是女权主义的初衷,因为这种"强硬的女权主义者否认母性本能"。奋斗在职场的女性"其实感到疲惫而焦虑——她们本来宁愿待在家里照顾孩子,得到经济照顾,然而却不得不工作"。[①] 韦尔登认为,男性的本能是照顾无助的妇女和儿童,如果女人对男人没有这种需要,那么男人们通常会迷失自己。现在经济独立的女性可以独自照顾自己和孩子,于是男性就不知道自己能在两性关系中扮演什么社会角色。韦尔登的这些观点在一定程度上认同了传统的社会性别角色分工,显然很难被视为女权主义思想。韦尔登关于社会性别问题的想法的确充满矛盾,摇摆不定,也许很难用一种既有的女性主义理论来概括韦尔登女性题材小说中所反映出来的社会性别观。

韦尔登的女性主义思想在一定程度上继承了早期女性主义作家伍尔夫的思想。伍尔夫强调女性的独立意识,宣扬女性的独特价值,呼吁女性不要在意他人的眼光,要"做自己"。伍尔夫寻求的女性解放道路并不是割裂女性与传统和现实的联系,也不是通过与男性断绝关系来确立女性的自我意识,而是主张女性在社会现实和历史传统中确立女性主体。韦尔登的女性主义观在很多方面与此契合,她曾坦言:**"两性关系应该是阴阳搭配协调,是符合大自然意愿的两个对立面相结合。""改变可能成为一个失控的钟摆……我相信,正常、愉快的男女关系终会恢复。"**[②]

---

① 姜红,"探讨文学与现实中的两性关系——访英国著名女作家费伊·韦尔登",《中国社会科学报》,2019年1月17日。
② 同上。

第四章

英伦式悬疑：智性优雅的传承与革新

悬疑小说在英国小说传统中是颇具"英伦风"的一派，缜密推理的侦探小说和惊悚迷离的哥特式小说构成了英国悬疑小说的两大特色传统。

悬疑小说是一个包容性极强的小说门类，包含侦探小说、推理小说、犯罪小说、惊悚小说、恐怖小说、灵异小说、哥特式小说等类别，而这些类别本身又是彼此交叉兼容且边界模糊的。悬疑小说一般与犯罪和死亡/灵异有关，与人性之恶有关，这是它所以令人感到黑暗、阴冷和恐怖之处，而罪恶的隐秘性又带来了悬念的神秘感和追寻真相时的逻辑推理快感。悬疑题材颇受英国女作家的青睐，她们所取得的成就令世人瞩目，拥有像阿加莎·克里斯蒂（Agatha Christie）、P. D. 詹姆斯（P. D. James）这样的推理女王，也出现了勃朗特姐妹、安吉拉·卡特（Agela Carter）、达芬妮·杜穆里埃（Daphne Du Maurier）这样才华横溢、在继承和创新哥特式小说方面颇有造诣的小说家。她们凭借自己穿越时空的想象力和精美的文字艺术，穿梭于神秘悬念的薄霭迷雾中，在世界悬疑小说界舞出了款款"英伦风"。

一、推理女王的思想王国

悬疑小说中的犯罪题材小说或侦探小说往往被归入通俗小说类。20 世纪以来的英国侦探小说以阿加莎·克里斯蒂和柯南·道尔（Conan Doyle）的小说为代表，开创了以情节离奇、推理严密、悬念迭出等特点见长的侦探小说传统。

克里斯蒂的作品极为注重细节描写,聚焦点往往集中于某个特定地点和事件,叙事缓慢而细腻,其小说塑造的侦探波洛以智慧和诙谐而家喻户晓。她的侦探小说被翻译成一百多种文字,畅销全世界,无愧"犯罪小说女王"之称。

当代英国著名侦探小说家 P. D. 詹姆斯(1920—2014)被认为是继克里斯蒂之后英国又一位"犯罪小说女王"。詹姆斯小说在总体风格上继承了克里斯蒂"古典式"犯罪小说的传统,都以细节描写和逻辑推理著称,而且都在系列小说中塑造了一位神探形象。克里斯蒂塑造了蓄着小胡子的比利时人波洛侦探,而詹姆斯则塑造了亚当·戴尔格雷什(Adam Dalgliesh),一位喜欢思考人生价值观的侦探。这两位侦探都分别贯穿于两位女作家的大部分犯罪小说,从而分别形成了探案系列。然而不同的是,克里斯蒂的犯罪小说就像一个个猜谜游戏,让读者在烧脑的过程中玩得饶有趣味,但却很难获得对当时社会的整体印象,而对于人生价值观的深入思考也常常被智力游戏般的推理乐趣淹没了。詹姆斯正是在这一点上超越了她的前辈。

英国 20 世纪小说发展的重要走向之一,就是通俗小说与严肃小说的合流。这种合流对于文学创作来说并不完全是令人担忧的,因为既然是合流,那么在严肃小说走向通俗化市场化的同时,通俗小说也出现了趋于严肃化艺术化的倾向。这种倾向表现在通俗小说家在创作过程中,不仅在创作技巧上追求完美,语言艺术上追求精湛,更重要的是,他们在作品中表现出了对社会历史的深切关注和对道德伦理的严肃思考。

把通俗题材按照严肃小说的写法进行创作是詹姆斯侦探小说的特点,她以自己的实力证明了犯罪小说这一通常被划入娱乐性商业小说的题材同样可以涵盖广阔的社会背景和深刻的思想内容,同样可以在写作技巧、结构形式和语言风格上达到较高的艺术水准。詹姆斯在创作中并不满足于引人入胜的情节和津津乐道的推理,也不像克里斯蒂侦探小说那样使读者的阅读过程好比玩一种智力游戏。她的小说超越英国古典侦探小说之处在于,她引导读者不仅探究是"谁"干的,而且更要探究"为什么"。这个"为什么"并非简单的谋杀动机,而是人本性中的"恶"。她小说中的人物不仅是智力游戏中的道具,更是生活在复杂社会环境中具有独特性格、矛盾心理和深刻道德思考的人。因此,仅用犯罪小说或通俗小说来标签詹姆斯的作品是远远不够的,她的小说无疑具有远远超越娱乐性的价值。

P. D. 詹姆斯 1920 年生于英国牛津,早年就读于坎布里奇女子中学。1962 年,她出版了第一部犯罪题材小说《秘密杀戮》(Cover Her Face),此书以精湛的叙事技巧和引人入胜的情节获得了广泛好评。此后她又于 1963 年和 1967 年分别出版了同类题材的小说《谋杀之心》(A Mind to Murder)和《非正常死亡》(Unnatural Causes)。这些作品为奠定詹姆斯在侦探小说界的地位、展示她在小说创作方面的才华起到了重要作用。自 1968 年始,她先后在内政部警务和刑事部门任职,并专事法医学的研究,这段工作经历为她从事小说创作提供了不可多得的素材和经验。70 年代以后,詹姆斯的创作进入鼎盛期,1971 年出版的《夜莺的裹尸布》(Shroud for a Nightingale)和 1975 年出版的《黑塔》(The Black Tower)均获犯罪小说家协会颁发的"银剑奖",前者同时还获得美国爱伦·坡基金奖。她的另一部作品《女人不宜的职业》(An Unsuitable Job for a Woman,1972)亦荣获"银剑奖"。1987 年,她被推举为布克奖评选委员会主席以及英国艺术委员会文学部主席。80 年代末以来,她推出了一系列明显带有宗教思考的侦探小说,如《教堂谋杀案》(A Taste for Death,1986)、《阴谋与欲望》(Devices and Desires,1989)、《人类之子》(The Children of Men,1992)、《原罪》(Original Sin,1995)、《真相》(A Certain Justice,1997)、《神谕之死》(Death in Holy Orders,2001)等。这些小说的出版,使原来在探案小说通俗娱乐性掩盖下很少引人注意的宗教关怀,成为阅读和理解詹姆斯小说不可忽视的重要因素。

詹姆斯是英国圣公会教徒,在宗教信仰的倾向上应属于自由基督教派。自由基督教派是一个模糊称号,并不表明一种信仰系统,而是一种与启蒙时代哲学和宗教思想相关的自由思想和信仰。从基督教自由主义的思想出发,詹姆斯强调个人自主性以及多元论,认为人们可以在许多道德价值观中自由地做出自己的抉择,当然,自由选择的结果便是价值观的碎片化。自由主义使得自由意志凸显出来,它否认人必须为某个终极目标而活,无论这个终极目标是宗教的还是自然的,是家族的价值观还是民族传统的价值观,因为这些终极目标都不是自由意志选择的结果。詹姆斯小说呈现的往往是陷入信仰上帝与多元价值观选择泥沼之中的生存状态。因此,与其说她的小说宣扬了某种宗教思想,不如说她在小说中通过各种人物和事件,表达了她对宗教信仰的思考和困惑。

詹姆斯 80 年代末以来创作的一系列探案小说,从标题、人物到情节和场景都与宗教有着明显关联,比如《原罪》《神谕之死》《人类之子》等。《神谕之死》在题材上直接与宗教相关。故事发生在一个坐落在荒凉海边渔村的神学院,该神学院创立于 1861 年,专门为英国教会培养年轻的天主教神职人员。20 世纪后半叶,神学院内冷冷清清,社会上信徒不断减少,愿意专事神职的人更少。在这个以金钱为核心的时代,神学院由于经济拮据而举步维艰,随时可能关闭。谋杀案就发生在这里。被谋杀的年轻人是神学院的学生罗纳德。詹姆斯借神学院女总管玛格丽特的口对死者的背景做了简单的交待。她说:

> 罗纳德并不适合神学院。他的父亲经营一家非常重要的军火公司,而罗纳德总是想让人们知道他是一位富家子弟。他开着名牌汽车,而其他学生的车都是廉价的,或有的学生根本没有车。他炫耀自己在假期中去了哪些昂贵而遥远的地方,而其他学生甚至没有财力在假期里去旅游。如果是在别的学校,那么这些也许可以使他成为公众人物,因为人人都很势利。但在神学院却不行,这里与钱无关。①

第一句话"罗纳德并不适合神学院"和最后一句话"但在神学院却不行,这里与钱无关",深刻揭示了现代社会的价值观与宗教价值观的冲突。罗纳德的价值观显然是世俗的,他追求物质上的财富而不是精神和灵魂的丰厚。罗纳德的死也许是"神谕",因为像他这样具有与基督教信仰完全对立的价值观的学生居然是神学院的学生,并且将来会成为专职的神职人员,恐怕是"神"所不允的。小说毫不留情地揭露了目前英国基督教现状中令人担忧的虚伪性。罗纳德的死,预示着两种相互冲突的价值观的交锋将变得更为严峻。如果说罗纳德是奉"神谕"而死,那么,他腰缠万贯的父亲将恃金钱之势与圣命对决。难怪瑟巴斯丁神父在得知罗纳德被谋杀的消息后,在胸口划了个十字,说"这是一场灾难"。② 在小说后来的发展中,罗纳德父亲的金钱的确给神学院带来了"灾难"。小说揭示了一场金钱与信仰的决斗。

　　信仰危机是英国进入 20 世纪以来的主要社会问题之一。人们对上帝越来越怀疑,很多人根本就不去教堂做礼拜了。小说中,即便是神学院的女总管玛格

---

① P. D. James, *Death in Holy Orders*, New York: Alfred A. Knopf, Inc., 2001, p. 7.
② Ibid., p. 12.

丽特,却也几乎从来没去做过礼拜,神学院教希腊语的格雷各里先生也从来不去做礼拜。玛格丽特和格雷各里在神学院的寓所分别以《圣经》中的两位圣徒的名字命名,玛格丽特的住处叫圣·马太,格雷各里住的是圣·路加,但两位住客却根本没有基督教信仰。玛格丽特不相信人的灵魂会得到拯救,更不相信肉体死了以后能进天堂。她认为人只活在今世,死了就什么都没了。当她在海边发现了罗纳德的尸体,并坐在沙滩上守着等候警察到来时,詹姆斯写道,玛格丽特想到了几个世纪以来死去的所有人,"这些人曾经是重要的,也是有人牵挂的,但很快,人们就不再记得他们了,他们就像这沙子一样,毫不重要"。①

贯穿詹姆斯大部分小说的侦探亚当·戴尔格雷什也是一个没有信仰的人,虽然他来自于天主教家庭。他的名字亚当与基督教《圣经》中上帝创造的人类第一人的名字相同。在亚当这个小说人物身上,作者表现了上帝赋予人类的荣耀和人类本性中之弱点。亚当并没有被塑造成一个英雄形象,虽然詹姆斯第一部小说《秘密杀戮》也许受到了克里斯蒂和柯南·道尔等创作的古典侦探小说中"英雄式"侦探波洛和福尔摩斯的影响,侦探亚当也被描写得过于英雄化,但作为贯穿系列小说的中心人物,在詹姆斯以后的几部作品中,亚当被做了"降调"处理,他不再是全知全能的"神探",而是一个有着各种弱点的"凡人"。这样的人物形象与基督教中关于人的概念是吻合的。在基督教信仰中,人类作为上帝最爱的被造物,在所有被造物中是享有最高荣耀的,但是,人类从其祖先亚当开始就陷入了罪恶之中,这种罪恶表现为人类的各种弱点和局限性。因此,人类没有资格代表公义对罪恶进行审判,无论是法官还是侦探,最终的也是唯一的审判只能来自于神。这就是为什么詹姆斯笔下的侦探亚当虽然侦破了很多案件,却始终陷在关于"正义"的迷惘中。常常是罪犯受到了惩罚,但亚当并没有感到正义得到了伸张,因为詹姆斯笔下的犯罪动机常常并不完全是"恶",而是"爱"。作为人类一员,人类的弱点和局限性使亚当无法对人间的善恶与爱恨做出公正评判。正如《圣经》所言,这世上没有一个"义人"。除了神,谁能断明人世间的是非善恶呢?亚当作为人类第一个"罪人",自然也无能为力。在小说《阴谋与欲望》中,有一段亚当的思考:

---

① P. D. James, *Death in Holy Orders*, New York: Alfred A. Knopf, Inc., 2001, p. 11.

　　侦探工作反映出的是人类对道德神秘性的迷恋，以及对破案线索和杀人动机的兴趣，也提供了一种令人宽慰的普遍道德观，那就是无辜者必得昭雪，正义得到伸张，秩序得到恢复。但其实，什么都没有恢复，至少死亡者的生命无法挽回。而所伸张的正义也是人类社会变化无常的正义。①

　　詹姆斯通过亚当表达了她在基督教信仰上存留的困惑，抑或是当代自由基督教派常常怀有的困惑，那就是对于死亡和受难的不理解。这种不理解自"二战"以后成为西方基督教社会非常普遍的现象。战争的残酷和无辜者的受难乃至死亡，大大动摇了西方社会对上帝的信仰。如果真有上帝，那么公义的上帝不会允许善良无辜的人们遭受如此巨大的不幸和苦难。战争使很多人放弃了基督教信仰，转而认为根本没有上帝。亚当就是其中一员。他父亲是英国圣公会牧师，他自幼在基督教环境中成长，虽然熟谙《圣经》，但他却并不信教。妻子的死于难产，以及探案过程中目睹的残暴和罪恶，使他无法从信仰的角度去理解死亡和苦难。尽管如此，他对信仰仍然怀有同情心，尤其是基督教对罪的仁慈和宽容。亚当作为一位杰出侦探有着他世俗的道德标准，他在度假期间仍然接手案子是出于他的人道主义动机，但这些却都并非植根于某种终极关怀。詹姆斯通过亚当这个人物表现了当今英国社会的信仰危机，道德标准的世俗化、碎片化，以及信仰自由和道德标准多元化所带来的终极目标的迷失。比起克里斯蒂的波洛和柯南·道尔的福尔摩斯，亚当也许在大智大能方面略显逊色，但这个人物所包含的深刻隐喻意义，尤其是引导读者对人类本性所作的思考，却使得詹姆斯的小说超越了一般娱乐性而具备了严肃小说的底蕴。

　　作为"犯罪小说女王"，詹姆斯的小说以写"恶"为主，她笔下的"恶"，有着不容忽视的宗教意蕴。在基督教信仰中，美德和善行是不追求世俗荣耀的，人们的善行都不是出于人，而是出于神，是神的荣耀。世人陷在罪里，没什么可夸耀的。所有人都是罪人。在克里斯蒂的小说中，美德似乎是一种带有定律的东西，而犯罪则是超乎定律的例外。而詹姆斯小说对罪恶的观察是，罪恶不仅来源于恨，还来源于没有秩序的爱。也就是说，除了神的爱是完全的，人类的爱都是不完全的，带有私心并浸润在原罪之中，因此，这种有局限性的爱同恨一样都可能成为

---

① P. D. James, *Devices and Desires*, New York: Grand Central Publishing, 1989, p. 173.

罪恶的根源。而这种"恶",并非作为"善"的对立面存在,而是人类的生存状态本身。所以人类的爱在神的公义面前,依然显现出其"恶"的一面。人类这种陷入罪恶中无以自拔的生存状态是导致一切悲剧的根源,是人类自亚当就开始的悲剧。在此意义上,詹姆斯小说中的谋杀者往往会博取读者的同情心,因为他们的谋杀动机有时只是为了保护他们所爱的人。詹姆斯小说中的人物大多历经苦难,虽然这些苦难并不能成为他们邪恶之行的托辞,但却能唤起读者对他们的同情。即便是残暴邪恶的杀手,依然有其心灵中的柔软处。读者从他们身上看到了自己的生存光景,看到了自己人性中的弱点,看到了人类之爱是如此的不完全,如此地难以摆脱罪恶,也看到了自己作为人类一员,心灵中尚存的柔软处。詹姆斯小说涉及的"恶"除了谋杀,还有堕胎、吸毒、破坏环境、政治恐怖、少年犯罪和宗教危机等,而一切社会问题的根源在于基督教信仰的崩溃。因为基督教是一种帮助人远离罪恶、脱离罪恶的宗教信仰,而基督教信仰的垮塌则把人类推入了更深更暗的罪恶深渊。

詹姆斯小说中虽然对王权与宗教结合的欺骗性也有所揭露,但仍旧带着些许掩饰不住的怀旧情绪,缅怀过去王权与祭坛合而为一的时光,似乎那是英国道德和宗教的象征,那是一种被普遍接受的价值观,大家共同的传统、历史和文化。从詹姆斯的小说中可以明显地感觉到,她的宗教信仰与她对现代性的批判密切相关。她的小说通过渗透在曲折离奇的犯罪故事中的宗教思想,将触角伸向了社会,伸向了政治,乃至于整个人类,既可以理解为宗教思考,也可以看成是从宗教的角度对现代社会和现代性的批判。

在小说《原罪》和《人类之子》中,詹姆斯通过一系列谋杀案件,猛烈地抨击了现代社会价值观,表现出对政教合一年代的留恋,以及对现代社会中信仰缺失的遗憾。《原罪》中的谋杀案发生在伦敦一家出版社,小说围绕出版社新任社长杰拉德的被谋杀以及一连串相关的死亡事件展开叙事。出版社所在地"清白别墅"坐落在泰晤士河畔,这座造型优雅别致、历史悠久的小楼成了一所充满血腥的凶宅。小说第一章描写了杰拉德被谋杀前笼罩着出版社的阴影,这个阴影的形成可以说是由杰拉德本人造成的。作为新任社长,他一上任就把出版社的盈利放在首位,第一把火是大刀阔斧地裁减人员,尤其是裁减那些兢兢业业为出版社工作了二十余年的忠实老员工。第二把火是与那些与出版社有长期合作关系的签约作家解除合约,认为他们已经江郎才尽,不再有油水可榨。第三把火是把"清白别墅"卖掉，增加资金以扩大出版社规模。这三把火从市场经济的角度来说也许烧得还算合理，但却因为太不合情而使整个出版社陷入了愤怒和恐慌之中。被裁的老员工莫名其妙"自杀"了，被解除合同的签约作者怒火冲天地吵到了出版社，而出版社老社长的女儿弗兰西斯为了捍卫父亲曾投入毕生心血、以"清白别墅"为标志建筑的出版社，誓死反对出售"清白别墅"。就在这个剑拔弩张的时刻，始作俑者杰拉德被杀了，而且死相不堪入目："上身赤裸着，白衬衣在他伸出的右手中绕成一团。那条蛇尾巴搭在他的胸前，蛇头被塞在他大张的嘴中"。[①] 小说围绕出版社命运的何去何从，以及杰拉德谋杀案的重重疑云，向读者展示的是两种价值观的激烈冲突，或者说，是对资本主义价值观的批判。杰拉德所代表的是现代资本主义唯利是图的价值观，这种价值观的特点是无视人类的情感甚至生命，更谈不上关注人类灵魂。而在基督教信仰看来，这种贪婪地追求物质利益的价值观是一切罪恶的根源。小说表达的是，虽然被谋杀者是杰拉德，但"罪人"却不仅仅是那些杀他的人，也包括他自己。这个"罪"，不是法律意义上的"罪"，而是人类本性中贪婪的"原罪"。依照法律的判决，谋杀者或凶手应该是"罪人"，但在小说中他们却也是"原罪"的受害者，是杰拉德的"原罪"、膨胀的贪欲导致了一切罪恶的发生，使得"清白别墅"里几乎每个人都成为不清白的人。

詹姆斯小说的主题倾向于关注现代化给人类带来的灾难，表现出了明显的批判现代性态度。西方社会的基督教信仰在 20 世纪初尤其是 1905—1906 年曾经受到现代主义思潮的猛烈冲击，社会的现代化变革冲击了欧洲天主教教会，不少年轻神职人员拥护现代主义思想。1905 年圣诞节，意大利都灵和维切利的主教们发布通告，对神职人员中出现的"现代主义思想"提出了严重警告，形成了天主教会反对一切现代因素的局面。按照罗马教皇的说法，现代主义拥抱一切异端邪说，因此自那时起就形成了基督教信仰与现代社会价值观的严重对立。天主教视万事万物的源头为上帝，而现代主义则把人的个人意志视为源头，因此不承认由上帝而成就的奇迹和预言。在天主教看来，教义是神向他的信徒传播的话语，是通过人的心灵来接收的。而现代主义的"教义"则是通过人的知识来接受的，凡是超出人的知能范围的，比如"三位一体"之说，在现代主义看来是不可

---

① P. D. James，*Original Sin*，New York：Alfred A. Knopf, Inc.，1994，pp. 168 - 169.

思议的。自然科学在 20 世纪突飞猛进的发展,使得传统的宗教信仰在很多人眼里变成了无稽之谈。詹姆斯在哲学层面上接受了康德的某些思想,寻求基督教教义和现代主义思想的结合,但在科学层面上,她通过《人类之子》向读者预示了没有信仰、完全崇拜现代社会科学精神的人类所面临的灭顶之灾。

《人类之子》是詹姆斯的重要代表作之一。在这部出版于 1992 年的社会幻想小说中,她令人震惊地幻想了 1995 年以后的人类社会。作品写道,1995 年出生的人全部被称作"奥米加",他们是最后的人类,也就是说人类从此之后不能繁衍后代了。丧失生育能力的"奥米加"女性只能模拟怀孕和生产,把小猫当成婴儿,给玩具娃娃穿上华丽的衣服,把它们放在婴儿车里,等等。宗教信仰陷入混乱状态,教堂被用来举行巫术的仪式、动物的献祭和黑色弥撒。人们对未来失去了憧憬。如果人类一代代死去而没有新一代诞生,那么一切都变得毫无意义,文化遗产也没有必要保存了,即便有一丝意义,那也是留给那些子虚乌有的外星人考古了。

> 我们把我们的手稿和书、绘画、音乐作品、乐器都收藏起来,等待着有一天外星人来到荒芜一片的地球上来重新发掘人类历史。我希望外星人来到圣彼得广场,进到大教堂里面,他们会知道这是人类为某位神建造的殿堂吗?①

詹姆斯在小说中向读者展示了一幅宏大的社会图景,表现了她对现代社会发展前景的深深忧虑。小说写道,一位富人克里斯丁篡夺了英国最后一任首相的位置,自称英国守护人,他废除民主,实行专制。法院虽然还存在,但因为没人愿意担任陪审团成员,所以陪审团制度被取消了。英国教会分裂成很多帮派。国家秘密警察保证国会指令的实施。国民基本上不准离开国境。所有犯罪案件都堆积着无人处理,到处是饥荒,甚至出现了人吃人现象。随着年轻人日趋减少,社会上的劳动力也逐渐严重匮乏。外国劳动力开始流进英国,倍受剥削,满 60 岁以后再送回原籍。英国的"奥米加"们不允许移民国外,以免劳动力流失。老龄问题成了社会主要问题,他们不再得到很好的看顾,疗养院只为少数特权阶

---

① P. D. James, *The Children of Men*, London: Faber and Faber Limited, 1992, p. 4.

层服务,其他老人则面临可怕的选择,他们或者因无人看顾而在寂寞孤苦和病痛中死在家里,或者自杀。每位老人的药盒里都藏着一颗用于结束生命的药丸。一些受过教育、家境良好的老人,包括"守护人"克里斯丁自己,也只能奢望用一杯红酒来吞下那颗致命的药丸。还有些老人决定参加一种叫"寂灭"的死亡活动,这个有组织的活动实际上就是老年人结伴自杀。这种被称为"寂灭"的自杀活动通常在凄风冷雨的海边静悄悄地进行。越来越多的土地被闲置,一片荒芜。到处是被废弃的住宅、教堂和楼房。不少道路因为没有足够的钱维持而封闭了。燃气和电也不能保证充足的供应。然而自然环境却得到了一定程度的休养生息,没有了人类的砍伐和践踏,树林与草木开始茂盛,没有了车水马龙的废气排放,空气也变得比以前纯净了。对比茂盛的草木,人类的前景一片死寂。

在那个被詹姆斯幻想出来的社会,没有孩子成了没有神的象征。一部分人认为人类的不育是上帝对人类叛逆和罪孽的惩罚,但更多的人还是把厚望寄托给了科学。然而,科学最终还是让人失望了。小说写道,

> 西方科学成了我们的神,它以各种大能安慰、治愈我们,为我们供暖,供食,并提供各种娱乐。一位科学家曾经说过,我们需要花一些时间来找到人类不生育的原因。现在已经25年过去了,人们对此已经不抱希望了。我们对我们的信仰感到羞辱。因为凭借我们的知识、智慧和能力,我们已经连动物想都不用想就能做的事都做不成了。①

这段话通过对科学的嘲讽从根本上否定了以科学精神为基石的现代主义。《人类之子》中所描绘的未来世界,是詹姆斯所预测的现代社会发展到极端的状态,而这种状态的结果,小说告诉我们,就是人类的灭亡。如果说人们原来并不在意基督教信仰所承诺的灵魂永生的话,那么,到了这时,整个人类面临灭绝的时候,无论你愿意还是不愿意,你信神还是不信神,你所能做的,只有祈祷了。

虽然詹姆斯的小说不能被看成是宗教小说,她也从来没有声称过自己在文学创作中的宗教立场,但关于小说能否承担道德教化这一神圣使命,詹姆斯在其自传《认真的时候》(*Time to be in Earnest*,2000)中坦诚,如今大多数作家已经

---

① P. D. James, *The Children of Men*, London: Faber and Faber Limited, 1992, pp. 5 - 6.

不再有对读者进行道德改良和宗教救赎的热情,但她却始终把小说看成是可以揭示宇宙和生命奥秘的艺术形式,而并不仅仅是娱乐的工具。

詹姆斯的小说在继承英国古典推理小说传统的基础上,赋予了推理侦探小说以更广阔的社会历史视野和更深邃的哲学思考,集艺术性、思想性、可读性、娱乐性于一体,寓教于乐,对英国侦探推理小说传统的延续和发展做出了杰出贡献。她 1987 年荣获英国犯罪小说家协会钻石匕首终身成就奖,1999 年荣获美国推理小说家协会大师奖。

女作家群在侦探推理小说领域的异军突起是 20 世纪英国文坛一个值得注意的现象。除了 P. D. 詹姆斯以外,英国当代较有影响的、擅长于犯罪小说创作的女作家还有鲁斯·伦德尔(Ruth Rendell,1930—2015)和贝里尔·班布里奇(Beryl Bainbridge,1932—)等。伦德尔以擅长心理描写和分析见长,并以冷静而不动声色地描述令人毛骨悚然的恐怖场面而著称,她曾经四次荣获英国犯罪小说家协会的金匕首奖。她的主要作品有《我眼中的魔鬼》(*A Demon in My View*)、《真相的故事》(*A Fatal Inversion*)、《所罗门王的地毯》(*King Solomon's Carpet*)、《黑暗深处的眼睛》(*A Dark-Adapted Eye*)等。

贝里尔·班布里奇擅长创作恐怖和凶杀小说。她 11 岁时即开始模仿狄更斯的作品练习写故事。她最初出版的两本小说《与克罗德共度周末》(*A Weekend with Claud*,1967)和《木头的另一部分》(*Another Part of the Wood*,1968 年出版,1979 年作者又重写该书)就留有较明显的模仿狄更斯风格的痕迹。这两部叙述恐怖凶杀故事的小说并没有使她在文坛上引起足够重视,直到 1972 年她的第三部小说《哈丽雅特说》(*Harriet Said*,1972)问世。这部小说完成于 1958 年,实际上是班布里奇的处女作。《哈丽雅特说》也是一部以凶杀为主题的小说,主要描写了两个谋杀了母亲的女孩在澳大利亚的经历。班布里奇在这部小说中充分展示了自己的写作才华,小说的故事性极强,叙事手法以及悬念的充分运用和细节的丝丝入扣使作品具备了较强的感染力。

班布里奇 1932 年生于利物浦,是位多产作家。在 1967 年至 1980 年 13 年间连续出版了 10 部小说,其中不乏杰出之作并荣获重要文学奖项,《裁缝》(*The Dressmaker*,1973)和《到瓶子工厂游玩》(*The Bottle Factory Outing*,1975)都曾获布克奖提名,《受伤之时》(*Injury Time*,1977)荣获惠特布雷德文学奖。

小说《裁缝》和《到瓶子工厂游玩》是班布里奇最重要的两部作品。《裁缝》是一部现实主义风格的心理小说。作品围绕财产和凶杀这一古老主题展开,由于成功地塑造了老裁缝尼尔赖这样一个心理变态的怪人,细致剖析了女主人公瑞塔因为与姨妈尼尔赖生活在一起所受到的心理压力和恐怖感觉,所以使作品别具魅力,加上作者擅长营造阴森恐怖的气氛和设置各种悬念,更使作品的可读性大大增强。这部小说的出版为班布里奇赢得了众多读者。

《到瓶子工厂游玩》被认为是班布里奇的最佳代表作。它在主题和风格上与《裁缝》基本相同,而在叙事技巧运用方面更为娴熟,人物塑造得更为生动。班布里奇在写作这部小说时极为用心,她几乎写一章修改一章,直至满意为止。写这部小说花费了她半年时间,而写《裁缝》只用了八个星期。作品围绕一对英国姑娘弗雷达和布伦达展开,弗雷达热情开朗,大胆追求爱情,而布伦达则怯懦顺从,甚至有点神经质。弗雷达精心安排了一次郊游,然而,就在安排郊游的过程中,发生了一系列神秘事件,有人争吵,有人失踪,而热心的组织者弗雷达却被谋杀了。作品花了很多笔墨来描写布伦达在弗雷达死后的各种恐怖和迷惘的感觉,她常常有意无意地和弗雷达互换角色。人物在心理上互换角色所获得的奇异和困惑感,正是班布里奇在这部小说中力图揭示的主题,她试图表现出人物自我认识与自我欺骗之间以及幻想与现实之间的冲突。班布里奇在其后几部小说如《甜蜜的威廉》(*Sweet William*, 1975)中仍继续着这一主题的挖掘。

班布里奇的小说多以情节的曲折离奇、场景的千奇百怪为主要特点,往往被列入娱乐性作品,班布里奇也因此想尝试一下非恐怖小说的创作,1976年出版了自传体小说《平静的生活》(*A Quiet Life*, 1976)。作品以她的家庭为聚焦,剖析了家庭成员之间的关系和心态。1978年在美国出版的《年轻的阿道夫》(*Young Adolph*, 1978)也是一部传记体小说,记叙了阿道夫·希特勒年轻时鲜为人知的一段轶事。《平静的生活》在评论界颇受赞誉,认为她能把传记体小说写得如此生动耐读,殊为不易。《平静的生活》既富有戏剧性,也提出了一系列令人深思的有关人类生存的问题。在喜剧化的语言表象下,班布里奇把这部小说写成了一部悲剧。小说以大哥艾伦回忆的方式,叙说第二次大战期间他们一家的生活。读者很容易发现艾伦的叙述不过是自我欺骗,他只记住令人愉快的,或他愿意记住的,或是他能够接受的事情,而事实上,家庭的生活状况和家庭成员之间的关系却被痛苦扭曲得令人窒息。作品最终摆在读者面前的选择是,要么像幼年的艾伦那样战战兢兢生活在恐惧之中,要么像成年后的艾伦那样以自我欺骗换取"平静的生活"。

班布里奇的小说也被称为"小小说",因为她的长篇小说往往篇幅并不长。这是班布里奇的语言特色之一,简洁利落,精练准确,点到为止,留下很多空间让读者凭借想象和推理去填充。但班布里奇并不因为篇幅短而放弃对细节的描写,她的叙事风格可谓简中有繁,繁简相宜,节奏掌握得恰到好处。尽管如此,班布里奇也曾尝试把作品写得长一些,视角放宽一些,背景更深一些。她 80 年代的作品《冬季花园》(*Winter Garden*,1980)就是对厚重风格的尝试。[①]

20 世纪中叶以来,英国致力于犯罪题材小说创作的女作家在继承古典犯罪小说传统的同时,也开创了这类小说的新风范。悬念的设置和丝丝入扣的推理演绎在这些女作家手里显然已经驾轻就熟,从中可以看出这些英国女作家的非凡智慧。但她们的作品并未止步于严密逻辑的推理游戏,而是将笔端深入到人性的最隐秘处,将笔墨挥洒到广阔的社会历史场景中,揭露人性的丑陋和社会的凶险,在内容上尽可能地拓展知识领域,解密悬疑往往需动用数理化知识,还涉及犯罪心理学、解剖学和法医学等。她们在写作技巧上也寻求创新和突破,她们的作品在结构上比阿加莎·克里斯蒂等古典推理小说家的小说更为立体、复杂,情节更为曲折,叙事手段也并不拘泥于传统线性叙事,而是融合意识流、拼贴叠加和闪回等新颖叙事技法,画面感和动作感更强,语言节奏更为明快,想象力的发挥也更为恣意,巧妙地将虚构和真实进行无缝衔接,将未来、历史与现状交融在一起,令读者目不暇接,荡气回肠。她们在作品中塑造了一批智勇双全的女性形象,她们独立而自信,不再是男性的依附,显示出了充分的智慧和勇气。这些因素使英国女作家的悬疑小说散发出强烈的智性魅力。

二、通俗哥特与严肃寓言

哥特式小说是悬疑小说的一种,也是具有典型英伦风格的小说。一般认为哥特式小说起源于英国作家贺拉斯·沃波尔(Horace Walpole,1717—1797)的

---

① 班布里奇的其他作品还有《特大冒险》(*An Awfully Big Adventure*,1989)、《过生日的男孩们》(*The Birthday Boys*,1991)、《人人为自己》(*Every Man for Himself*,1996)、《乔奇少爷》(*Master Georgie*,1998)、《根据奎尼》(*According to Queeney*,2001)、《穿圆点花纹裙子的女孩》(*The Girl in the Polka-Dot Dress*,2008)等。

小说《奥托兰多堡》(*The Castle of Otranto*)，该小说所凸显的恐怖、神秘和超自然元素等鲜明特征成为哥特式小说的标志，沃波尔也因此被称为哥特式小说的鼻祖。"哥特风"往往指的是哥特式小说或小说中富有哥特元素。继《奥托兰多堡》之后，三位才华横溢的英国女作家凭借其作品呈现的浓郁哥特风，确立了哥特式小说的模式，引发了哥特式小说创作热，将英国乃至整个欧洲的哥特式小说创作推向了兴盛。这三位在哥特小说史上具有代表性的英国女作家是：克拉拉·里夫(Clara Reeve，1729—1807)、索菲娅·李(Sophia Lee，1750—1824)和安·拉德克利夫(Ann Radcliffe，1764—1823)。作为对《奥托兰多堡》的超越性模仿，克拉拉·里夫的《英国老男爵》(*The Old English Baron*，1778)对很多偏爱哥特风的英国女作家的创作产生过影响，比如玛丽·雪莱(Mary Shelley，1797—1851)的《弗兰肯斯坦》(*Frankenstein*，1818)。索菲娅·李的《幽屋》(*The Recess*，1783)和安·拉德克利夫的《森林罗曼司》(*The Romance of the Forest*，1791)、《乌多芙堡之谜》(*The Mysteries of Udolpho*，1794)也都在欧美哥特式小说史上占据极有影响的重要地位。20世纪以来，仍然有一些英国女作家执着在小说创作中彰显哥特元素，并取得令人瞩目的成就，比如安吉拉·卡特(Angela Carter，1940—1992)和J. K. 罗琳(J. K. Rowling，1965—   )。

　　哥特式小说因其情节氛围紧张刺激、叙事行文追求可读性和娱乐性，因而往往被归入通俗小说一类。但在英国女作家安吉拉·卡特看来，"写小说既是为了娱乐，在某种意义上，也是教育""对于我来说，写故事和揭示真理是一回事，是用文学的语言来表达某种观点"。① 卡特认同小说的娱乐价值，但同时又认为文学应承担启蒙使命，使读者在娱乐中获得对现实生活有某种启迪意义的东西。基于这样的文学思想，卡特在小说创作中充分运用象征、隐喻以及改编民间传说等手法，创作了一系列寓言式小说。她的作品在直观上娱乐性明显，融入大量哥特元素，充满灵异鬼怪，氛围阴森恐怖，情节荒诞离奇，而作者的深刻寓意往往含而不露，有待读者自己去咀嚼感悟。她的小说也因此被称为带有哥特风的寓言小说。

　　卡特曾就读于布里斯托尔大学，主修英语和中世纪文学。在此期间，她广泛

---

① Lorna Sage, *Angela Carter*, *Contemporary Writers*, Book Trust, The British Council, 1990, pp. 2 - 4.

阅读了有关心理学、人类学、社会学等方面的著作,为日后的创作奠定了基础。毕业后她完成了最早的三部作品,在英国文坛上崭露头角。卡特于 1966 年发表了她的第一部小说《影舞》(*Shadow Dance*),1967 年推出了第二部小说《魔幻玩具铺》(*The Magic Toyshop*),这部作品荣获了约翰·卢埃林·里斯奖,1969 年她的第三部作品《数种感觉》(*Several Perceptions*,1968)又荣获萨默赛特·毛姆奖,同年她又出版了另一部小说《英雄与恶徒》(*Heroes and Villains*,1969)。

20 世纪 60 年代末 70 年代初,卡特曾在日本访学两年,其间发表的作品《霍夫曼博士的魔鬼欲望机器》(*The Infernal Desire Machines of Doctor Hoffman*,1972)并未以日本为素材,但在稍后出版的短篇小说集《烟火》(*Fireworks：Nine Profane Pieces*,1974)中却可觅到一些她在日本生活的影子。70 年代后半期,她曾一度是谢菲尔德大学创作研究员,80 年代初任美国布朗大学写作专业的客座教授。她在这一时期的重要作品还有长篇小说《爱》(*Love*,1971)、《新夏娃的激情》(*The Passion of New Eve*,1977)、《马戏团之夜》(*Nights at the Circus*,1984),短篇小说集《染血之室》(*The Bloody Chamber*,1979)和《黑色维纳斯》(*Black Venus*,1980),其中《马戏团之夜》荣获詹姆斯·泰特·布莱克纪念奖。安吉拉·卡特于 1992 年去世,去世前出版的最后一部长篇小说是《明智的孩子》(*Wise Children*,1991)。另有两部短篇小说集是在她去世后出版的,它们是《美国鬼魂与旧世界奇观》(*American Ghosts and Old World Wonders*,1993)和《焚舟记》(*Burning Your Boats*,1995),其中《焚舟记》可谓卡特短篇小说全集,汇编了她的 42 个短篇,包括了《烟火》《染血之室》《黑色维纳斯》《美国鬼魂与旧世界奇观》和《别册》五个集子中的短篇故事。

卡特对采集民间传说和收集神话故事具有特殊兴趣。她说:"很久以前的那些神话故事、谋杀事件以及诗人们的生活都深深地吸引着我。"①她到过不少边远地区,写下了大量游记杂文,收集了许多民间传说,把这些素材经过改编和文学加工,揉入她的小说创作中。在她的长篇小说中,这些素材表现为诡异的意象和怪诞的情节,使作品充满神秘色彩和阴森气氛。而在她的短篇创作中,这些经过文学加工的素材被卡特构造成一种新颖文体,既不是小说,也不是传奇故事,而是一种介于小说与传奇之间的独特再创作。她在《老夫人们的童话故事》

① Lorna Sage, Angela Carter, *Contemporary Writers*, Book Trust, The British Council, 1990 pp. 2 - 4.

(*The Old Wives' Fairy Tale Book*，1991)前言中说，民间传奇是一种口头的非正式文化形式，而她写的故事则是纯文学的。丰富的民间文学素材成了卡特小说创作的基础，也是她展开丰富幻想的灵感之源。

卡特的第一部小说《影舞》讲述了一个谋杀故事，它发生在一家专门收藏维多利亚时代古董的老古玩店。阴森森的充满陈腐气息的店堂、荒芜的被废弃的小屋、用油布裹着的尸体等等，这些场景的渲染使卡特的小说初登英国文坛即被冠以哥特式小说的称号。小说通过把场景渲染得古旧来映衬出人物的陈腐气息，使这个发生在当代的故事看起来如同一部古典哥特式荒诞剧，而小说结尾的模棱两可，则留下令读者玩味不已的空间。

卡特的第二部小说《魔幻玩具铺》也是一部荒诞剧式的小说。在这部小说中，作者除了保留《影舞》中那种魔术般变幻无穷、稀奇古怪的素材，还着力于挖掘人物的内心世界。小说描写了三个孤儿，他们被送到从未谋面的叔叔家里寄养，瞬间从一个舒适的中产阶级家庭来到了一个肮脏陈腐的阴森森的玩具店，这一生活境遇的骤变对于三个孩子来说不啻是穿越了时间隧道而来到了另一个世纪——似乎是哥特风盛行的中世纪。随着情节发展，小说着重描写少女梅拉尼的心理活动，她试穿母亲结婚礼服时所产生的幻觉等内心世界的变化被细腻地呈现出来。小说还表现了现实与虚幻、理性与非理性的冲突，充满丰富的象征和隐喻，是卡特较为成功的作品之一。

卡特的《影舞》和《魔幻玩具铺》已初步显示出她作品所独具的特色，那就是哥特风再加艺术处理过的民间传说、神话或童话，并赋予深意，以"古"讽今。这些特色在她第三部小说《数种感觉》中表现得更为明显。在《数种感觉》中，主人公约瑟夫自杀未遂，被强制拉回了现实世界，却发现这是一个完全颠倒错乱的世界：音乐大师用虚幻的小提琴进行演奏，富有的老妪被人称作姑娘，昏迷在床的人聆听着 20 世纪 30 年代的歌曲……这一切又在一次圣诞晚会上被奇迹般地扭转了过来。小说在直观上给读者的感觉似乎是正在上演的一出童话剧般的卡通片，又仿佛有一位魔术师正在舞台上大变戏法，所有人物和情节都成了这位魔术师手中的道具和玩物。这个寓言故事到底讽喻什么，有着怎样的深刻意蕴，恐怕正如小说题目所示，不同的读者会有数种不同的感觉。

20 世纪 60 年代末 70 年代初，卡特的生活发生了一些变化——与出版商海涅曼关系破裂，与丈夫的感情也出现了裂痕。《英雄与恶徒》是她与海涅曼合作的最后一部书。这是一部科幻小说,描写的是未来某个世纪发生的事,但书中未来世界之阴森恐怖仍将读者拽入了哥特小说的氛围。它也正像许多哥特小说一样着重描写了潜藏在人类文明表象下的非理性或野性的冲动。这部小说完成后,卡特离开英国去了日本。

日本文化留给卡特印象最深的是,这个民族似乎默认存在与本质之间没有区别。在短篇小说《一件日本纪念品》(收入短篇小说集《烟火》)中,卡特通过日本人对镜子的态度表达了她的这种看法。小说写道,传统的日本客栈里,镜子一般在不用时都被罩起来,因为如果不那样做,人们会很难分辩什么是真的,什么是影像。她在日本创作的长篇小说《霍夫曼博士的魔鬼欲望机器》也着重表现了对现实世界与幻像或虚幻世界之间关系的某种思考。

20 世纪 70 年代中期是卡特创作的探索期,也是她创作的低谷,这一时期,除了以日本生活经历为素材写的短篇小说集《烟火》之外,她几乎没有发表过长篇小说。直到 70 年代末 80 年代上半期,她才又重整旗鼓,发表了一些不同凡响的作品,其中最为出色的当属长篇小说《马戏团之夜》和短篇小说集《染血之室》。

《马戏团之夜》以一位既充满好奇又带有偏见的记者杰克采访马戏团空中飞人表演者女艺人菲弗斯开场。这位记者起初用大众媒体表现女艺人的陈规俗套去想象菲弗斯,试图打探一些有关菲弗斯的隐私以哗众取宠,他仅仅把她作为某种标识符号去认识,而没有把她当作人类中的个体去了解。然而随着情节发展,杰克逐渐了解到这些马戏团女艺人内心中蕴藏着的巨大痛苦,她们强烈渴求被当作人而不是物。杰克最后改变了写作初衷,想通过他的笔,真实记录那些默默无闻、很快被人忘却的女艺人们的历史,记录她们的鲜明个性、她们的悲哀和情怀。小说重点呈现了三个意象。第一个意象是"圆形监狱"(如马戏表演场)。这种空间结构的看守房在圆的中央,是一间圆形带窗子的小屋,它可以环视圆周上任何一间"监室",而"囚犯"既可以彼此看到对方,也都能看到看守。小说以此象征一个以男人或强权为中心的世界,而四周"关押"的女艺人只不过被当作小丑、畸形人或精神不正常者而被观赏或被取笑,她们从来没有被作为正常人看待过。小说借助"圆形监狱"这一意象,充分表现了马戏团女艺人被凌辱、遭歧视的境遇。第二个意象是菲弗斯的翅膀。菲弗斯是马戏团表演空中飞人的女演员,她长有一对真正的翅膀,她预言到 20 世纪末,所有被捆绑着手脚的女人都将像她那样拥有一对翅膀,帮助她们飞离苦难,飞离牢笼。翅膀使小说中的女人不再是弱者形象，它象征着女性所具有的某种超自然能力。第三个意象是任意转动的时钟。菲弗斯的翅膀对时钟有着非凡的魔力，时间在魔力作用下成为一只可随意转动的大转盘。世纪之轮在小说中随意转动，过去、未来、现在成了时钟上的任意一点。作品以此揭示出一个真理：在一个圆上的任意一点都既是起点又是终点。时空大转换是卡特小说创作中富有特色的意象之一，在她的另外两部作品《英雄与恶徒》及《新夏娃的激情》中也都有所表现。

《染血之室》是卡特根据民间传说改编的故事集，它在形式上与传说故事不同之处在于，作者已经把这些故事纯文学化了，并赋予这些故事某种特定的寓意或主题。《染血之室》中的故事主要表现了两方面冲突：一种是美好与野性的冲突，另一种是人类天性中人性与兽性之间的冲突。这部作品荣获切尔顿汉姆文学成就奖。卡特在世时出版的最后一部长篇小说《明智的孩子》写的是一对双胞胎姐妹朵拉和娜拉的离奇故事，小说保持了她一贯的创作风格，在神话般的氛围中探讨现实问题。短篇小说似乎比长篇小说更令卡特得心应手，戏谑模仿、拼贴混搭、互文性重写，这些令人炫目的叙事技巧在她短篇小说的创作中发挥得淋漓尽致。

总体而言，卡特的早期作品呈现出更为明显的哥特风，随着作者不断发挥丰富的想象力，作品不仅在时空转换方面设计新颖，手法大胆，而且在创造丰富意象方面也不断有所创新，使作品既带有浓郁的魔幻现实主义气息，也不乏科幻小说的某些技法特征。她充分运用所收集到的民间传说，把这些故事置于现代社会氛围中予以重写，赋予这些故事以新的意义和生命。卡特作品中奇特的意象和笔法使批评界很难把她的创作归入某一类文学传统或某一种现代思潮，魔幻现实主义、童话、寓言、科幻、哥特，都是又都不是。如果把20世纪英国女作家的创作分为两大类，一类是由简·奥斯丁开创的喜剧式社会伦理写实小说，另一类是以勃朗特姐妹为代表的哥特风小说，那么卡特似乎应属于后者。然而，仅用哥特风来概括她的作品肯定是远远不够的，她的作品另有独到之处，它们总是游移在现实与幻想之间，古代与现代之间，改编与创作之间，伦理思考与娱乐之间，或许这就是卡特的创作在文坛上所占有的特殊位置。

在21世纪风靡一时的《哈利·波特》系列小说作者 J. K. 罗琳也是一位擅长在文字构建的魔法世界中讲述寓言故事的英国女作家。J. K. 罗琳本名乔安妮·罗琳（Joanne Rowling）。她1965年出生于英国格温特郡，曾就读于英国埃塞克斯大学,主修法语和古典文学。她的第一部小说《哈利·波特与魔法石》一出版便好评如潮,荣获英国国家图书奖儿童小说奖以及斯马蒂图书金奖章奖。之后她一发不可收,陆续推出了《哈利·波特与密室》《哈利·波特与阿兹卡班囚徒》《哈利·波特与凤凰社》《哈利·波特与混血王子》和《哈利·波特与死亡圣器》。罗琳构建的魔法世界充满寓意深刻的细节和意象,她也善于从童话故事和传说中汲取素材,再为这些素材插上想象的翅膀。她笔下光怪陆离的魔法世界和由巨型蜘蛛、狼人、巫师、人鱼等构成的族群世界,都是对现实世界寓言式的呈现。因此,她的小说不仅是给儿童看的童话,也是披着层层隐喻外衣、针对成人的严肃读物。它涉及政治、权力、种族和阶层歧视、平权、自由与专制等多重深沉主题。罗琳的小说多被改变成影视剧,从售书到影视到创意产品和旅游的一系列产业化操作为她带来了巨额财富,但与此同时,其文学作品的艺术性光彩在金光闪闪的财富映照下反倒有些黯然失色。

三、优雅哀怨的感伤哥特

兴盛于 18 世纪的哥特式小说也被称为古典哥特式小说。至 18 世纪末,哥特式小说逐渐演化成两个分支,即所谓的恐怖型哥特小说和感伤型哥特小说。恐怖型哥特小说的特点是聚焦邪恶的力量,注重营造小说神秘、恐怖的效果,而感伤型哥特小说虽然仍以荒原、古堡、废墟等为场景,气氛也同样阴森、神秘、充满悬念,但渲染的却是爱情、幽怨和感伤的情绪。感伤型哥特小说尤为女作家所青睐,在英国,除了古典哥特小说的代表作家安·拉德克利夫以外,19 世纪著名作家夏洛特·勃朗特和艾米丽·勃朗特姐妹也属于擅长这类感伤型哥特小说的女作家,她们创作的《简爱》和《呼啸山庄》稳稳地屹立于英国文学经典之列。这类感伤型哥特小说中的一些元素,诸如游荡着幽灵的老宅或古堡、暮霭缭绕的荒野、凄风苦雨的海滩以及笼罩在作品中的恐怖、神秘、情仇、咒怨和忧伤气氛,逐渐成为一种传统,被当代英国女作家融入到她们的小说创作中,无论这些小说是否被归入古典哥特式小说的范畴,可以肯定的是,那股感伤的"哥特风"确实从 18 世纪丝丝缕缕地吹到了当今,而且在达芬妮·杜穆里埃(Daphne du Mauier,1907—1989)、苏姗·希尔(Susan Hill, 1942—)和莎拉·佩里(Sarah Perry,1979—)这些才华横溢的女作家笔下绽放异彩。

感伤型哥特小说在 20 世纪在英国著名女作家达芬妮·杜穆里埃笔下再度企及巅峰，她创作的《吕蓓卡》(Rebecca)集哥特式小说的神秘恐怖与言情小说的缠绵悱恻于一体，具有非凡的感染力，深受世界读者的喜爱。

杜穆里埃长期居住在英国康沃尔郡，康沃尔海滩的荒凉景色和神秘气氛常常出现在她的作品中，以至她的作品有"康沃尔小说"之称。她出生于艺术世家，其祖父乔治·杜穆里埃是位歌唱家、漫画家，同时也是一位通俗小说作家，他创作的《特里比式毡帽》(Trilby，1894)曾风靡一时。其父亲杰拉德·杜穆里埃是位出色的表演艺术家和演艺经纪人，母亲也是演员。生长在这样一个艺术氛围浓郁的家庭，使杜穆里埃对艺术有着超凡感悟力。她幼时在巴黎接受教育，很小就对写作表现出极大的兴趣。回英国后，她的第一部作品，即短篇小说集《苹果树》(Apple Tree，1928)问世，而她的第一部长篇处女作则是《钟爱》(The Loving Spirit，1931)。在《钟爱》中，杜穆里埃已充分显示出其作品的哥特式小说风格，弥漫着浓郁的浪漫色彩与神秘气息。《牙买加旅店》(Jamaica Inn，1939)的问世使她声名大噪，小说不久被改编成电影，轰动一时。随后，杜穆里埃又推出了《吕蓓卡》(Rebecca，1940，又译《蝴蝶梦》)，小说因其构思巧妙、文笔优美而成为杜穆里埃最优秀的作品，一版再版，重印达数十次之多，并被翻译成 20 多种文字在世界上广为流传，由这部小说改编的电影也久演不衰。继《吕蓓卡》之后，杜穆里埃又推出了一系列情节谲秘、恐怖凄婉的小说，如《征西大将军》(The King's General，1946)、《浮生梦》(My Cousin Rachel，1951)、《替罪羊》(The Scapegoat，1957)、《吹玻璃工》(The Glass-Blowers，1962)、《海滨住宅》(The House on the Strand，1969)、《不要在午夜之后》(Not After Midnight，1971)、《统治吧，不列颠》(Rule Britannia，1972)等。1952 年，杜穆里埃成为皇家文学会会员，1969 年被授予英国女爵士勋位。

《吕蓓卡》是杜穆里埃作品中最有影响的一部。小说以"虚""实"相间的叙事手法，围绕两位英国女性的生活，在荒郊的一处古老庄园，凄清冷寂的海滩，展开了充满神秘色彩的哀怨情愁故事。"虚"的人物就是吕蓓卡，因为她在小说开篇即已死去，只是在其他人的追述和回忆中半遮半掩地以碎片形式出现。然而，她却是一个无时不在的幽灵，冥冥中操纵着曼陀丽庄园的一切。另一位"实"的人物即小说的叙事者"我"，读者跟随着"我"将吕蓓卡的神秘面纱一层一层地慢慢撩开。随着小说情节的展开，吕蓓卡由一个漂亮能干的女主人慢慢暴露出她生活奢华、放浪形骸的另一面，以及她与丈夫之间貌合神离的虚伪婚姻，而叙事者"我"则由一个不谙世事的单纯女孩慢慢成熟起来，在努力驱除吕蓓卡阴影的同时寻找自己在曼陀丽庄园的位置。《吕蓓卡》的叙述语言颇为优雅，节奏缓慢，娓娓道来，却环环紧扣，引人入胜，用优雅的笔调叙述阴森恐怖的故事，在冷漠绝望的人群中展开缠绵悱恻的爱情故事，使《吕蓓卡》像一瓶味浓性烈的甜酒，在品尝中给人以强烈的感官刺激。小说以在场的"我"和德温特来烘托陪衬"不在场"的吕蓓卡，这种叙事手法颇为新颖别致，也使故事的悬疑感愈发浓烈。

由于"我"是叙事者，而吕蓓卡的声音在小说中是缺失的，所以她是被剥夺了话语权的人，是"我"（和德温特先生）眼中的客体或他者。"我"对吕蓓卡以及对德温特与吕蓓卡婚姻的视角，注定会对读者产生一定引导作用。小说中的"我"承载着一个灰姑娘的母题，因为"爱情"而嫁入豪门，脱胎换骨，在地位低下的"我"看来，英国中上层社会的德温特等人的生活可谓穷奢极侈，人与人之间的关系伪善虚荣，吕蓓卡生性放荡，生活糜烂，为人霸道强势。但明智的读者也许不会仅仅满足于"我"的视角和"我"的叙事，《吕蓓卡》作为英国经典小说，被批评界从各种角度不断解读，尤其是那位不在场、不发声的吕蓓卡，她显然为读者和批评家提供了更多阐释空间。吕蓓卡在小说中只活在人们口中，除了德温特先生，生活在曼陀丽庄园的大多数人都对她褒赞不已，尤其是女管家丹佛斯太太更是对吕蓓卡顶礼膜拜。在这些人眼中，吕蓓卡美丽洒脱，聪慧大方，精明能干，魅力无穷。这些赞赏无疑对"我"产生了极大压力，而德温特先生对吕蓓卡欲言又止的负面评价恰到好处地迎合并抚慰了势单力孤的"我"，于是在"我"的叙事中，光彩夺目的吕蓓卡和崇拜吕蓓卡的丹佛斯太太在小说结尾时都成了恶魔般的人物，而杀人嫌疑犯德温特先生成了值得同情的人。吕蓓卡究竟是怎样的人？她的内心世界如何？她在与德温特的婚姻中究竟体悟到了什么？她究竟是怎么死的？读者得到的是"我"以及德温特通过"我"转达的一面之词，真相随着吕蓓卡的死恐怕永远成谜了。小说《吕蓓卡》通过主人公吕蓓卡的"失声"和"我"作为叙事者在揭秘悬疑中的关键位置，凸显了叙事主体和叙事视角在建构真实方面的霸权。

吕蓓卡的形象在女性主义批评视域下也获得了新的生命。在女性主义看来，吕蓓卡是一位不畏男权、无视传统对社会性别角色约束的女权主张者和实施者。她凭借自己出色的管理能力和社交能力，将曼陀丽庄园打点得井井有条，她反抗男权社会对女性身体的霸权，而将自己身体的把控权掌握在自己手中，她的所谓放浪形骸也可以解读为女性对独立人格和身体自主权的觉醒。而所有这一切在德温特先生所代表的男权思想看来，是大逆不道的堕落，是对男权尊严的极大挑战。在小说中，德温特先生显然在两性婚姻关系中主张男性中心主义，他不能接受吕蓓卡的才华和独立，所以选择了没有多少才华和见识、性情温顺贤良的"我"，而"我"则接受了德温特先生"父亲"般的慈爱。《吕蓓卡》作为英国经典小说文本，不仅其悬疑值得反复玩味，其人物形象也留下了广阔的阐释空间。

苏姗·希尔的《德温特夫人》(*Mrs. De Winter*, 1993)是《吕蓓卡》的续篇，也是对吕蓓卡死因悬念的延宕。小说围绕丹佛斯太太和吕蓓卡的表兄费弗尔为吕蓓卡复仇、寻求真相、伸张正义的主题展开，小说中反复出现的句子就是"那个人（德温特）是凶手。他枪杀了吕蓓卡。他就是杀害自己妻子的人"。[①] 当德温特夫妇在国外漂流了十年，再次回到曼陀丽准备开始新生活时，费弗尔亮出了一个装着德温特先生谋杀吕蓓卡证据的袋子。这个证据袋在精神上彻底摧垮了德温特先生，致使他在一个狂风暴雨之夜驾车出行，最终撞树身亡。德温特先生之死似乎以"恶有恶报"的方式使丹佛斯太太和费弗尔所要的正义得到了伸张，但真相究竟是什么？随着德温特先生的死亡，不仅吕蓓卡的死因依然谜团重重，德温特先生自己的死因也成了一个谜。苏姗·希尔在《德温特夫人》中延续了《吕蓓卡》的神秘哥特风和虚实相间的叙事手法，表面看来叙事内容都是围绕德温特夫妇的生活、他们的心灵疗伤和夫妻关系的修复重建，此为实写，而丹佛斯太太和费弗尔的追凶复仇则为虚写，纯白的百合花圈卡片上斜斜的霸气落款"R"（吕蓓卡的首字母）、伦敦街头电话亭与费弗尔的偶遇、神秘的剪报等等，[②]这些着墨不多的碎片恰恰是营造小说恐怖悬疑气氛的关键元素。而那个最核心的不在场的主角当然仍旧是吕蓓卡。作为经典名著《吕蓓卡》的互文文本，苏姗·希尔的《德温特夫人》对经典表示了致敬，但由于延用了"我"的叙事视角，德温特先生父亲一般的慈爱和他所呵护的男权依然被"我"所仰视，遥远而陌生。吕蓓卡、丹佛斯太太和费弗尔依然是被剥夺了话语权的人，被隐没在叙事霸权的阴影之下。

杜缪里埃小说的主人公，无论在场不在场，多为女性，而且大多聪慧美丽、精

---

① 苏姗·希尔著，郑大民等译，《德温特夫人》，上海：上海译文出版社，1996 年，第 26、32、62、120、190、259 页。
② 同上，第 57、176、192 页。

明能干、独立自强,为女性主义视角的批评提供了丰富的解读潜能。如果说吕蓓卡在小说中自始至终只是一位不在场的主人公,那么《浮生梦》的女主人公瑞秋则是半虚半实,开场以"传闻""信件"等不在场形式出现,后来渐渐走到前场。而在杜缪里埃的传记体小说《玛丽·安妮》(*Mary Anne*)中,美丽强悍的女主人公就一直处于聚光灯的强光下了。小说《玛丽·安妮》以杜缪里埃的曾外祖母玛丽·安妮·克拉克为蓝本写就。出身低微的玛丽·安妮凭借自己的姿色和智慧俘获了无数男人,成为约克公爵情人,周旋于英国上流社会。为了争取自己和家人的权利和保障,她勇敢地站上议会证人席,不畏成为众人瞩目和耻笑的对象。小说《玛丽·安妮》写道:

> 站在证人席上的玛丽·安妮穿着用白皮毛镶边的浅蓝色绸衣裙,拿着白色的暖手筒,戴着白色的帽子和面纱,就像是去参加晚会一样,她那灿烂的笑容、微翘的鼻子和活泼的蓝眼睛,彻底征服了整个议会。①

她不仅搅乱了英国权力上层,也撼动了整个英国社会。在玛丽·安妮生活的19世纪,这样的女性形象绝对是与传统女性角色的定位相违背的。杜缪里埃小说中从来不乏作为强者的女性,她们或被杀害,如吕蓓卡和瑞秋,或遭到社会的谴责和抛弃,如玛丽·安妮,但她们都顽强地与命运进行着抗争。杜缪里埃在小说《玛丽·安妮》中写道:

> 不公平——男女之间总是不公平的。男人制定的法律是为他们自己服务的,男人爱怎么样就怎么样,女人却为此而遭罪。只有一个办法可以打败他们,那就是让你的才智赶上他们,打赢他们。②

这段话并非出自小说女主人公,而是出自作者本人。由此可见,杜缪里埃的女权思想并非不自觉的。杜缪里埃的小说乍读之下浪漫神秘,惊险离奇,但细究之下却寓意深刻。小说塑造的一系列女性形象所释放的女权思想,以及在怀旧感伤

---

① 杜缪里埃著,裴因译,《玛丽·安妮》,上海:文汇出版社,2018年,第298-99页。
② 同上,第38页。

气氛中流露的对衰败的大英帝国和一去不复返的英伦贵族生活的哀悼和缅怀都潜藏在字里行间。

杜缪里埃还写了其他一些惊悚与爱情杂糅的小说，如《法国人的港湾》（*Frenchman's Creek*，1944）、《威尼斯疑魂》（*Don't Look Now*，1973）等，但艺术水准和影响力都没能超过《吕蓓卡》。从总体来看，杜穆里埃带有明显古典哥特风格的小说写得比较出色，比如《吕蓓卡》《牙买加客栈》等，情节惊险曲折，优美的文笔与大自然美妙风光结合起来，使作品带有抒情和浪漫色彩，加之对人物心理的细腻刻画，作品又有言情小说那种酣畅抒怀、荡气回肠的魅力。一般认为，她的这类小说受到勃朗特姐妹的影响，尤其是《吕蓓卡》和《简爱》的互文效果较为明显，比如《吕蓓卡》中的"我"和德温特先生之间的阶层落差，类似于简爱和罗切斯特先生之间的阶层落差，恶魔般前妻的吕蓓卡类似于罗切斯特的前妻、阁楼上的疯女人，荒郊古堡中演绎的爱恨情仇，加之在两部小说的结尾都出现的那把将庄园付之一炬的熊熊烈火。杜缪里埃的确热爱和崇尚勃朗特姐妹的小说，她曾研究她们的作品和生平，并为她们姐妹写了传记，所以她自己的小说创作受到勃朗特姐妹的影响应是不可避免的，当然在语言风格上还是能品出这几位女作家的细微差异。

为《吕蓓卡》撰写续集的苏珊·希尔显然也是一位对哥特式小说感兴趣并擅长在小说中营造哥特风的作家。苏珊·希尔生于英国约克郡。她的处女作《围墙》（*The Enclosure*）于 1961 年出版，当时她年仅 16 岁。1963 年，希尔毕业于伦敦大学皇家学院英国文学系。1969 年，她的第二部作品《请帮助我》（*Do Me a Favor*）问世。尽管希尔本人对自己最初两部小说评价不高，但这两部风格奇特的小说毕竟引起了英国文坛对这位女作家的瞩目。希尔小说创作的旺盛期在 70 年代上半期，她几部出色的作品都是在这一时期问世的。从 1970 年至 1975 年短短六年间，她出版了五部长篇小说，分别是：《我是城堡之王》（*I'm the King of the Castle*，1970）、《奇异的会晤》（*Strange Meeting*，1971）、《看守人》（*The Custodians*，1972）、《夜鸟》（*The Bird of Night*，1972）和《一年之计在于春》（*In the Springtime of the Year*，1974）。

《我是城堡之王》的故事发生在荒郊一所潮湿阴暗的老宅里，小主人公埃德蒙的母亲死了，他和父亲约瑟夫住在这所阴暗的宅子里。女管家海伦娜有一个与埃德蒙同龄的儿子查尔斯。埃德蒙性格内向、行为怪僻，他拒绝查尔斯进入他家,不能容忍他人与自己分享这所宅子,更不能容忍别人闯进他的生活。于是,他便以恶作剧方式恐吓查尔斯。查尔斯在小说中被表现为一个可怜懦弱的孩子,整天生活于惊恐之中,无可奈何地忍受着埃德蒙的各种施虐。小说细致地描写了两个孩子阴暗的心理状态,一个以自我为中心,私心膨胀以至于发展成变态的虐待狂,而另一个则软弱胆小,成了变态的受虐狂。这两个孩子都很怪僻、孤独,从不与其他孩子来往,世界对他们来说是冷漠的,人与人之间隔着厚厚的、难以逾越的障碍。而对于查尔斯来说,埃德蒙的施虐令这个世界更加冷酷而恐怖。有一次,查尔斯逃到森林里并在那里过夜。出乎意料的是,这个阴森森、野兽出没的森林并没有使查尔斯感到害怕,相反他因为躲开了人的世界而获得了安全感,他觉得在森林里要比在人群中安全得多。小说结尾时,查尔斯跑到了森林里,并在那里结束了自己的生命。小说通过两个孩子扭曲阴暗的心理世界,折射出人与人之间关系的冷漠,以及人类在这种冷漠关系中的强烈孤独感和变态心理,而笼罩于整部小说的阴森恐怖气氛也无非是人类心灵世界的外在投射。《我是城堡之王》出版后获得了评论界的广泛好评,小说以精湛的心理分析和深刻的思想主题而成为一部难得的佳作。

《奇异的会晤》也是一部以孤独为主题的小说。主人公约翰生活在一个缺乏沟通、缺乏同情的家庭中,他痛苦地感觉到自己与家人之间很难相互理解,曾经亲密无间的姐姐也会变成陌生人,人情冷漠和世态炎凉使身为军人的约翰宁可回到战场上。然而,他发现与周围的士兵仍旧很难沟通,他始终像个局外人一样,孤单寂寞。热情豪爽的大卫成了约翰最亲密也是唯一的朋友。大卫的友谊使约翰感受到些许温暖,然而这温暖是那么有限,仅限于他们两人之间,而且这温暖又是那么短暂,终因大卫在一次激战中阵亡而消失了。大卫这个形象的塑造也许是作者苦心孤诣地试图在虚构世界里寻求人间温情,然而,这温情过于完美而难免失去了真实感,以至作者不得不安排他在战争中死去,把约翰和读者抛回冷冰冰的现实世界。

《夜鸟》是希尔另一部以孤独为主题的力作。在《奇异的会晤》中,希尔试图证明人与人之间只有在某种特殊情形下才可能有理解和友谊,在《夜鸟》中希尔继续着这一尝试。小说以一位老人哈维的回忆和日记,叙述了他与诗人弗朗西斯的一段友谊,他们的关系有点类似《奇异的会晤》中约翰和大卫的关系。哈维内向孤僻,弗朗西斯则聪颖而富有魅力。弗朗西斯是哈维生活中唯一的温暖。

小说通过渲染一种特殊的爱来映衬人间的冷漠。尽管在小说中弗朗西斯的形象过于单薄，缺乏一定的真实感和可信度，然而哈维这一形象却塑造得非常成功，作者把他的心理活动剖析得淋漓尽致，反映了生活在当代英国社会中的人们极具典型意义的心理状态。

希尔 70 年代的几部小说除了《我是城堡之王》外，大多并没有呈现明显的哥特风，而是以孤独为主题，表现主人公爱的缺失和内心对爱的强烈渴求。希尔把哥特小说的荒寂和阴冷搬到了人物的内心，那种孤独感和恐惧感正是哥特式场景在人物内心的折射。希尔 80 年代出版的小说《黑衣女人》(*The Woman in Black*，1983)显然回归了悬疑恐怖的哥特风，这股哥特风一直回旋在她 90 年代之后出版的几部小说中，如 1991 年出版的长篇小说《空气与天使》(*Air and Angels*)，1992 年出版的《镜中雾》(*The Mist in the Mirror*)以及 1993 年出版的杜缪里埃经典哥特风作品《吕蓓卡》的续集《德温特夫人》。此后，她又陆续发表了小说《云的服务》(*The Service of Clouds*，1997)、《男人出没的地方》(*The Various Haunts of Men*，2004)、《纯洁心灵》(*The Pure in Heart*，2005)、《黑暗的风险》(*The Risk of Darkness*)、《黑衣女人 2：死亡天使》(*The Woman in Black 2：Angel of Death*)、《灯塔》(*The Beacon*，2009)等等。这些作品大多呈哥特小说风格，不少被翻拍成了热播影视剧。

希尔是一位极有天赋的作家，她的小说很大程度上是凭借她出色的想象。她在小说中所呈现的自然景色和内心世界都饱含丰富意蕴。她的文笔穿透传统叙事的外壳，揭示出潜藏在人物内心深处的激流。她的小说曾荣获多项重要文学奖，如《我是城堡之王》获 1971 年毛姆奖，《夜鸟》获 1972 年惠特布雷德奖。

哥特风以其独特魅力成为萦绕在英国女作家笔下挥之不去的幽灵，也因为英国女作家的精美文笔和奇妙构思而从未沉沦于一般通俗小说的沼泽，反而成为傲娇地游荡于俗文学与纯文学边界的精灵，美艳又不失优雅。在 21 世纪英国文坛、在年轻的英国女作家手中，哥特式小说依然闪耀出奇异光彩，比如莎拉·佩里的《埃塞克斯恶蟒》(*The Essex Serpent*，2017)，[①]荒凉的海滩沼泽、薄霭浓雾笼罩下的怪兽和谜团、离奇的死亡和扭曲的爱情，这些熟悉的哥特元素弥漫在

---

① 该书 2016 年在英国初版时题为《恶蟒的尾巴》(*Serpent's Tail*)，2017 年在美国版改为《埃塞克斯恶蟒》(*The Essex Serpent*)。

整部小说之中。

《埃塞克斯恶蟒》写的是维多利亚时代的故事。女主人公珂拉是一位富有的寡妇,从大都市伦敦搬到偏远的埃塞克斯郡,遇见当地教区的牧师威尔,当时这个位于海滨的村庄正陷入巨大恐惧之中,传说中盘踞在沼泽地的邪恶怪兽埃塞克斯恶蟒又出现了,并且几起死亡事件似乎都是这条恶蟒所为。珂拉和威尔就像二元世界中完全对立的两极,男女性别的两极,城市乡村的两极,科学与宗教的两极……珂拉热爱生物学,她深信村民口中具有超自然力的恶蟒可能只是一种尚未被发现的物种,但牧师威尔却认为村民对恶蟒的深信不疑和恐惧是背离上帝信仰的表现。这两位处于似乎难以弥合的两极的人却不可抗拒地相爱了。二元世界的相互缠绕和撕裂在埃塞克斯海滨的薄霭迷雾中推进,既充满张力,也充满悬疑,而莎拉·佩里典雅精致的遣词造句又使作品弥漫着浓浓的维多利亚英伦风。"如果你喜欢神秘,喜欢维多利亚时代的英国,喜欢探索科学与宗教之间的紧张关系,你就会喜欢《埃塞克斯恶蟒》。莎拉·佩里唤起了读者第一次阅读简·奥斯丁或阿瑟·柯南·道尔爵士作品的体验,而这正是许多当代作家所追求的。莎拉·佩里的真正奇妙之处在于,她还赋予了那种回忆中的体验以一种新奇的声音。"①佩里的另一部小说《梅尔莫斯》(*Melmoth*,2018)也是一部哥特式作品,围绕罪与赎罪的主题展开。虽然小说背景是今天的布拉格,但读起来仍像是维多利亚时代的故事,文笔之精美典雅似乎到了无以复加的地步,令人称绝。这部小说也被认为是1820年哥特式小说《梅尔莫丝漫游者》中流浪犹太人神话的互文变体,不仅时代和人物被挪到了当今,而且佩里的文本中融入了一些《圣经》故事的元素,比如梅尔莫丝看到基督复活等。在《埃塞克斯恶蟒》中也有明显的《圣经》意象出现,比如男女主人公的第一次相遇,就是两人合力拯救一只在沼泽中濒临溺亡的羔羊。②《圣经》元素及其被用于小说中所包涵的丰富意象,增强了佩里小说的思想性,耐人寻味。

佩里1979年生于英国埃塞克斯郡,她于2012年获得了皇家霍洛威博士生奖学金,专攻创意写作和哥特式文学。《埃塞克斯恶蟒》出版以后,荣登《星期日泰晤士报》畅销书榜首,并荣获了各种奖项:2016年度水石图书奖、iTunes年度

---

① https://www.indiebound.org/book/9780062666376.

② Sarah Perry, *The Essex Serpent*, NY: Custom House, 2017, pp. 79 - 80.

图书奖、2017年不列颠年度图书奖、迪伦·托马斯奖、沃尔特·斯科特奖、威康图书奖、贝利女性小说奖等。她的另两部小说《我身后洪水滔天》(*After Me Comes the Flood*，2014)和《梅尔莫丝》也分别荣获2014年东安格利年度最佳图书奖和2018年观察家小说奖。佩里小说文笔之精美、意蕴之丰盈令读者和评论界折服。这位才华横溢的年轻女作家再次向世人证明，哥特式小说也可以是典雅的纯文学。

其实，哥特式小说的元素或标志与其说是古堡、废墟、古玩店等实体场景，不如说它是一股风，一股阴森森的风，既不知何来，亦莫名所往，回旋穿越在小说文字建筑的隐秘缝隙和幽暗拐角处，看不见摸不着，却能让读者全身心地真切感受到这股风正一阵阵从脑海心间拂过，令人凛然，令人回味，令人深思。这才是哥特式小说的真正魅力。

无论是以推理见长的侦探小说，还是注重营造阴森恐怖氛围的哥特式小说，抑或深奥的观念小说，如默多克的《独角兽》，英国女作家笔下常常洋溢着或浓或淡的英伦哥特风：刻板，冷峻，阴暗，可怖，"它就像曼陀丽——灰白暗淡，令人生畏，不可抗拒，秩序井然"，然而，它又不可抵挡地透出"协调和谐，寂静无声"的优雅和高贵。①

---

① 苏珊·希尔著，郑大民等译，《德温特夫人》，上海：上海译文出版社，1996年，第124页。

第五章

文化内外：家园想象与身份建构

英国女作家在宽泛概念上不仅涵盖居住在英国的女作家（包括移民作家），还涵盖英联邦国家比如印度、孟加拉和加拿大等地的英语作家。20世纪中叶以来，英国文学由白人作家一统天下的局面被打破了，移民作家和英联邦国家作家在英语文坛上大放异彩，纷纷问鼎诺贝尔文学奖以及布克奖、橙奖、惠特布雷德奖、詹姆斯·泰特·布莱克奖等重要文学奖项，获奖者中不乏成就斐然的女性小说家，如纳丁·戈迪默（Nadine Gordimer，1923—　）、扎迪·史密斯（又译查蒂·史密斯，Zadie Smith，1975—　）、莫妮卡·阿里（Monica Ali，1967—　）、阿妮塔·德赛（Anita Desai，1937—　）和基兰·德赛（Kiran Desai，1971—　）等。她们的作品聚焦跨文化生态环境中的跨文化人，用细腻的笔触展示跨文化人的身份焦虑，以及生存在异质文化间性空间中无所归依的流放感。这些作品不仅以塑造了一群游移在不同民族文化边界的跨界人物而丰富了传统英国文学中的人物形象，也以富有英联邦国家民族特色的语言和艺术风格为英国文学传统输入了新鲜血液。

一、近在咫尺却遥不可及的"家园"

对于民族归属感的困惑似乎一向是具有跨文化经历的作家的创作主题，这种归属感既是身体上的，也是精神上的。身在英国，但生活的环境却仿佛是一块不属于英国的异族飞地，完全没有"家"的感觉，而遥远的或从未踏足过的所谓

"母国"，却只存在于回忆或想象中，"家园"成了一个遥不可及的虚幻概念。英国女作家莫尼卡·阿里在她的成名作《砖巷》（*Brick Lane*，2003）中，就深刻地揭示了这一主题。

莫尼卡·阿里生于孟加拉国首都达卡，四岁时移居英国，曾就读于牛津大学，主修哲学、政治学和经济学。阿里以处女作《砖巷》在英国文坛一炮走红。《砖巷》是关于英国孟加拉移民的故事，记录了孟加拉农村女孩纳兹奈恩移民英国以后的生活经历和心路历程。《砖巷》出版以后获得了读者和评论界的广泛好评，接连获得橙奖、布克奖和卫报处女作奖的提名奖。《砖巷》精装本仅在英国就销售了 15 万册，平装本首次印刷数就达 25 万册，并被翻译成 25 种文字，持续 46 周名列畅销书榜首。这对于一位初涉文坛的年轻女作家来说殊为不易。

从《砖巷》的艺术成就来说，其成功很大程度上是因为阿里本人作为孟加拉移民对生活在英国的孟加拉移民了如指掌，所以在书写过程中轻车熟路，人物刻画入木三分。阿里的父亲是东巴基斯坦（现孟加拉）人，母亲是英国人。阿里的母亲，当年天真浪漫的英国姑娘，在英国的一次舞会上结识了阿里的父亲后，就毅然决然跟随他来到了巴基斯坦，尽管他们的婚姻遭到了双方家庭的反对。1971 年，印度和巴基斯坦之间爆发战争，巴基斯坦被印度肢解，东巴基斯坦独立为孟加拉国，他们不得不带着年仅四岁的阿里和她五岁的哥哥回到英国。阿里的父亲回英国后很长一段时间找不到工作，夫妻俩不得不经营着一家小杂货店以维持全家生计，直到阿里的父亲获得了历史学学位并谋取到一份教职，全家的处境才得以改善。阿里把父亲作为孟加拉移民在英国的艰苦历程以及自己作为孟加拉移民后代在英国的成长经历都融进小说《砖巷》中，以伊斯兰文化内部人的身份，向伊斯兰文化外的读者展示了一个他们并不熟悉但却近在咫尺的世界。

在阿里看来，写作就是一系列冲突，既感到有很多内容要写，又担心过快地把太多内容都抛到纸上；既希望享有想象的自由，但又必须顾及叙事的进度、结构和节奏等因素。此外，除了自由想象和篇章结构之间的冲突，作家在写作中还要经历情感冲突，当作家写到令她/他痛苦万分的情节时，还需保持清醒的头脑。[1] 就《砖巷》的写作而言，阿里所经历的主要冲突也许来自于她对自己民族既爱又恨的复杂情感。

---

[1] Marianne Macdonald, *My Year as a Star*，http://www.telegraph.co.uk/arts/.

《砖巷》的女主人公纳兹奈恩因为婚姻来到了伦敦。这是一场基于媒妁之言的婚姻,丈夫查努也是孟加拉移民,不过比纳兹奈恩更早些时候来到英国。查努费尽周折娶一位土生土长孟加拉女孩的目的,不仅因为她单纯,更因为她就是故乡的象征。他们住在伦敦的塔村,这里就像是连接孟加拉与英国的交接点,生活在这里的孟加拉人并没有完全脱离自己的民族文化氛围,他们沉浸在记忆中的孟加拉式生活习俗中,相互分享记忆中的孟加拉文化,用民族语言交谈,享用带有"家乡"口味的饮食,交流来自"家乡"的信息。正如查努所说:

> 我们这里的大多数人都是锡尔赫特人,他们之所以都抱成团儿,是因为大家都从同一个地区来的。在村子里的时候他们就彼此认识,他们来到塔村后,就以为又回到村里了。①

但另一方面,生活在伦敦塔村这块伊斯兰文化"飞地"中,他们又无法摆脱伦敦的英式文化影响,他们不得不学习英语,熟悉大都市伦敦那庞大复杂的交通系统,否则,就如纳兹奈恩第一次离开住处时那样,分不清东南西北,语言不通也无法问路,只能晕头转向地迷了路。他们所生活的塔村,实际上是孟加拉移民在英国所处文化位置的写照,即介于伦敦与孟加拉之间,既是伦敦,又是孟加拉,但又都不是。他们一方面以孟加拉人的眼光来评判英国文化,另一方面又以英国人的眼光来评判孟加拉文化。当他们回顾自己本民族文化时,有时难免带有批判眼光,《砖巷》有很多处以调侃的语气对孟加拉人及其文化习俗进行了无情批评:"散布谣言是我们民族的娱乐"。② 塔村这个不同民族文化交汇的杂糅空间使得孟加拉移民获得了观望自身民族文化的优势。当然,文化杂糅空间在令孟加拉移民获得一种游移跨界于两种文化的自由状态的同时,也难免使他们处于无所归依的迷惘状态。

《砖巷》在总体结构上是一部二重唱式的小说。小说场景通过表现纳兹奈恩和她妹妹哈西娜的生活,在孟加拉达卡和英国伦敦之间往返穿梭。作者实现时空转换的手法是多重的,而其中主要手法是哈西娜的信以及纳兹奈恩的意识活

---

① 莫尼卡·阿里著,蒲隆译,《砖巷》,北京:人民文学出版社,2003 年,第 20 页。
② 同上,第 18 页。

动。小说开篇场景是 1967 年的孟加拉农村,是纳兹奈恩出生的场面。然后场景一下子跳跃到 1985 年,伦敦塔村。"这 18 年的空白,则是通过倒叙——女主人公的意识活动——用一个个生活片断陆陆续续织补起来的。这样,故事和叙述两个时序的基本对应,加上预叙、倒叙的穿插,使故事在大江大河一般奔流入海的过程中,回旋跌宕,气象万千。"①而哈西娜的信就像纳兹奈恩伦敦生活的伴奏,虽然不像主旋律那样清晰,却也将达卡这个发展中国家正处于现代化过程中的城市,以断续切入的音调与纳兹奈恩的伦敦生活构成了协奏。哈西娜的信使得纳兹奈恩心中的孟加拉不像查努的那样虚无飘渺,如果说查努心中的孟加拉只是一种象征、一种概念、一种美好想象,那么纳兹奈恩的孟加拉则是她妹妹生存的地狱,对于纳兹奈恩来说就像周围的空气那样真实。这就是为什么最终她选择留在英国,而查努选择回乡。通过哈西娜的书信,阿里让读者逐渐明了:查努所回归的只是想象中的"家园"而已。

《砖巷》关注的焦点在于几种文化差异:城乡文化差异、民族文化差异以及不同阶层的文化差异。哈西娜和纳兹奈恩离开农村来到了城市,这是现代社会城市化过程中的典型经历。哈西娜到了达卡,她所面对的是城乡文化差异和阶层差异。而纳兹奈恩则走得更远,她到了伦敦,除了面对城乡和阶层差异之外,还必须面对民族差异。小说用细腻的笔调,令人信服地向读者展示了纳兹奈恩是如何一步一步从一个穿着纱丽、不会说英语、一出门就在伦敦大街上迷路、每天的生活就是伺候丈夫、为丈夫挖脚上鸡眼的孟加拉女性,变成了一个大胆追求婚外恋情、靠接外包工挣钱、最终在滑冰场上飞旋起舞的新女性。当丈夫查努欢天喜地准备带领全家回到朝思暮想的孟加拉故乡时,纳兹奈恩毅然决定同两个女儿一起留在英国。

阿里在《砖巷》中成功地塑造了一群生活在英国伦敦的孟加拉女性移民形象。除了纳兹奈恩,给读者留下深刻印象的还有伊斯兰太太、拉齐娅和拉扎德太太,她们都比纳兹奈恩在英国居住的时间更长。伊斯兰太太在小说中自称是"新派"人物,她说:

> 我不是老派人物……我不穿穆斯林蒙面长袍。我把纱巾藏在心里,这

---

① 莫尼卡·阿里著,蒲隆译,《砖巷》,北京:人民文学出版社,2003 年,第 9 页。

是最重要不过的事情。再说,我有开襟羊毛衫、防寒服、裹头的围巾。但如果你跟这种人混在一起(指土耳其人、英国人、犹太人),即便他们是体面的人,你也得放弃你的文化,接受他们的文化。①

纱丽在小说中具有一定的民族文化象征意义,它象征着伊斯兰文化对女性的社会性别设定。伊斯兰太太虽然不穿纱丽,但仍把纱丽藏在心里,而且认为这是最重要的事。拉齐娅则比伊斯兰太太更远离孟加拉文化,她不仅不穿纱丽,并且声称永远都不会穿。她对穿着纱丽的孟加拉女性不得不迈小鸟那样的碎步十分厌烦,她"穿着绘有米字旗的上装,下面是宽松的长裤"。② 对于拉齐娅来说,她要张扬的民族身份是米字旗所代表的"不列颠公民"。③ 阿扎德太太看待民族文化冲突和融合的态度较为理性,她认为对于移民来说,融合是唯一出路,而要融合就必须放弃一些旧的文化,接受新的文化。她指责一些从孟加拉移民到英国却依然保持孟加拉文化身份特征的女人,认为发生在她们身上的所谓移民悲剧都是她们自己造成的。因为她们"从头到脚裹得严严实实",只会说两个英语单词,成天坐在厨房里研磨调料。她认为这些人不想改变自己,却梦想社会为她们而改变⋯⋯那就是悲剧。④

男主人公查努是《砖巷》中塑造得非常成功的人物之一,作者阿里把对这个人物的怜悯和批判用尖刻嘲讽的笔法刻画得入木三分。查努自认为已经西化了,是知识分子,但吃起饭来"嘴里一下子塞很多,发出吧唧吧唧的声音"。⑤ 查努所崇尚的英国文化实际上是"英国文学",是莎士比亚等文学大师笔下的虚构世界,而不是真实的英国社会现实。而当英国社会的宗教矛盾和种族冲突日益激烈,一些极端分子谩骂伊斯兰教徒通过宗教和高生育率把英国变成伊斯兰飞地时,查努才开始真切地感受到无根的痛楚,才开始坐下来翻阅从来都不去碰的《古兰经》。因为当别人攻击他的根文化时,他才发现他其实对自己魂绕梦萦的根文化并不了解。

---

① 莫尼卡·阿里著,蒲隆译,《砖巷》,北京:人民文学出版社,2003 年,第 21 页。
② 同上,第 243 页。
③ 同上,第 244 页。
④ 同上,第 115 页。
⑤ 同上,第 23 页。

查努作为孟加拉移民，他一方面在英国受到白人歧视，另一方面又因为自己受过教育而看不起那些没有文化的孟加拉移民。因此，他对白人将孟加拉人视为一体颇为不满：

> 对白人来说，我们都一样：同一个猴群里的肮脏的小猴子。但这些（指没有文化的孟加拉移民）是农民。未受过教育。文盲。思想封闭。没有雄心壮志。……我不是瞧不起他们，可是你有什么办法呢？[①]

在小说中，查努和阿扎德大夫作为受过教育的孟加拉移民，对孟加拉农民移民进行了毫不留情的批判，认为他们都患着"回乡综合征"，"其实他们从来没有离开过家。他们的身体在这里，可是他们的心却在那里。再瞧瞧他们是怎样生活的：只不过在这里重新打造这些村庄罢了"。[②] 然而不幸的是，他们并不清楚自己同这些农民在对故土的眷恋方面并无二致。小说后半部几乎都围绕着查努从萌生回家乡的念头到为回家乡做准备而展开，显然他也患上了同那些农民没有本质区别的"回乡综合征"。而另一方面，女主人公纳兹奈恩却做出了截然不同的选择。在回家还是留在英国的问题上，小说详细剖析了纳兹奈恩的矛盾心理，追踪了她从思念家乡到最终决定留在伦敦的心理变化过程。查努选择了想象的"家园"，而纳兹奈恩选择了现实中的"家园"，虽然无论哪个家园都似乎近在咫尺而又遥不可及。

小说通过查努之口，对英国社会各种族阶层的结构和因此引起的心理效应做了深刻剖析，查努说：

> 正是威尔基那样的下层白人对我这样的人怕得要命。对于他，对于像他那样的人来说，我们是唯一阻挡他们完全滑到底层的东西。只要我们在他们下面，他们就在有些东西的上面。[③]

这段话对英国社会中的种族矛盾和阶层矛盾如何交织在一起进行了揭露，把爱德华·萨伊德的《东方学》和霍米·巴巴的《文化的位置》中所探讨的种族矛盾和

---

① 莫尼卡·阿里著，蒲隆译，《砖巷》，北京：人民文学出版社，2003年，第20页。
② 同上，第23页。
③ 同上，第30页。

阶层矛盾生动形象地展示了出来。通过人物对话对英国社会进行无情抨击是这部小说最精彩之处,常令人拍案称绝。

卡里姆在小说中扮演着精神或情感化身的角色。首先在纳兹奈恩的个人生活中,卡里姆是她向往的美好爱情的象征,是对她现实婚姻中所缺失爱情的补偿。纳兹奈恩在认识卡里姆之前,从来没有真正尝过爱情的美妙滋味,她出嫁前只看过一眼查努的照片而已,对这个比她年长许多、长着青蛙脸的男人,她一直耐心地等待着爱情会假以时日而渐渐产生,但爱情却始终没来。卡里姆是纳兹奈恩内心幻想的寄托,是纳兹奈恩生活中不为人知的隐秘一面。而对于卡里姆来说,纳兹奈恩则是一种民族象征,是一种民族"概念":"卡里姆是怎样看她的?真东西,他说。她是他的真东西。一个孟加拉妻子。一个孟加拉妈妈。一种家的概念。一种他在她身上发现他自己的概念。"①而对于纳兹奈恩来说,与卡里姆的婚外情则也是一种"英国做派"的体现,是她离开自己的民族文化传统而向"英国做派"迈进的一大步。

卡里姆在小说中也是孟加拉民族精神的化身。他在伊斯兰移民中扮演着民族代表的角色。他所从事的政治活动带有明显的民族斗争色彩。他以伊斯兰文明捍卫者的身份,向英国统治者争取维护民族文化的权利,而具有讽刺意味的是,他从来没有到过孟加拉,而且也并不打算离开英国回到孟加拉。在小说中,卡里姆的所有政治活动都是由纳兹奈恩作为旁观者来叙述的,作为叙事者的纳兹奈恩本人并没有卷入这场政治运动,她只是在同卡里姆的婚外情关系中获悉一些卡里姆政治活动的零碎信息。因此对于读者来说,卡里姆在政治活动中的角色就难免含糊不清,虚实难辨。

在阿里笔下,孟加拉移民应对文化冲突的方法表现为三种,一种是"逃",像查努那样收拾行囊回孟加拉。一种是苦干,努力融合,像阿扎德夫妇和拉齐娅那样,学英语,外出工作赚钱,毅然脱掉纱丽,把头发剪短,穿印有米字旗的汗衫。第三种方法就是"闹",像卡里姆和他的"孟加拉虎"组织一样,结果以失败告终。② 小说的结尾似乎为主人公选择了第二种方法,因为穿着纱丽的纳兹奈恩终于走上了滑冰场,而拉齐娅的那句话"可你不能穿着纱丽滑冰吧",③表明纳兹

---

① 莫尼卡·阿里著,蒲隆译,《砖巷》,北京:人民文学出版社,2003 年,第 472 页。
② 莫尼卡·阿里著,蒲隆译,《砖巷》,北京:人民文学出版社,2003 年,第 6 - 7 页。
③ 同上,第 546 页。

奈恩面临着两条道路的选择：一条路是脱掉纱丽，另一条路是放弃滑冰。拉齐娅的这句话尖锐地指出了在不同民族文化融合的过程中，不可能在完全不舍弃原有文化的情况下接受另一种文化。即便是那些带有民族象征意义的东西，在一定情况下，为了融合，也必须舍弃。

阿里的第二部小说《阿兰特茹蓝》(Alentejo Blue)于2006年出版。这部小说以与《砖巷》完全不同的面貌展现在读者面前，小说场景转向了葡萄牙南部阿兰特茹省的一个叫做玛玛罗萨(Mamarrosa)的村庄里。《阿兰特茹蓝》是一部与《砖巷》在结构和内容上有很多不同的作品。《砖巷》基本上围绕查努和纳兹奈恩的家庭及其社会关系展开，而《阿兰特茹蓝》的人物之间却没有紧密关联，唯一的关联就是他们都住在（或旅居在）玛玛罗萨村，因此，整部作品看起来更像一部短篇小说集。在小说中，有些人朝思暮想要逃离玛玛罗萨，但另一些人却觉得这里是一个远离纷杂世事的避难所。小说着重写了旅居在玛玛罗萨村的一些异国客，他们离乡背井，却在这里找到了宁静和快乐。贯穿小说的"回家"情结隐约可见，阿里试图表达的似乎依然是流放与归家的主题，只不过这个主题被松散的结构和零碎的叙事冲淡了，很难令读者聚焦小说叙事背后流淌的情思，那就是"家园"的想象和重置。小说涉及人物和线索众多，也许阿里想尝试营造一种更为复杂的立体叙事效果，但由于没有足够的篇幅支撑，人物描写不免流于肤浅，缺乏对人物内心的深入挖掘。而且，小说记叙的又都是生活中的平凡琐事，整部作品一直处于波澜不惊的平稳叙事之中，难免给读者留下平淡无奇的感觉。

《阿兰特茹蓝》中的每个故事都没有读者所期待的传统叙事手法中的所谓"结尾"。这也许是阿里尝试追求叙事的真实效果而故意回避有造作痕迹的结尾，但这种非传统的叙事手法在挑战读者阅读习惯的同时，对作者自己的叙事技巧也是一种挑战。如果缺乏精湛高超的叙事技巧，那么很难把握小说最终呈现给读者的艺术效果。也许《砖巷》作为处女作一下子达到了较高的艺术境界，而令读者和评论界对阿里的后一部小说怀有过多期待，《阿兰特茹蓝》虽然叙述语言带有诗情画意，描绘了一幅幅葡萄牙小镇的风情画，但在人物塑造和情节内容上显然比较薄弱。《阿兰特茹蓝》的创作灵感来源于阿里在葡萄牙度过的两周假期，因此素材本身带有游记性质。作为游客身份的阿里，在一个类似玛玛罗萨的葡萄牙小村仅仅住了短短两周，要写出一部对当地文化、人物都有深刻见解的作品，其难度可想而知。《砖巷》之所以成功，也是因为人物和故事都是作者所熟悉的甚至是几代人浸润于其中的生活环境和生活经历,所以写来得心应手,对问题的剖析深邃精辟。

阿里认为,写作归根结底是关注人类的弱点,写的是逐渐消失的记忆、闪烁其词、躲避、傲慢和懒惰。① 可以说,她的《砖巷》在揭示伊斯兰文化方面完美地体现了她的创作思想。《阿兰特茹蓝》虽然并不尽如人意,但值得赞赏的是,它毕竟是阿里在创作题材上走出本民族的狭隘局限并试图将笔端真正延伸到"人类"的有益尝试。

二、多元个体消解集体身份

多元文化视角所倡导的差异性和个体性,既是消解主流权威的武器,也是解构民族身份集体想象的手段,更为多元异质文化交叉空间中诞生新身份创造了机会。英国女作家扎迪·史密斯在她的小说《白牙》(*White Teeth*,2000)中,就通过呈现不同种族、不同阶层、不同信仰杂糅在一起的交叉空间,揭示了被集体身份想象和主流二元叙事淹没的个体是如何千差万别、千姿百态的。

扎迪·史密斯以处女作《白牙》在英国文坛一炮走红。《白牙》出版后即成为当年畅销书,受到国际英语文学界的好评,相继荣获当年的惠特布雷德处女作奖、英联邦作家处女作奖、《卫报》处女作奖、贝蒂·特拉斯克奖以及詹姆斯·泰特·布莱克小说纪念奖,并被《纽约时报书评》列为 2000 年度"十大畅销书"之一。《白牙》被翻译成 20 多种文字,并于 2002 年被改编成电视连续剧。2003年,扎迪·史密斯被《格兰塔》杂志列为 20 位最佳年轻作家之一。

扎迪·史密斯 1975 年出生于英国伦敦郊区的汉普斯特德,母亲是牙买加人,父亲是英国人。她自幼酷爱舞蹈和音乐,后来兴趣转向文学。曾就读于剑桥大学国王学院英语文学系。在剑桥大学读书期间,她的一些短篇小说作品发表在学生刊物《五月文选——牛津剑桥短篇小说》(*May Anthology of Oxford and Cambridge Short Stories*)上,如《镜盒》(*Mirrored Box*)、《报人》(*The Newspaper Man*)、《贝格姆太太的儿子和家庭教师》(*Mrs. Begum's Son and the Private Tutor*)和《野餐,闪电》(*Picnic, Lightning*)。这些短篇小说引起了

---

① Marianne Macdonald, *My Year as a Star*, http://www.telegraph.co.uk/arts/.

出版商的关注，并与扎迪·史密斯签约。《白牙》是史密斯在剑桥读书的最后一年，在出版界的关注和期盼下完成的。史密斯最终以她精湛的小说艺术征服了读者。

《白牙》的主题涉及广泛，它不仅表现了以伦敦为代表的当代英国社会存在的多元文化现状，以"白牙"为贯穿小说的主要意象，探究了多元文化氛围下不同民族不同种族人物的身份困惑，还通过小说人物对家族历史的追溯回访，向读者揭示了不同视角下历史呈现的不同面貌，尤其是移民史和战争史。《白牙》还涉及异族婚姻、科学道德以及英国国教、伊斯兰教、耶和华见证人教派、犹太教等宗教混杂现状。

《白牙》围绕三个文化背景迥异的家庭，讲述了几代人演绎的多元文化家庭传奇。三个家庭分别是：白人阿吉和比他小 28 岁的牙买加黑人女孩克拉拉的家庭；印度孟加拉移民萨马德和阿尔萨娜家庭；还有一个是德国和波兰犹太移民后裔沙尔芬夫妇的家庭。阿吉是《白牙》主人公中纯正的白人，在小说中多元种族构成的人群中，他却显得是个十足的"小人物"。他 17 岁时参加第二次世界大战，战争结束以后在英国很难找到合适工作，只能去当普通文员，还被炒了鱿鱼。第一次婚姻也不如意，在遇见黑人女孩克拉拉之前，他甚至准备自杀。虽然他在 47 岁时娶了 19 岁的克拉拉为妻，但在克拉拉眼里，他除了是个白人好人，并无其他可取之处，在婚姻关系中仍是个"小人物"，他"令人吃惊地烧一手好菜，但是浪漫与他无缘，激情，就更别指望了"。[①] 因此，"克拉拉并不爱阿吉，但她为了改变生活现状，宁愿向阿吉奉献自己"。[②] 扎迪·史密斯通过这对跨种族夫妇，不仅揭示了白人和牙买加黑人婚姻中存在的民族文化冲突，也揭示了他们之间的"代际"冲突。印度孟加拉移民萨马德的婚姻虽然也是老夫少妻，但却是包办婚姻，他们的婚姻并没有因为他们夫妇来自相同的文化背景而变得和谐，事实上，他们的婚姻因遭遇到其他各种非种族冲突问题也变得岌岌可危。如果说克拉拉属于那种厌恶自己的根文化而寻求身份变化的移民代表，那么，萨马德则代表民族意识极强的那一类移民，他念念不忘自己的根文化，深恐自己的儿子们在英国文化熏陶下"忘本"，于是他将双胞胎儿子中的一个，麦吉德，送到印度接受伊斯

① Zadie Smith, *White Teeth*, New York: Random House, 2000, p. 41.
② Ibid, p. 40.

兰文化教育。从此,他的两个儿子之间,不仅远隔物理距离,文化心理距离也越来越远。具有讽刺意味的是,在印度接受教育的麦吉德并没有像萨马德期望的那样继承伊斯兰文化传统,却反而成了西方文化的追随者和无神论者,他不认同所谓的东方神秘文化,潜心于科学研究。而留在英国接受教育的另一个儿子米拉特却成了伊斯兰文化传统的捍卫者。当然,米拉特所捍卫的所谓伊斯兰文化是虚幻的,是伊斯兰后裔在英国国土上借着乡愁想象出来的文化,事实上,米拉特对真正的伊斯兰文化根本不了解。沙尔芬夫妇是中产阶级知识分子家庭,马科斯是大学教师、科学家,终日忙于"未来鼠"的转基因科学实验,妻子乔伊斯是园艺家,对异花传粉和物种起源很感兴趣。这对夫妻所从事的科学研究工作在小说中具有一定的隐喻意义,正如后殖民理论家霍米·巴巴把移民在另一种非根文化氛围内的生存比喻为"传授花粉"一样,移民的生活实质上就是一种通过"嫁接"完成的"基因"转变过程。这种过程一方面是残忍的,所以沙尔芬的儿子乔舒亚作为狂热的动物保护主义者,强烈反对父亲对白鼠进行不人道的试验。但另一方面这种嫁接基因也为新事物的诞生提供了机遇。

小说标题"白牙"是小说的主要意象之一。女主人公克拉拉在小说中首次出现时,"咧嘴一笑却暴露了她的瑕疵。(牙床)上面竟然连一颗牙齿都没有"。[1] 在第二章,读者了解到,克拉拉这个在阿吉眼里最美的人原来长着一口龅牙,后来在与男友骑摩托外出时撞在树上,把龅牙撞掉了。克拉拉在结识阿吉以后,装上了一口整齐完美的白净牙齿,而这成了克拉拉"新身份"的象征。当克拉拉的女儿艾丽发现自己长有一口龅牙时,全然不知这竟是从母亲那儿遗传来的。作为牙买加黑人移民,克拉拉在成为"美人"之前曾经"丑陋"过。她用更换牙齿更换了她的外貌特征,然而却更换不了她的基因——女儿继承了她的龅牙。"牙作为意象,代表了根和过去。牙的丢失,表明过去一部分历史的丢失。"[2]克拉拉的身份因为牙齿的更换而发生了改变,她丢失了一部分"丑陋"的身份,而获得了"漂亮的"新身份——白人阿吉的妻子。正如小说中汉密尔顿向青年人解释不保养好牙齿的后果时说的那样,"如果你们的牙齿坏了……人们看你就和过去不一样"。[3] "牙齿"在小说中的隐喻意义极其丰富,它既代表受基因控制的家族

① Zadie Smith, *White Teeth*, New York:Random House, 2000, p. 24.
② 刘乃银,"扎迪·史密斯和她的处女作《白牙》",《当代外国文学》,2004 年第 3 期,第 137 页。
③ Zadie Smith, *White Teeth*, New York:Random House, 2000, p. 145.

遗传身份，又象征一个人的民族文化之根。它之曾经"丑"，暗示着人们并不完全认同自己的根文化，它之"白"，隐喻白人文化的霸权地位，它之"假/新"，又隐喻着身份可以通过改变生活环境而重新获得。扎迪·史密斯通过演绎牙齿的丰富象征意义，深刻揭示了多元文化背景下移民的生活和心理状态。

"交叉点"是小说《白牙》中的另一个重要意象。首先，它可以被看成是阶段性终点的象征：小说开篇时，男主人公阿吉正准备自杀。他的不幸婚姻刚刚结束，情绪低落，觉得人生走到了尽头。他本来准备选择克里克尔伍德大道自杀，但发现这个地点不合适，因为它不是一条路的终点，而是一个转折点，人们从这里转向其他方向的路。作者从空间意义上为读者展示了一个地理位置上的"交叉点"，详细解释了阿吉所认为的合适自杀的位置应该是某一条路的终点（或起点）。其次，"交叉点"也可以是时间意义上的。小说开篇，阿吉选择的自杀时间是：1975 年 1 月 1 日凌晨。这是过去一年终结和新一年开始的交叉点。扎迪·史密斯在小说开篇即从时间和空间上把小说人物和故事场景置于某个交叉点上，隐喻整部小说的人物和演绎的故事都处于"交叉点"上，或是不同文化的交叉点，或是不同时代的交叉点，或是不同阶层、不同信仰的交叉点。阿吉自杀未遂，偶然路过的一户人家的门上贴着"欢迎参加世界末日派对"，[①]他就走了进去。这个"末日"结果成了阿吉新生活的开端——阿吉就在这个派对上结识了年轻的克拉拉，不久克拉拉成了阿吉的妻子。黑人女孩克拉拉操一口加勒比口音很重的英语，她原来是虔诚的"耶和华见证人"信徒，在遇见阿吉以后，她的整个生活出现了转折——终结了某些生活内容又开启了另一些新的生活内容和方式，包括她的宗教信仰生活，"克拉拉为了阿吉的缘故放弃了教会和《圣经》"。[②]《白牙》所揭示的多元文化特征就是一种"交叉点"式的状态，一种由边缘构成的中心，由终点构成的起点。

对于种族和民族身份的探讨是《白牙》的重要主题。作者不仅通过"牙齿"表述了其所具备的身份隐喻意义，而且还通过小说人物的对话直接对这类问题发表了观点。譬如，关于白人是纯种英国人的问题，对波兰犹太裔的马科斯来说，"英国人"等同于白种人，白种人就是纯正的英国人，只有白人才是完美无瑕的人

---

① Zadie Smith，*White Teeth*，New York：Random House，2000，p. 16.
② Ibid.，p. 39.

种。而一直在思考孟加拉人文化身份的阿尔萨娜却在《读者文摘百科全书》中找到了这样的印证:孟加拉人是印度雅利安人的后裔,而印度雅利安人又是西方移民与土著居民混杂的后代。于是她得出的结论是,没有什么纯粹的人种,都是人种混杂以后的结果,因此,在今天的英国,所谓纯种英国人是不存在的:"在这个地球上,如果你一直向上追溯,找到一款正确的胡佛包要比找到一个纯种人、一种纯正的信仰要容易得多。你觉得谁是英国人呢? 真正的英国人? 那简直是天方夜谭!"①在小说《白牙》的第五章里有印度裔萨马德和阿吉在战争期间的一段对话,他们讨论了英国对于印度裔的偏见。萨马德恳求阿吉一件事,希望阿吉回到英国以后,听到别人议论印度人或指责印度人时,千万不要轻信,因为"那个被你们称之为印度的地方,有一千多个名称,有数以百万计的人口,如果你认为你能够在人群中找到两个相同的人,那你就错了"。② 在这里,作者通过萨马德的口表达了拒绝民族集体认同而追求个体存在价值的愿望。正如爱德华·萨伊德在《东方学》中所指出的,用一种固定的、想象出来的特性来概括整个伊斯兰文明是不公正的。即便在伊斯兰文明内部,还存在着丰富的多样性和差异性。阿吉说他的朋友萨马德一家"不是*那种*印度人"。这句话在《白牙》中重复了两遍。③ 同样,在阿吉心目中,"克拉拉也不是*那种*黑人"。④ 扎迪·史密斯在小说中特意用斜体来表示"*那种*",揭示了人们在种族认知方面的偏见,即习惯于把个体按照"种类"划分为种族或民族,并以这种集体身份想象作为身份标记。小说传达了这样的观点,身份政治就像一把双刃剑,民族身份作为一种身份文化的集体认同将扼杀每一个人的个体特性,使个性淹没在民族共性之中。

社会性别文化是《白牙》的另一个重要主题。小说塑造的几位来自不同文化、不同年代、不同种族、不同宗教信仰的年轻女性形象尤其出色,比如牙买加女孩克拉拉是一位反传统的女性,她背离了母亲的宗教信仰,不顾家庭反对嫁给了比她年长 28 岁的白人阿吉。阿尔萨娜经媒妁之言的包办婚姻嫁给了同样比她年长得多的萨马德,并随他一起移民到了英国。小说中还有一位移民女性是阿

---

① Zadie Smith, *White Teeth*, New York:Random House, 2000, p.236,中译文摘自:钱程,"试论扎迪·史密斯《白牙》对多元文化的探索",《外语研究》,2005 年第 6 期,第 78 页。

② Zadie Smith, *White Teeth*, New York:Random House, 2000, p.85.

③ Ibid., p.46.

④ Ibid., p.46.

尔萨娜在英国的亲戚尼娜。在《白牙》第四章，作者为这三位移民女性安排了一长段对话。尼娜和克拉拉因为在英国居住的时间比较长，所以接受了较多西方思想，尤其是女性主义思想。她们读过一些女性主义读物，如格里尔(Greer)的《女宦官》(*Eunuch*)，爱瑞卡·荣(Erica Jong)的《害怕飞翔》(*Fear of Flying*)，还有西蒙·波伏娃(Simone de Beauvoir)的《第二性》(*The Second Sex*)等。因此，她们认为夫妻之间应该有思想交流，妻子不应该安于没有发言权的"沉默"人设。而刚到英国不久的阿尔萨娜却认为婚姻中的男女无需交谈。"当你从像我们这样的家庭出来的话，你必须学会沉默。"①阿尔萨娜认为自己永远都不可能了解丈夫了，因为"你要从他那儿了解什么就好像想从石头里往外挤水一样"。②尼娜听了之后认为这是无法忍受的，"你怎么能忍受同一个不认识的人生活在一起？"③阿尔萨娜在某种程度上有点像莫妮卡·阿里《砖巷》中的女主人公纳兹奈恩，她们都是从伊斯兰国家移民到英国，对陌生的西方文化感到恐慌，阿尔萨娜看到电影中的裸体镜头都会大声尖叫并蒙住眼睛。但她在英国文化氛围内渐渐释放自己，像《砖巷》里的纳兹奈恩一样，也慢慢从恐慌到适应，并变得越来越自信。

《白牙》还通过不同人物展示了英国当代社会宗教信仰的混杂状态以及年轻一代的信仰危机。克拉拉的母亲霍顿斯，一个在 1907 年地震中出生的牙买加女人，一个相信世界末日会在 1992 年 12 月 31 日来临的人，是一位虔诚的"耶和华见证人"教派的信徒，她专注于信仰修炼，期望在耶和华见证会中找到心灵安慰。作为牙买加移民，霍顿斯坚持自己的根文化传统，对女儿克拉拉被英国文化同化深感忧虑。她不满于克拉拉嫁给了一位白人，并为外孙女艾丽的非纯种黑人血统感到不安。克拉拉原先一直跟随母亲热衷于"耶和华见证人"的传教活动，她的前男友瑞安在她的热诚传教中皈依了"耶和华见证人"信仰，但克拉拉自己却最终放弃了。克拉拉在某种程度上代表了英国年轻一代在宗教信仰方面的世俗化倾向。她既不愿下地狱，也不敢奢望上天堂，只想当一个在人世间享受生活的"羔羊"。小说中印度裔移民萨马德的两个儿子，一个成了沉溺于科学研究的无神论者，另一个则成了极端的伊斯兰原教旨主义者。"如果说宗教是人们的精神

---

① Zadie Smith, *White Teeth*, New York: Random House, 2000, p.65.
② Ibid, p.66.
③ Ibid, p.66.

鸦片,那么传统则是更邪恶的止痛药……对于萨马德来说,传统就是文化,文化引向根基,这些都是好东西,一尘不染的原则……牙齿松动的早期征兆就是牙齿在牙龈深处腐坏、退化。根基是被保全的东西,它好比抛给溺水者的绳子,是去拯救他们的心灵。"①萨马德等老一代移民将他们对根文化的留恋寄托在宗教信仰的继承上,而对于年轻人来说,就像克拉拉和麦吉德那样根本无所谓,他们背离传统文化和宗教信仰就像换牙一样随便,牙齿松了烂了都无所谓,换一口,就是全新的。

《白牙》在表现文化冲突的同时也力图淡化种族差异。小说通过几个家庭几代人的生活向读者揭示,不能简单地把种族差异和民族文化冲突作为社会矛盾和家庭矛盾的根源,事实上冲突可能发生在任何个体之间,无论他们是否来自同一种族、同一文化。引起冲突的原因可能是时代的原因,也可能是生活环境、教育环境等等。即便是麦吉德和米拉特这对孪生兄弟,虽然他们保持了种族血缘上的纯正,但各自的信仰和价值观却是南辕北辙,永远也走不到一起。马科斯的儿子乔舒亚虽然在父母的直接影响下长大,但却成了父母价值观的叛逆者。小说写道,对社会产生隔膜感的不仅仅是有色人种,即便像阿吉这样的白人,也有着强烈的时代和社会隔膜感。他同印度裔战友萨马德在战争结束后还一直远隔重洋保持着联系,共同的人生经历使不同种族的两人结下了深厚友谊。《白牙》试图强调的是,文化和价值观的差异并不一定由种族差异引起,而是因人而异。对于身份的追问、对根文化的追寻,应当让位于对多元的碎片式文化现状的坦然接受,而这也是小说在结尾时所向往的。小说写道,艾丽看见了一个时代,一个离现在并不遥远的时代。到那时,根文化和种族归属将不再重要,你不必在乎它,也无法在乎它,因为根延伸得太远,太盘根错节,也埋得太深了。② 由此可见,"白牙"象征着人类的共同性,象征着一个不需要寻根溯源的时代。

《白牙》的语言特色也受到了评论界的关注。华特·梅森在《扎迪·史密斯的小说问题》一文中指出,现实主义小说传统在《白牙》中虽然没有被消除,却在被过度使用中耗尽了。③ 扎迪·史密斯把自己小说中那种矫饰、狂躁的文笔称为歇斯底里现实主义。作为处女作,扎迪·史密斯的《白牙》在语言上的确有过

---

① 转引自:钱程,"试论扎迪·史密斯《白牙》对多元文化的探索",《外语研究》,2005 年第 6 期,第 77 页。
② 同上,第 78 页。
③ Wyatt Mason, Zadie Smith's Novel Problem, *Harper's Magazine*, Oct. 2005, pp. 83 - 88.

于矫饰的感觉，但小说的细节富有灵动性，语言幽默机智，而且更重要的是，她发出的声音在当代英国移民题材小说中具有独到见解，这是《白牙》获得普遍好评的主要原因。

如果说《白牙》是表现伦敦城市中的多元文化宏观全景的话，那么扎迪·史密斯的第二部长篇小说《签名商人》(The Autograph Man，2002)则更多地关注当下的英国大众文化。小说主人公埃里克斯是个性格古怪的人，父亲是中国人，母亲是犹太人。他痴迷于通俗文化，以贩卖名人签名为生，热衷于电视娱乐节目，属于"观看自己的一代人"。随着小说情节推进，埃里克斯渐渐从关注自我到关注家族历史和社区。扎迪·史密斯显然想写一部与《白牙》完全不同的小说，写她的同龄人在大众娱乐文化中的生活和他们空虚的精神世界。小说在形式上尝试了新颖的表现手法，插入了图表、图片和有趣的印刷排印，令人耳目一新。这部小说获得 2003 年《犹太季刊》文学奖，扎迪·史密斯也被《格兰塔》杂志提名为英国 20 位最佳年轻小说家之一。

2002 年，扎迪·史密斯在哈佛大学拉德克利夫学院访学，在选修各类文学课程的同时，着手研究小说的道德性。2003 年，扎迪·史密斯的短篇小说《玛莎玛莎》(Martha Martha)为她赢得了《格兰塔》2003 年英国最佳青年小说家称号。《论美》(On Beauty)是扎迪·史密斯的第三部长篇小说，于 2005 年问世，获得当年布克奖提名，并荣获 2006 年英国小说橙奖。

《论美》写的是发生在美国波士顿的故事，被称为跨太平洋的喜剧传奇。《白牙》那种以家庭为中心的叙事模式在《论美》中被再次运用。小说围绕两个不同家庭展开。一个是贝尔希家庭，男主人霍华德·贝尔希是大学教授、白种英国人，年已 56 岁，生于伦敦一个工人家庭，后来到美国波士顿郊外的威灵顿学院任教，讲授美学，霍华德太太吉吉是非洲裔美国人，他们有三个孩子杰罗姆、左拉和列维，一家人住在波士顿郊外一个虚构的大学城威灵顿。小说中另一个家庭是来自英国的特立尼达移民，男主人吉普斯同样是大学教授，与妻子卡尔琳和孩子维多利亚、米歇尔生活在一起。在小说中，吉普斯似乎是霍华德的反向衬托，霍华德是左翼，自由派；而吉普斯则是右翼，反自由主义，反同性恋，有坚定的宗教信仰。可以看出，这两个家庭的构成代表着英美社会和家庭的文化多元性。如果说多元文化在《白牙》中还有被刻意表现的痕迹，那么在《论美》中，多元文化已经成了一种自然而然的存在，一种无限延展、无处不在的背景化因素，就像空气一样,无论你是否注意,它都在那儿。在多元文化氛围中,每个人都可能觉得与主流社会的中心若即若离。非洲裔的霍华德太太说过,我们总觉得在白人的海洋里很孤独。而作为加勒比移民,吉普斯一家的黑色皮肤更是令他们感到孤独的原因。即便是英国白人霍华德也是一个失意者,他没有获得大学的终身教职,婚姻失败,学术上没有令人瞩目的成就,而且他工作的威灵顿学院也是一所正在走下坡路的学校。孤独和失意,似乎属于每一个个体,无论阶级、年龄、种族和性别。

《论美》是扎迪·史密斯对小说形式的探索。她一方面立志要写一部"真正属于自己"的小说,另一方面又认为文学的表达习惯是在日复一日对文学大家的模仿中形成的。史密斯在哈佛大学进修时阅读了大量文学前辈的经典作品,并试图在《论美》的写作过程中探索一种在模仿中创新的小说形式。扎迪·史密斯坦言,小说《论美》的标题得名于哈佛大学教授伊莱恩·斯凯瑞(Elaine Scarry)的一篇心理学和美学文章《论美与恰到好处》(*On Beauty and Being Just*)。在文章中,伊莱恩·斯凯瑞强调西方文学和艺术中自然生成的美。在小说《论美》中,霍华德和吉普斯之间关于美的争论,恰恰是对伊莱恩·斯凯瑞观点的回应。霍华德在学术年会上提出的观点是,伦勃朗绘画的魅力在于表现了人类一种与生俱来的需求,那就是通过外在来强化自我,因此艺术是人类的拯救。而在吉普斯看来,艺术好像日用品,代表着一种大众文化的世俗倾向。在小说的前言中,扎迪·史密斯又坦言西蒙·夏玛(Simon Schama)的《伦勃朗的眼睛》(*Rembrandt's Eyes*)给了她塑造主人公霍华德·贝尔希的灵感。霍华德在美学领域的主要研究对象就是 17 世纪荷兰画家伦勃朗,他的著作《反伦勃朗:对大师的质疑》是关于伦勃朗作品和美学思想的研究。而《论美》整部小说的框架结构,则来自于 E. M. 福斯特的《霍华德庄园》(*Howards End*)。福斯特的小说《霍华德庄园》写的也是两个家庭之间的冲突,女主人公海伦出生于知识分子家庭,爱上了一个商人家庭的孩子保罗。在《论美》中,自由知识分子家庭霍华德的儿子杰罗姆爱上了保守知识分子家庭吉普斯的女儿维多利亚。扎迪·史密斯在《论美》的后记里写道:"我在结构上的最大亏欠是任何福斯特的爱好者都能一目了然的。他给了我一个优雅而古老的框架,我在里面装上了尽可能新的东西。"扎迪·史密斯称自己对福斯特小说的模仿是对福斯特表达的"敬意"。她用福斯特小说的结构,叙述了一个新时代的故事。

福斯特在《霍华德庄园》中的第一句话是：

One may as well begin with Helen's letters to her sister.

而史密斯的《论美》中的第一句话是：

One may as well begin with Jerome's e-mails to his father.

在福斯特小说中，老宅是一个重要意象，是英国历史文化的象征。福斯特小说的结构和情节都围绕着一个中心：谁来继承老宅，继承英国的历史和文化遗产。在《论美》中，中心意象换成了一幅画。这幅画是卡尔琳继承的遗产，它成为小说的重要纽带，将霍华德太太吉吉、卡尔琳和吉普斯，还有街头的加勒比小贩、列维、左拉、包括霍华德，都联系在了一起。扎迪·史密斯刻意织就了这张网，并使之成为小说中的一个亮点。而那幅画，则象征着历史文化，象征着美学传统。安德鲁·海在《美的事？》一文中认为，扎迪·史密斯的《论美》与福斯特小说之间的互文性增强了史密斯小说的叙事实力而掩盖了她的弱点。[①]

《论美》中所揭示的跨越种族、阶级、年龄的个体之间的关系，是读者通过阅读《白牙》已经非常熟悉的扎迪·史密斯小说的特征。虽然《白牙》和《论美》都通过家庭来展现英美社会中的道德问题和种族矛盾，但这两部小说更重要的是揭示了作为个体和作为家庭成员的人与人之间的关系，以及存在于这种关系中的具有普遍性的特征和意义。在《论美》中，扎迪·史密斯细致入微地表现了祖孙关系、夫妻及情人关系、师生关系、老板与雇员关系、个人与社会及国家的关系、友谊及同龄人关系等。与其说扎迪·史密斯的小说关注于种族冲突和多元文化，不如说她的小说更多地关注于超越种族、文化的全人类共有的人性特征。《论美》所揭示的人与人之间的疏离和隔膜，显然超越了阶级、种族、文化和性别的狭隘限制。也许史密斯试图揭示的是，人与人的差异不能简单地以阶层、种族、文化和性别来界定，人的差异可以存在于每个个体之间，无论他们是否来自同一个家庭、同一个阶层或者同一种文化、同一种性别。《论美》从小说标题到人物还有场景都是学院式的，为此，《论美》也被看成是一部校园小说。扎迪·史密斯成年后的生活经历大多是在大学校园中度过的，因此她描写学院生活和塑造大学教授形象可谓驾轻就熟。小说中随处可见对大学教授的挖苦和讽刺，比如，霍华德是那种能够说出 30 种社会科学思潮的学者，但却不懂什么叫软件工程。

---

① Andrew Hay，A Thing of Beauty? *Oxonian Review of Books*，Spring 2006，Volume 5，Issue 2.

再如,大学教授们开会时都想找一个便于溜出去的座位等等。史密斯也不放过对学生的讽刺,她笔下的那些学生都在投机取巧寻找捷径,以成为《纽约客》的实习生,或成为五角大楼的实习生,或进入前总统克林顿在纽约哈雷姆的办公室实习。读者能够从《论美》中获得对美国大学的一种折射式观察。

扎迪·史密斯对模仿前人的作品有独到见解。她认为即便是文学大家的作品也难免有留白和瑕疵,而这正是后人在模仿中不断提高的机会。因此,她把2006 年出版的文集命名为《失败是成功之母:小说的道德性》(*Fail Better:The Morality of the Novel*)。这是一部文学评论集,收录了史密斯对 20 世纪作家的评论。她不反对模仿,而把模仿看作是对原作的不断完善。她的《论美》就是一篇出色的模仿之作,也是践行她自己以模仿为形式的文学创作观。

扎迪·史密斯的小说《西北》(*NW*,2012)和《摇摆时光》(*Swing Time*,2016)常与《白牙》一同被称为"伦敦西北区三部曲"。《摇摆时光》是一部以混血有色人种为聚焦的长篇小说。小说的两位女主人公都是混血,她们自幼一起长大,一起参加社区学校舞蹈班。虽然住的都是伦敦的公租房,但特蕾西住的是那种"声名狼藉"的高层公寓,而叙事者"我"所在街区的房子因为不是高层而被认为是相对高档一点的公租房。[①] "我"的母亲虽然是有色人种,但对住在高层公租房的人颇为瞧不起,即便特蕾西的妈妈是白种人。扎迪·史密斯在小说开篇就以此说明了等级未必来自于种族,别的因素也可能造成等级观,而等级的真正来源是人的内心。在小说中,两位有着一样褐色肤色的女主人公一同度过了童年,成年后踏上了不同的人生轨迹。古灵精怪的特蕾西具有超常的舞蹈天赋,时时冒出一些不合常规的古怪念头,她遵从于自己的喜好,迷恋黑人音乐和舞蹈传统,不向世俗社会低头,执着于舞蹈生涯,努力想舞出一片属于自己的天地。但最终世俗社会并未向她展露笑颜,以她美轮美奂的舞姿却只能充当不起眼的配角,混在伴舞的人群中难以辨认。特蕾西自始至终都没有向她称之为"体系"的主流或权威低头,她指责"我"和"我"的母亲都是"体系"中的人,她对"我"说,"体系就是有,你和你老娘就是其中一员","像你这样的人以为能控制一切,可你不能控制我"。[②] 而循规蹈矩的"我"读了大学,成了歌舞巨星艾米的助理,进入了

---

① 扎迪·史密斯著,赵舒静译,《摇摆时光》,上海:上海译文出版社,2018 年,第 7 页。
② 同上,第 392 页。

娱乐圈核心，虽然热爱歌唱却最终不得不以歌星影子的方式延续儿时的梦想。"我"和特蕾西一样，在这人世间终究也只是"配角"，正如小说开篇处"我"的感叹："我总是依附于别人的光，我从未有过自己的光。我的生活是影子。"①小说中还有两位颇有特点的女性人物，一位是"我"的母亲，另一位是歌舞明星艾米。"我"的母亲是一位不甘被排挤在社会边缘、有着清醒政治头脑的有色女性，她努力跻身于伦敦中产阶层行列，不仅自己说话行事都模仿中产阶层方式，也努力将女儿培养成"有教养"的人（特蕾西在她眼里是没有教养的野孩子）。她自学成才，获得了学位，最后走上仕途并成为议员。她通过与主流权威"和解"的方式，最终步入了通往权力中心的轨道。而明星艾米在小说中是具有喜剧和闹剧色彩的角色，小说通过描写她在非洲展开的慈善事业，极具讽刺性地揭露了在慈善掩盖下的虚伪和不堪。艾米的所谓慈善完全着眼于自己的偶像形象，她在聚光灯下显得更加光彩动人，但对于被施予慈善的非洲土人来说，他们并不需要这种所谓慈善。他们原本过着安逸自足的生活，并不需要有一天有人来对他们说，其实你们的生活很糟糕。"我"目睹了母亲"往上爬"的艰辛历程，见证了艾米和娱乐业社交圈的奢靡虚伪生活，也亲身接触了被"慈善"的炽热"烤焦"了的那片非洲土地上的不知所措的人们，最终回归了舞蹈所象征的精神世界，"舞者是不论身份的，没有父母，没有兄妹，没有国籍，没有民族，没有任何职责义务——我爱的正是这些"。②与前几部小说共同的主题是，扎迪·史密斯呈现了群体的归属远不止于种族和阶级，边缘化底层化的根源也是多重的。划分朋友圈的标准可以是"肤色、阶级、金钱、邮编、国籍、音乐、毒品、政治、体育、抱负、语言、性征……"，③在弱肉强食的世界，"形式各异的强（当地的、种族的、部落的、皇家的、民族的、世界的、经济的）欺凌形式各异的弱"。④书名"摇摆时光"取自一部同名影片中的一首曲子，也是特蕾西最爱的舞蹈伴奏曲，在小说中，它承载着两位混血女孩的回忆和梦想，也是两条叙事主线的象征。小说在现时与过往之间来回穿梭，在童年世界与成人世界之中往返摇摆。对于小说中的两位混血姑娘而言，摆锤无论摆向哪一端，都不是中心，而是离中心最远的位置。

---

① 扎迪·史密斯著，赵舒静译，《摇摆时光》，上海：上海译文出版社，2018 年，第 4 页。
② 同上，第 17 页。
③ 同上，第 205 页。
④ 同上，第 301 页。

三、心灵流放的"局外人"

移民及其后代在异国的流放状态,是萦绕在跨文化作家笔端挥之不去的梦魇。历经艰辛后终于到达了梦中追寻的新世界,却发现自身不过是这世界的"局外人",印度裔女作家基兰·德塞(Kiran Desai,1971—   )摘取2006年布克奖桂冠的小说《失去的传承》(*The Inheritance of Loss*,或译《失落》),写的就是这样一个寻梦和梦碎的故事。

基兰·德赛生于印度新德里,在印度一直生活到14岁,然后移居英国,一年以后又到美国定居。1998年基兰·德赛的处女作《番石榴果园里的喧闹》(*Hullabaloo in the Guava Orchard*)出版。2006年,她凭借小说《失去的传承》斩获布克小说奖。2006年布克奖评委会主席赫米翁尼·李曾表示,《失去的传承》最终获奖,是书中人性的力量促使评委会进行了长久而热烈的讨论,小说充满了悲悯态度,同时点缀着柔和的喜剧色彩,以及力透纸背的政治评论。2006年布克奖评委会主席约翰·萨德兰则认为基兰·德赛的这部小说运用了多重手法,以敏锐的眼光呈现了跨文化融合与冲突给人们生活和命运带来的深刻影响。①

《失去的传承》被评论界认为融入了宏大的主题:全球化、文化多元、经济不平衡、恐怖主义,但基兰·德塞自己却认为这些评论过誉了,她在接受《新京报》记者采访时说:"我发现,只要是离开了印度的印度人写作,而且话题一涉及移民问题的话,自然而然人家就会把你的书看成跟政治相关。可我的初衷只是想写写自己的家庭和经历,书里的地点设在噶伦堡②,也因为我小时候曾在那里住过一段时间。"③基兰·德塞强调自己写的是人与人之间的感情纠葛,那些往来于东西方不同文化之间的人的感情纠葛。小说里可以看到她本人、她父母、祖父母的身影,很多情节来自于她祖父的生活,她的法官祖父从印度到英国再回到印度。一代又一代人就这样走出印度,他们对自我身份的认同从困惑到淡漠,直至完全失去民族身份的传承。当然,基兰·德塞也不否认,她想通过自己笔下不同

---

① 张璐诗,"基兰·德塞:一夜走红英美文坛",《新京报》,2007年3月21日。
② 噶伦堡(Kalimpong),印度孟加拉邦北部城市。
③ 张璐诗,"基兰·德塞:一夜走红英美文坛",《新京报》,2007年3月21日。

命运的角色去拓宽视野,尝试在小说中描述东西方文化罅隙中的生活,刻画西方文化在殖民时代之后如何又一次介入东方社会。因此,这部小说在对人物情感纠葛的书写中,的确也不可避免地触及到一些宏大主题,比如第一世界与第三世界的隔阂、种族歧视以及贫富之间的差距等。

《失去的传承》描写了发生在后殖民时期的印度及同时代美国的两个平行故事,被称为两个故事一部传奇,是一部充满人性却不失幽默的家庭传奇。发生在印度的故事比较复杂,是小说的主线,写的是印度北部位于喜马拉雅山脉南侧的一座小镇卡里穆波,主人公是住在这里的退休法官帕特尔。帕特尔法官早年留学英国,为了进入英国上流社会,竭力效法英国人的行为举止,甘心接受殖民教化,成为不折不扣的"假洋鬼子"。但在那个种族主义盛行的时代,他在英国遭遇了残酷的种族歧视,心灵受到创伤,郁郁不得志的他退休后回到印度,住在小镇卡里穆波一所孤零零的房子里,压抑着一生的不快记忆,唯一的愿望就是能在这里平静度日,与爱犬一道安度晚年。但随着印度国内民族主义浪潮的兴起,帕特尔法官这种"假洋鬼子"越来越遭人鄙视,他自己也为当初抛弃妻女的行为而日夜承受着良心谴责,平静的生活难以实现,尤其是当失去双亲的外孙女赛伊来同他一起生活时,老人期待的平静生活更变得更遥不可及了。赛伊是《失去的传承》中印度故事里的另一个主要人物,也是小说的叙事者。她回到印度后,疯狂地爱上了自己的数学老师、尼泊尔青年基恩。基恩属于贫穷的青年知识分子,没有能力出国留学,以微薄的收入维持着困顿生活,对社会充满敌意。为了出人头地,基恩铤而走险,参加本地极端主义分子的武装组织,而这个组织的攻击目标就是像赛伊的祖父帕特尔法官这样的"假洋鬼子"。小说描写了基恩在民族革命事业和赛伊的爱情之间摇摆不定。如果说帕特尔法官属于老一代的失落者,那么他的儿孙辈继续在品尝着失落的滋味,这份失落的情绪就像遗产,一代又一代被传承下去。

帕特尔法官的厨师儿子比居在美国的生活构成了《失去的传承》的另一条线索。比居代表着离开第三世界的"贫穷"而奔赴第一世界"富足"的那类人。他偷渡来到美国纽约,在"遍地黄金"的第一世界,重复着那个被演绎了一代又一代的悲惨的移民故事。比居在纽约的餐馆里打工,过着暗无天日的生活,时刻受到欺辱和歧视,似乎永远看不见希望。他只有一个简单的念头:干卑微的活,攒卑微的钱。他辗转于各家餐厅的厨房,白天同其他来自第三世界的非法移民共事,夜晚和肥硕油光的老鼠做伴，内心在"不烹调神圣的牛"和"烹调不神圣的牛"之间纠缠不清。等比居好容易攒了些钱，最后毅然决定返回祖国时，却恰逢祖国动乱时期，他一踏上故土，全身就被洗劫一空，尊严尽失，重新陷入了绝望境地。比居和帕特尔法官年轻时一样，怀揣着寻梦的激情，却落得梦碎的结局，似乎无论怎样挣扎也逃不出失落的诅咒。老一辈的"失落"一代又一代传承下去，而且一代比一代更痛苦、更悲惨。印度年轻一代继承的不仅是前辈们的血统和文化，还有他们"失落"的人生。

《失去的传承》反思了进入全球化时代以来，第一世界和第三世界之间的政治、经济和文化不平等问题并没有改观，那种巨大的难以逾越的鸿沟仍然世代相传，即便像帕特尔法官那样曾获得英国学位、在内务部任职的人，也依然止步于第一世界之外，成为徘徊在梦想大门之外的"局外人"。历史、财富、人心……无一例外地偏袒了地球的另一侧，第一世界和第三世界永远都处在"主仆"关系之中。基兰·德塞通过这部小说揭示了这样一种事实，即虽然西方国家采取了文化包容态度，似乎也倡导多元文化共存，但并没有消除世界上各种极端主义思想的蔓延，而经济上的全球一体化进程，也不能保证第三世界国家的普通民众变得富裕。《失去的传承》在第一世界与第三世界之间来往穿梭，生动呈现了一个固若金汤的贫富对立世界。

基兰·德赛坦言《失去的传承》是在她母亲阿妮塔·德塞（Anita Desai，1937—　）的悉心陪伴下完成的。阿妮塔·德塞也是一位杰出的英语小说家，曾三次获得布克奖提名。她的创作以长篇小说为主，文笔流畅，结构完美，大多以当代印度生活为题材。她的作品以完美地将理性的思考与感性的情绪结合在一起而享誉文坛。

阿妮塔·德赛生于印度一个由东西文化结合而成的家庭——她的父母分别是孟加拉人和德国人。她自幼生长在印度新德里，并很早就开始用英文写作。她曾就读于德里大学英文专业，1957 年获该大学学士学位，之后多年在美国和英国从事教育工作。阿妮塔·德赛认为，写作的目的是揭示真理，而真理像座冰山，十分之一露在水面上，十分之九还隐藏着真面目。那十分之一是人们通常所说的现实，是可见的，另十分之九等待着被揭示、被探寻。她的小说大多表现了当代印度人在英国殖民者离去以后如何面对印度社会和文化上的种种变化，向读者呈现了一系列心灵流放的"局外人"。

阿妮塔·德赛的第一部小说《哭泣吧，孔雀》(Cry, the Peacock，1963)中的女主角玛娅是一位追求独立的女性，但最后她发现在印度的社会体制和文化氛围中，实现女性的愿望几乎是不可能的，她只能被当作没有思想、没有情感的玩偶，成为生活在社会边缘的"局外人"。她的思想情感被流放在现实世界的边缘，很难进入现实世界。她对自己的婚姻越来越失望，最后在绝望下杀死了丈夫，然后自己也自杀了。她的丈夫几乎是她与外界联系的唯一媒介，她也曾一度把他视为救主，视为她生活的延伸，视为她的另一个自我。她希望他能全身心地爱她，使她感觉到自己存在的价值，帮助她摆脱心灵流放的孤寂。但丈夫的冷淡加深了她内心中孤独无助的感觉。阿妮塔·德赛从她的第一部小说起就显示了她与众不同的创作风格，她的作品对人物的外部世界尤其是宏大的社会历史背景关注较少，而更多的是关注人物的内心感觉，外在世界发生的一切都通过人物主观情感和观念的折射来反映。小说中玛娅所有的痛苦似乎与她的现实生活并无多少直接关联，而更多的是由她的主观意念感觉到和意识到的。作为阿妮塔·德赛的处女作，《哭泣吧，孔雀》在一定程度上反映了作者受存在主义理论思想的影响，并继承了存在主义小说的一些创作手法。

阿妮塔·德赛在她1965年出版的《城市的声音》(Voices in the City)中依然继续着她对存在主义主题的探索。小说女主人公莫尼莎也是一位象玛娅一样生活在不幸中的女性，她感情丰富，追求生活的意义和存在的价值，苦苦探寻现象世界背后的真理。她也寻求爱情，那种具有绝对独立性和自由性的爱情，是不必捆绑在一起的、没有任何条律束缚、没有任何义务的爱情。但她同时也明白，这种爱是不存在的。莫尼莎与《哭泣吧，孔雀》中的女主人公玛娅不同的是，玛娅渴望被他人、被外部世界所接受，而莫尼莎则寻求孤独，她觉得只有在孤独中人的心智才是自由的。她觉得自己面临着两个选择，一是过一种有意义的生活，二是死亡。当前者似乎很难追求到时，她便选择了后者。她总是用一种冷漠的、静默的、反叛的态度对待这个世界，她躲在自己内心的监狱里，直到有一天突然意识到自己失了存在的价值，因而也失去了存在的权利。男主人公尼罗德也在孜孜以求寻求生命存在的价值。他觉得自己的家庭教育只能使他成为一个平庸的、对生活毫无思考的人，于是他努力与他的过去、他的家庭灌输给他的传统价值观抗争，争取思想的独立，对这个世界提出质疑。他不断地努力，失败，然后再努力，再失败，就象推石上山的西西弗斯，循环往复，没有止境。荒诞似乎就是全部的人生。尼罗德是通过质疑和反抗外部世界来建立与外部世界的关系的。他渐渐地也从外部世界退缩到自己充满疑问和否定的内心世界。他的刊物《声音》就象一个在旷野发出呐喊的人,声音孤独而遥远,旷野以外的世界无法听到。尼罗德和莫尼莎都是流放者,他们的流放是一种心理上的自我流放,他们自己把通往外部世界的通道封死了,把自我流放在世界的边缘。

阿妮塔·德赛的小说《今年夏天我们去哪儿?》(*Where Shall We Go This Summer?*, 1975)中的女主人公希塔也是如此,她执着地寻求人与人之间心灵上的沟通,寻求能表明她存在价值的证明。她对外在事物毫不在意,觉得那一切毫无价值,世上一切的喧闹繁华终会象过眼烟云一样消失无痕,她不愿自己以毫无意义的生存方式终此一生,不愿自己的心灵总是那么空无寄托,而渴望拥有富足的精神世界。作为对外部世界的反叛,她也选择了孤独,退缩到人群之外,但可以使她逃避现实的避难所——爱情和梦想,却对她关闭了,最终把她推向绝望。希塔生活在自己建造的幻想世界里,这既是她不能接受现实的主要原因,也是她不能接受现实的结果。她把自我流放在幻想出来的理想世界中,而当她发现幻想的世界也不能为她提供安全的避难所时,她的心被再次流放了,而这一次是彻底的流放,她彻彻底底无家可归了。

《山火》(*Fire on the Mountain*, 1977)是阿妮塔·德赛小说中较有代表性的一部。女主人公南达也是一位将自我流放在世界之外的局外人,她内心深处同时交织着两种相互矛盾的欲望,一种是逃避现实的欲望,忍受不了现实的丑恶而想在孤独中保全自己纯净的心境和理想化的幻想,另一方面,她又不能忍受被现实抛弃的失落感,逃脱不了现实和难于进入现实这两种痛苦折磨着她,在她的内心中激烈冲突着,而这一切都源自她对人类存在价值的追求和这种追求无法实现的失望。她在内心筑起了一道与外界隔离的墙,以保护自己免受外界的侵扰。她的孙女拉卡自幼就喜欢独自躲在自己秘密的小天地里,外人很难进入到她的世界。拉卡在她内心寂静的世界中否定了外部世界的一切,最终拿起一盒火柴,静静地点燃了森林,引发了山火。也许她希望这场熊熊燃烧的山火能毁灭一切毫无价值的存在,使一切在毁灭中获得新生。南达和拉卡完全是两个不同时代的人,尽管她们都回避现实世界,追求一份独处的喜悦,但事实上她们对世界的看法并不一致,她们的人生观和价值观分别代表着两代人,她们不仅与外部世界无法沟通,她们彼此之间也很难沟通。小说《山火》借用了很多佛教中的意象来表现人物对心灵宁静意境的追求。

《清澈的日光》(*Clear Light of Day*，1980)和《监护》(*In Custody*，1984)是阿妮塔·德赛的两部获布克奖提名的作品。《清澈的日光》既是一部家庭编年史，也可谓一部当代印度历史纪实录。当然，德赛并未将宏大的历史事件作为她的主要聚焦，而是以小窥大，通过一个家庭的悲欢离合以及这个家庭中的个人在经历各个历史阶段时的遭遇和心理感受来表现历史。这个家庭中的四个孩子，拉扎，他的两个姐姐碧姆和塔拉，还有小弟弟巴巴，分别有不同的命运。拉扎娶了一个穆斯林富商的女儿，但他一直梦想自己能成为诗人。他的痛苦在于他必须往返于现实世界和诗歌的幻想世界之间。塔拉嫁给了一位外交官，经常从一个国家辗转到另一个国家，过着无根的漂泊生活，为了能维系住自己与印度的关系，为了使印度不至于成为她的又一个陌生国度，她经常找机会回印度看看。碧姆在当地的一所学校教书，她是一个游移在历史与记忆中的女性，也是一位厌恶现实世界的女性，追求在避世的宁静中度过一生。小说通过他们各自的命运和经历，表现了不同文化影响下形成的不同的人生观和价值观。小说《监护》的主人公戴文是一位教员，用他菲薄的收入支撑着家庭。像《清澈的日光》中的拉扎一样，戴文也想成为诗人，用乌尔都语写作诗歌。然而他的梦想破灭了，他始终也没能证实自己存在的价值。戴文是个不起眼的小人物，一心想做出些成就来证实自己存在的价值，却又不断地被失败击倒。于是他退缩到家庭，想使家庭成为一个与世隔绝的世外桃源。著名的乌尔都语诗人奴尔是戴文所崇拜的偶像，是奴尔的诗使他理解了什么才是真正的印度，而印度人的生活又究竟意味着什么。他认为奴尔的诗把死亡、生命、时间和空间等一些在哲理思考中令人费解的问题用一种富有诗意的方式表现了出来，给人以启迪。奴尔的诗歌世界成了戴文最终的精神寄托。小说似乎想表明，家庭所能给予的庇护和安抚是短暂的，唯有诗歌所代表的艺术世界或许才是真正可以逃避现实的避风港。

流放——地理意义上的流放和心理意义上的流放——似乎是阿妮塔·德赛小说中永恒的主题。小说《鲍姆加特纳的孟买》(*Baumgartner's Bombay*，1989)中主人公雨果·鲍姆加特纳是个德国犹太人，他为了躲避纳粹而逃到了印度。在完全陌生的印度社会文化中，他感到非常孤独。作品表现了他在印度社会中如何面对东西文化冲突，如何在漂泊和被遗弃的孤独感中生活。印度社会大多由家庭群体、宗教群体和阶级群体组成，鲍姆加特纳很难在这个社会中找到融入的契机。由于印度文化本身就比较封闭保守,一个来自西方文化背景的人要融入这种文化中,其难度似乎要甚于一个来自东方文化背景的人要融入西方文化,因而鲍姆加特纳有一种被排斥在印度文化之外的深深悲哀。P. K. 贝尔说:"鲍姆加特纳是德赛所有的小说人物中最孤独、最悲哀、最有漂泊感的人物,他也是最有代表性的人物,像一棵无根的草,无力抵挡魔鬼的恶风,被刮得到处飘荡,从柏林飘到了印度。"①《鲍姆加特纳的孟买》虽然篇幅不长,但由于作者本人生长在一个由德国人和印度人组成的家庭中,深谙这两种文化的内涵,了解这两种文化之间的差异以及交汇过程中的冲突,因此能在小说中成功地通过一个西方人的观察角度表现孟买这个东方大都市所代表的东方文明,以及这种文明在殖民地时代受到殖民统治者文化渗透之后所发生的变化。小说不仅细致入微地表现了主人公在试图融入印度文化时的种种困境,同时也通过他的经历表现了印度人的家庭生活和家庭中人与人之间的关系。德赛在小说中尽可能避免过于情感化地来表现德国文化和印度文化各自的特征和传统习俗,她在叙述中始终保持一种冷静,尽可能从两种文化的内部抽离出来,隐去作者的主观倾向,客观地从外部加以表现和描述,从而使读者能够对两种文化留下较客观的印象。

阿妮塔·德赛的小说《伊萨卡之旅》(*Journey to Ithaca*,1995)表现的也是一个难于融入印度社会文化的边缘人的生活经历和心理体验。主人公是一对从欧洲到印度来旅游的嬉皮士夫妇,两人各自有不同的目的,丈夫马迪欧想到印度来寻求传说中的灵感,妻子索非亚则想获得一点异国色彩的旅行经验。在这部小说中,德赛再一次显示了她对生活细节和人物心理卓越的观察力和敏锐的感觉力,把事物的内在本质和人物内心深处的心理活动都细致入微地呈现了出来,正如评论家理查德·伯恩斯坦所说:"没有任何东西能逃过德赛敏锐的观察。"②德赛对事物本质的探索和表现也实现了她自己的创作宗旨,即揭示藏在水面下那代表十分之九真相的冰山。

阿妮塔·德赛的小说素以能出色表现富有东方文化传统色彩的印度风俗以及东西方文化在印度这个古老国家的相互碰撞和交融而享誉文坛。德赛的小说常常人物不多,情节也不复杂,但所表现的内容却是浓稠的。怀旧是德赛笔下小

① Pearl K. Bell, *New Republic*, April 6,1992, p. 36.
② Richard Bernstein, *New York Times*, August 30,1995, p. B2.

说人物常有的情结,怀旧是他们逃避现实的途径,也是他们否定现实存在的结果。同时,怀旧也是德赛小说的叙述技巧和特色,怀旧就像桥梁一样使作者可以跨越时间,跨越文化,跨越现实与幻想世界的界限。通过怀旧,作者把过去与现在加以对比,把现实世界与幻想世界加以比照,把东方和西方不同的文化加以比较。德赛的小说中有丰富而奇异的意象,为此她常被称为意象派小说家,"对意象的使用是德赛小说的一个出色的特征,她在她的几乎所有小说中都延用着这种表现手法"。① 德赛的小说很少使读者感觉到带有明显主观倾向的对主题的阐释和演绎,她主要依靠意象和象征来说话。她的文风清澈流畅,叙述语言富有诗意。

20 世纪中叶以来,英语小说创作界涌现出不少令人瞩目的族裔女作家,这些女作家大多来自非西方国家,但与西方社会文化有着密切关系,她们有的长期居住在欧美国家,有的混杂着欧美血缘,比如扎迪·史密斯和基兰·德赛等,有的在西方接受教育后又回到印度,比如阿妮塔·德赛、鲁思·普拉瓦·杰哈布瓦拉(Ruth Prawer Jhabvala)、卡玛拉·玛肯达雅(Kamala Markandaya,婚后姓名为 Kamala Taylor, 1924—2004)、芭拉蒂·穆克尔吉(Bharati Mukherjee, 1940—　)。跨文化身份和生活经历使得这些女作家得以从文化内外的双重角度来审视不同的文化。

印度裔英语女作家卡玛拉·玛肯达雅在英国生活过很长时间,其作品大多围绕印度女性的生活展开,有着强烈的女性主义意识。小说《筛网上的花蜜》(*Nectar in a Sieve*, 1954)通过一位印度乡村妇女的艰难生活表现了印度传统女性任劳任怨和坚韧不屈的品格。主人公露克米妮在干旱带来的大饥荒年代,毅然挑起了家庭重担。虽然她的丈夫跟别的女人走了,但她对他忠贞不二,把自己的一生依然维系在这个缺位的丈夫身上,最后穷困潦倒,像乞丐一样沦落街头。这是一个悲剧人物,她认同了命运为她安排的一切,从她的经历中读者可以看到印度传统社会性别角色的设定给印度女性带来的悲剧性命运。小说基本上以人物对话为叙事形式,不夹带作者的评判,把读者置于一个似乎完全不加修饰的原始素材氛围中,让读者在感受生活本来的粗糙状态时不受作者主观意志的导向性影响。玛肯达雅的其他作品还有《内心的暴风雨》(*Some Inner Fury*,

---

① Madhusudan Prasad, *World Literature Today*, Winter, 1997, p. 221.

1955)、《欲望的宁静》(*A Silence of Desire*，1960) 和《一把米》(*A Handful of Rice*，1966) 等。除了女性主题之外，玛肯达雅还在作品中表现了现代科技与传统信仰的冲突、拜物主义与宗教的冲突等。①

　　如果说玛肯达雅笔下的印度女性大多生活在印度乡村，那么芭拉蒂·穆克尔吉的大多数作品则聚焦表现第三世界妇女尤其是印度女性在北美的生活经历和感受。她笔下的印度女性大多生性软弱敏感，自幼受到浓厚的东方文化熏陶，之后又被命运抛到另一个完全陌生的文化环境中，在自我失落和民族身份的失落中苦苦挣扎。她们不得不面对一种占有霸权地位的异质文化，不得不忍受种族和性别的双重歧视。穆克尔吉出生于印度加尔各达一个富裕家庭，1961 年移居美国，1963 年获爱荷华大学博士学位。曾一度在加拿大生活并成为加拿大公民，后定居美国。穆克尔吉的主要作品有长篇小说《老虎的女儿》(*The Tiger's Daughter*)、《妻子》(*Wife*)、《茉莉》(*Jasmine*) 等。② 穆克尔吉塑造的女性形象大多比较成功，尤其在表现女主人公内心世界方面写得尤为细腻。她似乎总是将自己沉浸在主人公的内心情感深处，与主人公合而为一，这也许是她笔下人物如此生动、逼真、感人的原因。穆克尔吉的小说文笔相当优美，犹如散文诗一般。

　　穆克尔吉的处女作《老虎的女儿》的主人公苔拉生长在加尔各达的一个富裕家庭，后赴美国留学并与一位美国人成婚。由于自幼一直生长在封闭保守的文化环境中，苔拉初到美国时就感受到强烈的文化冲击，对完全陌生的美国文化感到震惊和畏惧。她一方面竭力使自己去适应新的文化环境，另一方面在内心深处则时时怀念她所熟悉的也是她本所归属的印度文化。在小说中，苔拉被塑造成一个敏感而温顺的女性，一个处于民族传统文化与现代西方文明冲突中的女性，她对周围一些事件的反应恰恰是她内心中不同文化撕扯的表现。当苔拉在七年后再次回到印度时，数年的西方生活使她发现自己已再难重新融入印度文化，印度似乎已全然不是她记忆中的那个印度了，她记忆中那种优雅富贵、彬彬

---

① 参见 Eugene Benson and L. W. Conolly (ed)，*Encyclopedia of Postcolonial Literature in English*，London & New York：Louthledge 1994，p. 984.

② 芭拉蒂·穆克尔吉的其他著作还有长篇小说《拥有世界的人》(*The Holder of the World*)、《留给我》(*Leave It to Me*)、《一个隐身女人》(*An Invisible Woman*)，短篇小说集《黑暗》(*Darkness*) 和《中介人》(*The Middleman and Other Stories*)，非小说著作《悲哀与恐惧：挥之不去的印度航空惨案》(*The Sorrow and the Terror：The Haunting Legacy of the Air India Tragedy*)、《印度的政治文化和领袖》(*Political Culture and Leadership in India*)、《地方主义的印度视角》(*Regionalism in Indian Perspective*)。

有礼的婆罗门式生活风范已无迹可寻。在印度，她悲哀地发现自己已是一个外国人，她是以一个外国人的眼光审度印度文化。

收在穆克尔吉短篇小说集《中介人》中的故事，塑造了一群来自各个国家、有着不同文化背景和文化身份的女性形象，她们由于各自不同的原因而被错置在陌生的文化氛围中，成了一群文化"流放"者，经历着异质文化的冲撞。她们有的来自印度、伊拉克、阿富汗，有的来自特立尼达、乌干达、菲律宾、斯里兰卡和越南，当她们来到北美以后，都想把自己本民族文化和北美文化融合在一起，试图找出不同文化相交的连接点，但结果却徒劳无望。在短篇小说《丹尼的女友们》中，主人公试图通过假结婚来获取美国永久居留权。在《一个妻子的故事》中，巴特夫人在纽约一家教师学院进修，初离印度踏上美国国土时，她有一种逃脱牢笼的自由感，印度文化对妇女的禁锢曾令她窒息，她尽情品尝着自由带给她的喜悦。当她的丈夫从印度到美国作短期访问来看望她时，她反而对丈夫顿生陌生感和疏离感。当然她还是穿上了印度的传统服装——纱丽，陪丈夫一同去旅游观光和购物，尽一个印度妻子应尽的责任。在《房客》中，女主人公玛雅来自印度加尔各达，在美国爱荷华一所大学讲授比较文学课程。她尽管时时坚守自己的本民族文化，把自己塑造成一个生活在异国的"印度人"形象，比如时常穿印度纱丽等，但她内心深处却发生着变化，她知道仅仅凭借穿纱丽这些外在形式已很难再把她留在过去，留在她的印度文化中。这些小说都表现了印度知识女性在西方文化冲击下的困惑心态，她们已无可挽回地离开了她们民族文化的母体，明知自己越走越远，根已经离开了故土，但却无可奈何。留恋，惋惜，抑或庆幸？无论怎样，那种被流放者才有的孤独和无根感只有她们的心知道。同穆克尔吉的其他小说一样，身处跨文化境遇的女性命运是《中介人》关注的中心，《中介人》中的女主人公们不仅面对宗教、文化、语言以及经济上的挑战，还要面对来自种族歧视和性别歧视的挑战，她们在努力融入异质文化的同时，还面临着如何融入男权社会的问题。

1973年，穆克尔吉携丈夫布雷司一同访问印度。对于穆克尔吉来说，这是一次感伤的旧地重游，她满怀热情，迫切想要拥抱梦萦魂绕的故乡，却发现印度已不再是她记忆中的模样。穆克尔吉的经历和感受使人们联想到穆克尔吉的小说《老虎的女儿》中的女主人公。从穆克尔吉与丈夫布雷司合写的文集《加尔各达的白天与黑夜》(*Days and Nights in Calcutta*，1977)可以看出，穆克尔吉和布雷司两人对印度文化的感觉是不同的,两位作者从不同的角度来阅读印度文化。布雷司对东方文化的热情并不表明西方文化对东方文化的宽容,生活在西方国家的印度移民如穆克尔吉本人的那种文化隔膜感也并不表明东方文化比西方文化更为闭锁,区别在于,布雷司在考察印度文化时,他与这种文化之间是保持着距离的,他只是个旁观者,一个游客,他并没有生存在那种文化之中,他不可能感受到像穆克尔吉在西方社会生活时所感觉到的那种由文化冲突和不同文化之间的不可兼容性带来的痛苦。对于穆克尔吉来说,在印度她不可能做一个旁观者——这里有她的童年、她的亲人、朋友、她的爱和恨。因此,她对印度文化的考察不可能像她的丈夫那样从外部来观察,而是更注重这种文化的内部。《加尔各达的白天与黑夜》充分表达了不同文化在"流放"状态下相互对抗的张力。自己的根文化,无论你爱不爱,你都割舍不掉;而异族文化,无论你爱不爱,你都难以融入。

鲁思·普拉瓦·杰哈布瓦拉1927年生于德国,父亲是波兰犹太律师,由于纳粹法西斯迫害犹太人,1939年全家逃亡到英国。她在英国接受教育,因此用英语写作。1951年,她嫁给了一位印度建筑师,跟随丈夫来到了印度,在新德里定居了24年。她完全接受了印度的生活习惯、处世态度、价值观念,并且把她的儿女培养成了"印度人"。也许在具有跨文化身份和经历的小说家中,像她那样深深地沉浸于一种异国他乡文化氛围的为数不多。生存在不同文化的交叉空间中,她践行的是"和解"策略,既然住在印度,那就既来之则安之,必须在相当程度上把自己变成印度人,接受印度人的生活态度、习惯和信仰。无论能否做到,至少应该把"和解"作为目标。当然,她的内心深处也难以避免东西方两种文化撞击所产生的压力,于是,她在小说创作中宣泄这种心理压力,她笔下有生活在印度的欧洲人,也有土生土长的印度人,她总是试图通过摹写印度来了解印度,以此找到自己在文化差异夹缝中的位置。

在印度的最初10年中,杰哈布瓦拉在印度人社区里生活,几乎没遇到任何欧洲人。她最早的两部长篇小说《她愿跟从谁》(*To Whom She Will*,1955)和《热情的本质》(*Nature of Passion*,1956)是完全写印度人的,第三部小说《艾斯蒙德在印度》(*Esmond in India*,1957)中才出现了一位娶了印度太太的欧洲人。之后她又连续写了《准备战斗》(*Get Ready for Battle*,1962)、《落后地区》(*Backward Place*,1965)和《户主》(*The Householder*,1969)等小说,探索在印度这样一个等级森严的种姓制社会中，不同文化不同民族背景的人们如何相处，如何"和解"。

杰哈布瓦拉是一位在小说技巧上不断创新的女作家。小说《新领地》(*A New Dominion*，1973)的叙事形式十分新颖，结构精巧，由一系列短章节组成，把各个人物的简短轶事串联起来，形成一个笼罩着他们之间复杂关系的网络。她1975年出版的小说《炎热和尘土》(*Heat and Dust*)在借鉴18世纪古典小说技巧的基础上作了拓展，叙事中穿插摘录的日记和书信引文，同时小说的整体构思却是电影蒙太奇式的，显然是受到了她影片剪辑工作经验的启发。小说讲述了两代人的两个平行故事，两代人间隔50年，通过蒙太奇式的巧妙剪辑被交织在一起，取得了很好的艺术效果。在这部小说中，杰哈布瓦拉放弃了她在《新领地》中的全知全能叙事的单一视点，而采用了两位女主人公的复式视点。这两位女性一位是奶奶，一位是孙女，她们对印度文化传统怀有的深情跃然纸上。女主人公奥立维亚嫁给了金发碧眼的英国人道格拉斯。在20世纪20年代，印度人的生活方式还摆脱不了传统习俗的支配，而这是一种英国殖民者很难理解的风俗习惯，奥立维亚与丈夫道格拉斯难以沟通，于是她与一位穆斯林花花公子私奔了，但这位英俊迷人的印度青年也并没有给奥立维亚带来幸福。小说的另一位女主人公即小说的叙事者，是奥立维亚的孙辈，她对奥立维亚奶奶遗留的日记和书信感到极大的兴趣，日记和书信成为她穿越时光回溯历史的通道，也是她窥探过去那个时代印度女性内心世界的窗口。作者用精湛的叙事手法把两位女主人公的经历相互交织，彼此映衬。祖孙两代，50年光阴已然过去，英国对印度的殖民统治已经崩溃，印度贵族的光环也已烟消云散，但印度的其他一切却都依然如故：炎热、尘土、愚昧、不公、残暴、贫困、迷信……姑娘们依然憧憬着可望不可及的爱情。《炎热和尘土》荣获1975年布克奖。

扎根于生活体验和敏锐观察，杰哈布瓦拉的创作硕果累累。她创作的长篇小说还有《寻觅爱和美》(*In Search of Love and Beauty*，1983)、《三个大陆》(*Three Continents*，1987)、《诗人与舞蹈家》(*Poet and Dancer*，1993)、《记忆碎片》(*Shards of Memory*，1995)、《我的九种生活》(*My Nine Lives*，2004)等。杰哈布瓦拉在东西方两种不同文化的交叉点上创作，既写印度人对欧洲文化的反应，也写欧洲人对印度文明的感受，写出了跨越种族差异的代际矛盾、家庭关系和文化冲突，她的小说艺术也努力在古典传统和现代创新之间寻求平衡点，不断创新小说艺术模式和叙事技巧。

在异质文化交汇的杂糅空间进行小说创作的作家,往往把跨文化写作看作是消除文化隔离寂寞感、确立和建构自己文化身份的途径。离开故土,被流放到一个陌生环境中,他/她原来的"自我"无法再延续下去,不得不调整自己以适应新环境,当新环境很难融入,而旧自我又无法延续时,他们就成了无根的漂泊者或现实社会的"局外人"。这种流放,既是地域意义的,也是文化和心理意义的。小说的虚构空间为异质文化的交融提供了广阔的想象空间,对于流放的心灵是一种救赎式的慰藉,也为充满不确定性的身份建构提供了多种可能性,这也许正是跨文化写作得以繁荣的主要原因。

Index

索引①

---

① 外国人名按姓氏首字母分类,中文术语按首字的拼音首字母分类。